착한 가족

서하진은 1960년 경북 영천에서 태어나 경희대학교 국문과 및 같은 과 대학원을 졸업했다. 1994년 『현대문학』 신인상에 단편 「그림자 외출」이 당선되면서 작품 활동을 시작했다. 소설집으로 『책 읽어주는 남자』 『사랑하는 방식은 다 다르다』 『라벤더 향기』 『비밀』 『요트』, 장편소설 『다시 사랑한다 말할까』 등이 있다.

서하진 소설집
착한 가족

초판 1쇄 발행 2008년 12월 29일
초판 7쇄 발행 2014년 6월 3일

지은이 서하진
펴낸이 주일우
펴낸곳 ㈜문학과지성사
등록번호 제1993-000098호
주소 121-894 서울 마포구 잔다리로7길 18(서교동 377-20)
전화 02)338-7224
팩스 02)323-4180(편집) 02)338-7221(영업)
전자우편 moonji@moonji.com
홈페이지 www.moonji.com

ⓒ 서하진, 2008. Printed in Seoul, Korea
ISBN 978-89-320-1910-9

* 이 책의 판권은 지은이와 ㈜**문학과지성사**에 있습니다.
  양측의 서면 동의 없는 무단 전재 및 복제를 금합니다.

착한 가족

서하진
소설집

문학과지성사
2008

차례

슬픔이 자라면 무엇이 될까 7
아빠의 사생활 47
착한 가족 89
모두들 어디로 가는 것일까 129
인터뷰 165
슈거, 혹은 솔트 199
너는 누구인가 233
사소한 일 267

해설 가면 뒤의 진실은 없다_정여울 296
작가의 말 323

슬픔이 자라면 무엇이 될까

1. 징후

 새집에 이사 온 지 이틀째 되던 날, 그 여자의 집 베란다 한구석에 비둘기가 둥지를 틀었다. 비둘기는 지푸라기를 물고 8층 높다란 곳까지 단숨에 날아오르기를 거듭하면서 아담하고 냄새 나는 집을 만들었다. 집을 두고 날던 비둘기 중 한 마리가 둥지에 얌전히 머물러 있는 것을 보고서 그 비둘기가 암컷이며 알을 품었을 것,이라는 추리를 한 것은 여자의 남편이었다. 그것들이 아침마다 내는 부산한 소리와 희고 묽은 배설물이 쌓여 굳어가면서 나는 악취를 꺼렸던 여자에 비해 남편은 신기한 듯, 재미있는 듯 그것들을 보기를 즐겼다. 어느 아침, 남편이 여자를 불렀다. 이것 좀 봐, 알이 썩었나 봐. 그제야 여자는 며칠째 암컷이 보이지 않았다는 사실을 깨달았다.

떨어진 걸까? 죽었을까? 안타까워하는 남편의 앞에 빗자루를 든 여자가 서 있었다. 그는 멀뚱한 눈으로 아내를 쳐다보았다. 왜요, 당신이 치워줄래요? 여전히 멀뚱한 눈의 남편이 손사래를 쳤다. 그 여자는 쓸모가 사라진 새의 집을 걷어내고 긴 호스로 물을 뿜어 그 자리를 말끔히 청소했다.

그 여자, 희숙은 평범한 사람이었다. 쉰넷에 이르도록 스스로에 대해 평범하지 않은 어떤 점도 발견할 수 없다고 그 여자는 생각해왔다. 소도시에서 운수업을 하는 아버지의 맏딸로 태어나 별다른 굴곡 없이 자라났고 그때로서는 드물게 서울 소재의 여자 대학을 졸업했다. 고향의 은행에 취직을 하고 창구에서 서툰 업무를 시작할 무렵 네 명의 동생들은 대학과 고등학교, 중학교에서 저마다 바쁜 나날을 보내고 있었으며, 그녀의 아버지는 사양길에 접어든 운수업을 접었다. 어쩌면 가장의 역할을 맡게 되는 것인가, 조금쯤 불안했지만 희숙의 아버지는 용의주도하고 자존심이 강한 사람이었다. 그는 작은 상가 건물을 마련하고 그곳에서 나오는 월세로 거뜬히 네 명의 자식을 건사하고 중년의 권태에 힘겨워하는 아내에게 자잘한 선물을 건네는 여유를 보였다. 가족이란, 무엇보다 책임이란다, 그녀의 아버지는 자주 그렇게 말했다. 목걸이나 스카프 따위, 그런 물건들을 보여주며 수줍은 듯 즐거워하는 어머니를 희숙은 이해했지만 어쩐지 우스꽝스럽다는 느낌을 지울 수 없었다.

그랬다. 남편의 작은 선물에 기꺼워하고 사소한 일상에 웃음을 짓거나 슬퍼하거나…… 그런 것이 평범,이라면 희숙은 결코 평범하다 할 수 없는 여자였지만 그녀는 알맞은 때, 알맞은 감정을 드러내는 정도의 양식을 익힌 사람이었으므로 스스로도 오랫동안 그 사실을 깨닫지 못했다. 결혼과 시집살이, 출산과 양육에 시간과 노력을 들이는 사이 희숙의 20대와 30대와 40대까지의 시간이 물처럼 흘러갔다. 부드럽고, 혹은 거칠고, 이따금 역류하는 것이 아닐까 느껴지기도 하는 그 흐름에 익숙해지는 것, 그것이 살아가는 일이 아닌가, 희숙은 그렇게 생각했으므로 시누이 셋과 시동생의 혼사, 철마다 끼어 있는 제사 모시기에 불평을 하지 않았고 세탁기조차 사주지 않는, 무시로 냉장고를 열어 내용물을 점검하는 시아버지의 근검에 대해서도, 그에 대해 전혀 관심이 없는 남편에 대해서도 별다른 불만을 가지지 않았다.

지난봄, 그 이전 겨울, 어쩌면 가을, 알 수 없는 어느 시기에 희숙의 몸에 그것은 자리 잡았다. 무참한 번식력을 가진, 광포한 식탐을 드러내는 괴물과도 같은 그 세포가 처음 자라난 곳은 희숙의 난소였고 복막 여기저기 팥알만 한 세포들이 번져나갔다. 희숙은 물론 오래도록 그 사실을 알지 못했다. 어느 날, 배가 불러올 때까지는.

동네 내과를 찾아갔을 때 의사는, 글쎄…… 복부 비만이 좀

심해지신 건 아닐까요? 하고 말했다. 최근 5킬로쯤 몸무게가 빠졌다는 말에는 원래 뱃살은 늦게 빠지니까요, 라며 허허 웃었다. 일주일이 더 지나 숨이 차오를 만큼 배가 불러왔을 때 희숙은 대학병원 내과에서 일하는 동창에게 전화를 걸었다. 신호음이 울리고 예쁜 목소리의 여자가 잠시만 기다리시면 곧 연결해드리겠습니다, 라고 말했다. 이 친구를 보게 되는 일이 생기는구나, 이렇게 만나고 싶지는 않다, 생각하면서도 희숙은 친구와의 통화를 기다렸다. 어쩐지 무서운 일이, 심각한 일이 몸속에서 진행되고 있다는 느낌이 들었을까. 그건 알 수 없는 일이었다.

어머, 오랜만이다. 웬일이니 니가 전화를 다 하고. 여전히 아름다운 목소리에 조금 날이 선 느낌이 들었지만 희숙은 심호흡을 하고 침착하게 말했다. 자꾸만 배가 불러, 이상해. 잠깐 침묵한 친구는 즉시 의사의 자세로 돌아가 언제부터? 어떤 기분이야? 다른 증세는 없어? 차례로 물었다. 글쎄, 기운이 없고…… 살이 좀 빠지기는 했어, 5킬로쯤. 친구는 경쾌하게 말했다. 뭐 별일이기야 하겠어? 오후에 진료야, 와봐.

예약 환자가 많았음에도 친구는 희숙을 먼저 만나주었다. 대기실의 즐비한 의자에 물건처럼 앉아 있는 사람들, 그들의 얼굴은 지치고 지쳐 보였다. 희숙의 가슴에 슬그머니 죄책감이 들 만큼. 어서 와, 앉아, 라고 한 친구는 미심쩍은 눈으로 희숙의 안색을 살피고는, 자세하게 말해봐, 배가 어떻게 불러? 기분은 어때?라고 물었다. 글쎄 배 속에 뭐가 가득 찬 느낌이야. 출렁이는 것 같아, 이상해. 진료실 한쪽에 희숙을 눕게 하고 배와 가슴 이곳저곳을 찌르듯 눌러본 친구가 건강검진은 언제 했는지 물었다. 지난가을이었나? 그 있잖아, 의료보험에서 해주는 거. 낯빛이 조금 어두워졌는가 싶었지만 친구는 차분하게 말했다. 지금 봐서는 모르겠어. 정말 똥배일 수도 있고. 그래도 검사 좀 해보자, 내일 나와. 내가 예약해줄게. 오늘 밤부터 굶어야 돼.

내일 가능하겠는가, 묻고 싶었지만 희숙은 고마워, 라고만 하고 방을 나왔다. 대기실의 사람들이 그녀를 물끄러미 쳐다보았다. 그들의 눈에서 얼핏 적의를 본 것 같아 희숙은 빠른 걸음으로 복도를 빠져나왔다. 불과 100여 미터의 속보에도 숨이 차올랐다. 어떤 전조가 있었을까? 그럴지도 몰랐지만 희숙은 그걸 알아채지 못했다. 남편과 아들 역시 그랬다. 오후, 병원엘 다녀왔다,고 희숙이 말했을 때, 남편은 왜? 어디 아파? 물었다. 글쎄 그게…… 희숙이 대답하기 전에 남편의 입에서 탄성이 먼저 터져나왔다. 이야, 넘어간다, 넘어간다, 그렇지! 내 그럴 줄 알았어. 하얀 공이 포물선을 그리며 날고 있는 화면을 보며 희숙은 입을 다물었다. 그녀의 남편은 야구광이었다. 희숙으로서는 알지 못하는 결혼 전, 학생 시절, 중학생이던 때부터 실업야구와 고교야구까지 챙겨보던 열혈 팬이었다. 던지고 받고 치고 달리는, 점수를 내기 위해 그토록 긴 시간을 바쳐야 하는 선수들을 그토록 오랫동안 바라보는 남편을 이해하기 힘들었지만 희숙은 그에 대해 아무런 말을 하지 않았다. 그녀로 말하자면 야구라는 것이 몇 명의 선수가 필요한 경기인지조차 알지 못하는, 그다지 알고 싶지 않은 편에 속했다.

두어 주 전, 느닷없이 쓰러졌던 일이 떠올랐다. 호스피스 병동에서 기도를 마치고 엘리베이터 앞에 섰을 때였다. 급작스러운, 무언가 차가운 바람이 머리 속을 스치는 느낌이 일었는가 하는 순간 희숙은 정신을 잃고 맥없이 쓰러졌다. 병원 안이었으므로, 평소 친분이 있던 간호사가 그녀를 응급실로 옮겼지만 침상이 응급실 입구에 닿기도 전에 그녀는 깨어났다. 아, 괜찮다, 하는 희숙을 눕히고 어린 의사는 맥박과 혈압을 재고 동그랗고 작은 불빛을 내는 기구를 희숙의 눈에 들이대고 무릎을 굽혀보라, 세워보라, 주문을 했다. 뭐 무리하셨어요? 의사가 물었다. 글쎄 그랬나 봐요. 희숙은 얌전하게 말했다. 재건축 때문에 10여 년째 살던 집을 옮기느라, 새로운 아파트의 추첨을 위해 애쓰느라, 봉사를 쉬지 않느라, 때마침 임종 환자가 많아 벽제를 집처럼 드나드느라, 그사이 친정어머니가 보내온 추어탕거리를 들통 하나 가득 끓여서 시누와 시동생에게 나누어주느라…… 보낸 몇 주가 특별한 무리였다고 생각지 않았지만 그녀는 얼른 응급실을 벗어나고 싶었다. 봉사가 아닌 일로 병원에 머무르는 시간은 낯설고 어색했다. 호스피스 병동에서 말기 암 환자를 위해 기도를 하고 노래를 불러주고 휠체어를 밀며 천천히 산책로를 지나는 일을 8년째 해오는 동안, 희숙은 감기약조차 먹어본 적 없는 건강한 여자였다.

다음 날 희숙은 패트 시티라는, 늘 들어왔으나 낯설기 짝이 없는 기기 속으로 들어갔다. 위잉, 무언가 회전하는 소리가 머리 속을 울리고 주삿바늘이 팔뚝에 꽂히자 온몸이 후끈, 달아오르는 느낌이 일었다. 설명 들으셨죠? 요오드 액이에요. 사진 선명하게 보이라고 주입하는 건데요, 금방 괜찮아지십니다. 숨 참으십시오, 내뱉으십시오, 참으십시오, 내뱉으십시오, 스피커의 음성을 따라 몇 차례 숨을 멈추고 내쉬는 동안 희숙은 한껏 긴장하고 있었다. 불편하셨죠? 이제 다 끝났습니다. 예쁜 간호사가 친절하게 일러주었다.

사흘 후, 희숙은 마침 휴가 나온 아들과 함께 의사를 만났다. 친구가 추천한 그 방면의 권위자,라는 의사는 검은 얼굴에 콧수염을 기른 중년의 남자였다. 수염 때문에 그의 표정을 읽기가 어려웠다. 진료실의 작은 의자에 앉아서 희숙은 긴장으로 숨을 몰아쉬었다. 글쎄, 나는 잘 모르겠어. 주치의가 설명할 거야. 검사 결과를 묻는 희숙에게 친구는 그렇게 말했다. 경쾌하고 맑은 음성이 아니었다. 설명 듣고, 시간 괜찮으면 내 방으로 와,라고 했지만 제 시간이 없다는 말처럼 들렸다. 매 순간 습관처럼 기도하며 살아왔다, 희숙은 생각했다. 아이들과 남편을 위해서, 악취를 기꺼이 참으면서 배변을 돕고 시든 오이 같은 몸을 씻기기를 마다하지 않는 동료 봉사자들을 위해서, 시아버지와 시누와 또 다른 가족과, 지병을 숨기고 단 사흘 병실에 머물다 떠나간 친정아버지를 위해서…… 스스로를 위해 기도를 한 적이 있었던가. 특별히 그런 기억은 나지 않았다. 그 모든 기도가 스스로를 위한 것이라 여긴 것도 같았다.

이윽고 벽에 걸린 몇 장인가의 사진 뒤로 형광등이 켜지고 의사는 그중 하나를 가리켰다. 난소인데요…… 의사는 거기서 말을 끊었다. 넓지 않은 방 안 공기가 위잉, 형광등이 내는 소리로 흔들리는 것 같았다. 그는 애매한 표정으로 희숙을 바라보았다. 희숙의 가슴에 커다란 너울이 일었다. 그때 그 여자는 알았다. 자신의 몸속에 무슨 일인가 일어났다는 것을, 어쩌면 돌이킬 수 없다는 것을, 다시는 예전처럼 산을 오르지 못하리라는 것을.

그게…… 이런 경우는 드문데요, 난소에서 시작해서 복막으로 번졌습니다. 발병 시기는 글쎄, 지금으로서는 단정할 수 없을 것 같습니다. 상당히 급속하게 번졌다는 것밖에는. 일단 수술을 해봐야 정확한 사정을 알 수 있을 거라 여겨집니다만 암세포를 제거하더라도 말끔하게 되기는 어려울 것 같아요.

아시다시피 복막은 제거할 수 있는 게 아니니까요. 담당의사는 신중한 사람이었다. 단어 하나하나를 천천히 공들여 발음하고 그때마다 희숙과 아들의 얼굴을 살피는 기색이었다. 아니, 어머니는…… 정말 건강했는데요. 아들은 어이없다는 표정이었다. 아들은, 알 수 없는 이유로 의사라는 직업을 혐오했다. 아들이 의대에 가기에 충분한 성적으로, 교내 모든 선생님과 남편의 강력한 희망을 가볍게 떨쳐내고 화공과에 진학했을 때 남편은 실망하고 노여워했지만 희숙은 그러지 않았다. 낳고 길렀다는 이유로 아들의 인생에 관여하는 것은 부당하다, 는 것이 그 여자의 생각이었다.

머릿속이 멍해지고 하얗게 비는 것 같았다. 어이없는데…… 그런데…… 스스로의 기분을 희숙은 정확하게 표현할 수가 없었다. 슬프거나 놀랍거나 안타깝거나, 그런 감정에도 연습이 필요하다는 것을 그 여자는 알지 못했다.

그럼 죽나요? 희숙의 음성은 가닥가닥 갈라져 나왔다. 의사는 고개를 갸웃하며 그녀에게 웃어 보였다. 암이라는 거, 사람마다, 경우가 다 다릅니다. 어떤 이는 1년이나 살겠나 싶어도 10년, 그 이상 생존하기도 하고요, 잘만 관리하면 자연사하는 예도 없지 않습니다. 일반적인 예후라는 것도 있지 않아요? 난소암의 경우는 어떤지요? 다른 사람의 일을 묻듯 침착한 자신이 이상하게 여겨지고 목소리조차 제 목에서 나오는 것 같지 않았다. 조금 난감한 얼굴로 의사는 천천히 말했다. 아…… 그게 일반적인 예후가 썩 좋지는 않아요. 무슨 상피암과는 다르다고 할 수 있으니까.

나 죽나 봐. 희숙은 아들에게로 고개를 돌렸다. 하고 나니 엄마로서 할 말이 아니라는 자각이 뒤늦게 들었다. 무슨 그런 말을 해, 엄마가 왜, 하다 말고 아들은 흑, 울음을 터뜨렸다. 아들은 어린아이처럼 흑흑 느껴 울었다. 그녀는 아들의 어깨를 안았다. 이 애랑 함께 오는 게 아니었는데, 후회가 들었다. 때마침 출장 가야 했던 남편의 일정이 원망스러웠다.

일단 수술 일정을 잡읍시다, 자세한 것은 열어봐야 알 수 있으니까. 그 말을 끝으로 뭐 더 물어보실 것 있습니까, 하고 의사는 방을 나갔다. 고맙습니다, 하고 따라 일어서는 희숙의 뒤에서 아들이 조그맣게 중얼거렸다. 고맙기는 개뿔, 뭐 저런 자식이 있어? 아들은 분노하고 있었다. 전혀 도움이 되지 않는다. 희숙은 생각했다. 친구를 만나야 할까. 그 애라면 솔직하게 이야기를 해줄 것 같았다. 희숙이 아는 한 친구는 똑 부러지는, 군더더기 없고 냉정한 성격의 소유자였다.

2. 연민

뭐였지? 그래, 참 당신 병원 갔었다며? 어디 아프다고? 사흘 후 저녁, 출장에서 돌아온 희숙의 남편은 피곤한 기색이었다. 배가 불러왔다든가 시티를 찍었다든가 하는 말을 전한 바 없었으므로 그로서는 상황을 전혀 짐작지 못하는 것이 당연했다. 아빠에게 전화를 걸겠다는 것을, 유학 중인 동생에게 알리겠다는 것을, 귀대를 늦추겠다는 고집을 말린 것은 물론 희숙이었다. 아들은 늘 그랬듯 묵묵히 엄마의 의견을 따랐다. 당신 갱년기라 그런 거 아냐? 내 친구 와이프들도 요즘 다들 시들시들하다더라. 약을 좀 먹든가. 지난번에 그 누구냐, 민우가 가져온 비타민, 그거 귀한 거라던데 챙겨 먹어봐. 민우가 아닌 선우였지만 그걸 문제 삼을 계제는 아니었으며 도합 열셋에 이르는 조카들의 이름을 제대로 기억하지 못한다 해서 나무랄 일 또한 아니었다. 나, 말이지. 암이래, 복막암. 희숙의 음성에는 높낮이가 없었다. 막 옷을 벗는 중이던 남편의 손에서 넥타이가 떨어졌다. 그의 눈자위가 금세 붉게 물들었다. 석상처럼 굳은 채 그는 서 있었다. 희숙은 천천히 남편에게 다가가 그의 발치께로 몸을 굽혀 넥타이를 집어 들었다.

다음 날 그들 부부는 희숙의 친구를 찾아갔다. 두 사람에게 친구는 자세하고도 성실한 설명을 해주었는데 그 요지는 이러했다. 암세포가 발견되었다, 수술이 있을 것이다, 그 후의 일은, 지금으로서는 전혀 알 수 없다…… 희숙의 남편은 왜, 어째서 이런 일이 생겼는지 알고 싶어 했지만, 그런 질문은 전혀 도움이 되지 않는다, 친구는 잘라 말했다. 이 시점에서 중요한 건 말이죠, 일단 냉정해져야 한다는 거예요. 주치의를 믿고 따르는 것이 필요하죠. 일단 수술 결과가 나오면 제 의견을 말씀드리죠. 차갑다 싶을 만큼 냉정한 태도였다. 희숙의 남편은 화가 났다. 화가 났지만 화를 낼 수 없었으므로, 화를 낼 상대를 알지 못했으므로 그는 바보처럼 멀뚱히 아내의 친구를 바라보았다.

집으로 돌아오는 길, 희숙의 남편은 조금 부끄러웠다. 아내에게 따뜻한 위로를 건네지 못했다는 사실을 뒤늦게 깨달은 탓이었다. 이제 쉰넷, 죽기에는 너무 이른 나이가 아닌가. 그는 억울하고 분했다. 아내는 건강하고 부지런한 사람이었으며 그가 아는 누구보다 성실했다. 꿈에서라도, 단 한 차례도 아내가 자신보다 먼저 죽을 것이라는 생각 따위는 해보지 않았으므로 그는 당황하고 화가 났으며 아내 앞에서 멍청한 얼굴을 보인 자신이 부끄럽기 짝이 없었다. 당연하게도 그는 아내의 발병이 어쩌면 자신으로 인한 것일지도 모른다는 죄책감에 빠져들었다. 특별히 아내를 괴롭히는 남편이라 생각한 적은 없었지만 그 또한 모를 일이었다. 아내는 불만을 드러내고 잔소리를 하는 타입이 아니었다.

조수석의 아내는 등을 깊숙이 기댄 채 눈을 감고 있었다. 여보, 그가 아내를 불렀다. 반짝, 눈을 뜬 희숙이, 왜요? 하고 물었다. 아내의 눈을 보는 순간 눈물이 솟구쳤다. 그는 핸들을 꺾어 갓길에 차를 세웠다. 다른 병원에 가보자. 오진일 수도 있지 않겠어? 희숙은 말간 눈으로 그를 바라보았다. 그를 사로잡았던 눈, 맑고 아름다운 눈자위에 거무스름한 테가 둘려 있었다. 그쪽으로는 권위자라잖아, 그 의사가. 그리고 아내는 바싹 마른 입술을 꼭 닫았다. 아내의 손을 잡으려다 말고 그는 슬며시 손을 거두어 핸들을 바짝 부여잡았다. 무슨 일에건 아내는 결정한 바를 뒤집거나 돌이키지 않는 편이었으며 후회 또한 하지 않았다. 이따금 그는 그런 아내가 두려웠는데 지금이 그러했다. 그는 아내에게 무슨 말을 더 해야 할지 알 수 없었다. 여름날 오후의 강한 햇살이 눈을 찔렀다.

밤, 잠들지 못한 그는 고른 숨을 쉬며 잠든 아내를 내려다보았다. 그는 아내의 몸이, 지금 순한 잠에 빠져든 아내의 육체가 이제부터 겪을 변화를 생각했다. 창으로 들어온 달빛이 아내의 어깨 위에 앉아 있었다. 달빛에 희게 빛나는 어깨를 만지려던 그는 이내 손을 거두었다. 아내를 만지는 것이 두려웠다. 아내가 아프다, 어쩌면 죽는다…… 불과 며칠 전까지도 상상한 적 없는 일이 그에게 일어났다. 이건 아니다, 그는 생각했다. 무슨 방도가, 어떤 방법이, 틀림없이 좋은 치료법이 있을 것이다, 그는 중얼거렸다. 그는 본래 낙천적인 사람이었다. 날이 새면 누군가에게, 어딘가에 전화를 걸어 물어보리라, 어떤 곳에서든 방법을 찾아내리라. 그는 아내의 옆에 조심스레 몸을 뉘었다. 고요한 숨소리가 그에게 전해져왔다. 어쩌면 저리 평화롭게 잠들 수 있는지, 그는 아내의 잠이 다행스럽고도 의아했다.

다음 날 그는 여느 때처럼 일찍 잠에서 깼지만 아내는 일어나 있지 않았다. 그는 주방으로 가서 먼저 밥솥을 열었다. 밥솥은 비어 있었다. 그는 조리대에 얹힌 두 개의 냄비를 열었다. 미역국과 갈치조림이 냄비의 절반 정도를 채우고 있었다. 쌀을 어디다 두었을까. 다용도실과 냉장고를 뒤져보았지만 쌀이나, 그 비슷한 것도 보이지 않았다. 마침내 그는 싱크대 밑에서 쌀독을 찾을 수 있었다. 방으로 가서 잠든 아내를 들여다본 그는 다시 주방으로 나왔다. 그러니까 물을 이만큼 부으면 되려나, 혼잣말을 중얼거리며 씻은 쌀을 밥솥에 붓고 스위치를 눌렀다. 삐이, 이상한 신호음이 울렸다. 백미 취사를 시작합니다, 밥솥이 예쁜 여자 목소리를 냈다. 거참, 흐음, 그는 빨간색 밥솥을 신기한 듯 바라보았다.

냉장고를 열어 김치 통과 밑반찬 통을 꺼내고 있을 때 아내가 일어나는 기척이 들렸다. 그는 재빨리 방으로 갔다. 당신 좀더 자, 밥은 이제 내가 할게. 아내의 얼굴에 희미한 미소가 피어올랐다. 당신 밥 할 줄 알아?라거나, 쌀은 찾았어?라거나 그 어느 것도 아내는 묻지 않았다. 아내는 말없이 홑이불을 쓰고 다시 자리에 누웠다. 그는 조금 머쓱해져서 방을 나왔다. 아내보다 먼저 하루를 시작하는 일이 어색했지만 곧 익숙해져야 할 것이었다. 그 밖에도 많은 일에 익숙해져야 할 터이지만 우선 할 수 있는 일을 하자, 그는 생각했다.

3. 진행

 수술은 오래, 정말 오래 걸렸다. 일곱 시간이 지나고 30분이 더 흘렀을 때 수술실의 문이 열리고 한 떼의 의사들이 나왔다. 선생님, 어떻게…… 희숙의 남편이 주치의의 앞을 막았다. 잘 진행되었어요, 너무 걱정 마세요. 몹시 지쳤는지 의사는 그를 밀치듯 지나서 복도 끝 쪽으로 걸어갔다. 내일 일정을 잡아 드릴 테니 그때 자세한 설명을 들으세요, 오늘 수술은 정말 힘들었습니다. 친절하게 일러주는 다른 의사에게 희숙의 남편은 매달리듯 물었다. 우선, 그전에, 대충이라도…… 상황이 어땠는지…… 아빠, 저기, 아들이 그의 팔을 잡았다. 수술실 문을 밀며 침상 하나가 빠져나왔다. 몇 개의 링거 병을 주렁주렁 매단 침상에 희숙이 누워 있었다. 핏기 없는 얼굴, 갈라진 입술을 보는 순간 그의 눈에서 눈물이 흘러내렸다. 여보, 여보, 여보…… 그는 침상에 바짝 붙어 아내의 이마를 짚었다. 아내는 차가웠다. 이제 중환자실로 옮기니까 거기서 대기하시고요, 오늘 밤에는 밖에서 지키도록 하세요, 잠깐 동안이지만 맥박이 멈추기도 했어요, 아주 심각한 상황이었거든요, 수련의 하나가 그를 떼어냈다. 그는 아들과 어깨를 나란히 하고 침상을 따라갔다.

새벽. 희숙이 눈을 떴을 때 벽시계는 4시를 가리키고 있었다. 실내는 어두컴컴했고 희숙은 잠시 어리둥절해졌다. 여기가 어딘가, 내가 어디에 있는가, 이미 죽은 것인가…… 머리 쪽에서 뚜뚜, 규칙적인 기계음이 들렸다. 희숙은 눈을 들어 팔뚝에 꽂힌 바늘과 그 끝에 매달린 링거 병을 보았다. 차가운 수술실의 공기, 하나, 둘, 따라 세다 까무룩 의식이 사라지던 순간이 떠올랐다. 그녀는 무거운 팔로 가슴 언저리와 코끝에 매달린 고무관을 만져보았다. 옆 침상의 청년이 끄응, 신음 소리를 냈다. 청년의 온몸에는 하얀 붕대가 감겨 있었다. 깨셨네요, 기분이 어떠세요? 간호사가 희숙에게 다가왔다. 기분은…… 기분이 어떤지 그녀로서는 말하기 쉽지 않았다. 몸 안의 무언가가 몽땅 빠져나간 느낌, 조금 추운가 싶지만, 열이 오르는 듯 붕 떠 있는 느낌이었지만, 희숙은 괜찮아요, 라고 말했다. 지금 중환자실에 계시는 거구요, 수술은 잘 끝나셨다고 하구요. 아까까지 남편 분이 밖에 계셨는데, 확인해드릴까요? 면회 시간은 아침 7시부터거든요. 친절한 간호사였다. 그러지 않아도 괜찮다, 좀더 자겠다. 희숙의 목에서 기이한 음성이 나왔다. 희숙은 눈을 감았다. 복막암의 예후가 어떠한지를 희숙은 인터넷 검색을 통해 알았다. 우리 할머니가, 우리 어머니가…… 누군가 올린 글들에는 한결같이 1년, 혹은 1년 반이 한계라고 적혀 있었다. 1년…… 쉰넷에서 다섯이 되는 시간. 그 시간 동안 자신에게 어떤 일이 일어날 것인지, 그것이 전부라면 무슨 일을 해야 할 것인지…… 이상하게도 슬프거나 두렵지는 않았다. 희숙은 다른 사람의 일인 듯 천천히 앞으로의 1년을 생각하기 시작했다.

일단 자궁을 적출했습니다. 물론 난소도 떼어냈구요. 상당한 양의 복수를 빼냈어요. 이제 숨쉬기는 좀 편안해지실 겁니다. 다행히 다른 장기로의 전이는 발견되지 않았습니다. 간도 위도 깨끗해요. 우선 떼어낼 수 있는 암세포는 다 제거했어요. 문제는 복막의 암인데, 항암제를 투여해서 치료를 할 텐데요…… 뭐 궁금한 게 있으면 물어보시죠. 주치의는 친절한 듯했지만 대단히 사무적이었다. 항암제를 투여하면 암세포가 얼마나 제거되겠는가, 희숙의 남편이 조심스레 물었다. 의사는 멀거니 그를 쳐다보았다. 제 말씀은 그러니까 항암제를 투여하고 암세포가 제거되면…… 나을 수도 있다는 건지…… 그의 말투가 더욱 조심스러워졌다. 환자의 경우는, 뭐라 말씀드리기 어렵습니다. 아시겠지만 이건 살아 움직이는 세포거든요. 사람마다, 케이스가 다 다르지요. 환자의 투병 의지와 가족의 보살핌에 따라 천차만별이지요. 어쨌든 마음을 단단히 하시고…… 이제부터 시작입니다.

심 박사가 뭐라 했을지, 말하지 않아도 알아. 그 사람, 실력은 상당하지만 조금 보신주의자거든. 원칙적이고 통계를 중요시하지. 싫은 소리는 안 하는 사람이야. 심하게 말하자면 들으나 마나 한 얘기를 할 때도 있어. 말투는 결연했지만 희숙의 친구는 온화한 표정을 잃지 않았다. 나는…… 정확히 말해주기를 바라. 잘 알잖아. 희숙은 간절한 눈으로 친구를 바라보았다. 친구를 찾아온 이유도 오로지 그것이었다. 희숙에게 필요한 것은 위로가 아니었다. 그녀는 정확한 사실을 알고 싶었다. 너는…… 여전하구나. 친구의 입술이, 커다랗게 확대되어 마치 입만 살아 있는 듯 느껴지는 그 입술이 천천히 움직였다. 냉정하게 말할게. 1년 반 정도라고 생각해. 난소암의 경우는, 이처럼 진행된 경우는 대개 그 정도를 넘지 않아. 말들이 토막토막 끊어져 희숙의 앞에 떨어졌다. 나라면…… 내가 만일 이런 경우라면 수술 같은 건 안 해. 항암 치료도 안 할 거야. 우리 엄마, 너 알잖아? 우리 엄마 간암 판정 때도 그랬어. 조치원에 내려가셔서 먹고 싶은 거 먹고 하고 싶은 일 하다 편안히 가셨어. 2년. 사는 기간은 사실 별 차이 없다고 봐, 나는.

연구실에서 몇 발짝 떨어진 곳에서 희숙의 남편은 혀를 찼다. 당신 친구 맞아? 무슨 저런 의사가 있어? 친구끼리는 닮는가, 목구멍까지 넘어온 말을 그는 간신히 삼켰다. 정확하게 말해달랬잖아, 내가. 저 친구 탓이 아니야. 희숙의 음성에는 감정이 들어 있지 않았다. 그는 꾸중 들은 아이처럼 고개를 숙이고 걸어갔다.

3주 간격으로 항암제 투여가 시작되었다. 하루 전 입원, 이틀 투여, 이틀 구토의 나날을 보내고 퇴원하면 희숙의 머리카락은 뭉텅 줄어 있었다. 자고 일어나면 베갯잇에 머리카락이 한 무더기씩 묻어났다. 세번째 항암제를 투여하고 퇴원하던 날, 희숙은 남편에게 머리카락을 밀어달라고 말했다. 내가? 그는 울듯 한 표정으로 아내를 바라보았다. 미장원에 가기는 좀 그렇잖아. 가위로 자르고 당신 면도기로 밀면 되지 않을까? 희숙은 어깨에 보자기를 쓰고 화장실에 간이 의자를 들여놓고 앉았다. 거울에 비친 얼굴이 아이처럼 작았다. 가위를 든 남편의 손이 떨리는 것을 희숙은 거울을 통해 바라보았다. 사각, 소리가 나고 한 옴큼 머리카락이 잘렸다. 잘린 머리카락 뭉텅이가 부스스 바닥에 떨어졌다. 윤기가 사라진 머리카락은 들짐승의 털 같았다. 머리 미니까 당신 귀엽다, 동자승 같은걸. 희숙의 남편이 아이처럼 웃었다. 우리 기념사진 하나 찍을까. 나중에 보면 재미있을 거야, 그치. 카메라 어디 있지? 장롱을 여는 남편의 뒷모습을 희숙은 물끄러미 바라보았다. 단순하고 정직하고 아이처럼 무구한 사람…… 이제까지 알아온 남편이 조금도 달라지지 않았다는 사실이 희숙은 다행스럽고 쓸쓸했다.

4. 연습

 그 여자의 발병은 여자를 아는 모든 사람을 경악에 빠뜨렸다. 세상에나, 언니처럼 사는 사람이 웬일이래. 이게 무슨 경우야. 시누들은 울음을 터뜨렸고 시동생은 허허 참, 말을 잇지 못했다. 희숙은 언제나 오전 6시면 일어나 밤사이 맑아진 공기를 마시며 집 뒤의 약수터까지 걸어갔다. 돌아오면 그사이 깨어난 남편과 두 아들과 함께 아침을 먹었다. 미역국이거나 북엇국, 혹은 맑은 쇠고깃국, 나물, 생선, 야채와 과일들, 어느 것 하나 제철 식품 아닌 것이 없었으며 모두가 유기농 전문 조합을 통해 구입한 것들이었다. 아토피 피부를 가진 아들, 알레르기성 비염을 앓는 남편을 위해 그녀는 특히 먹을거리에 정성을 기울였으며 무농약으로 재배한 메밀 베갯속, 빳빳하게 풀 먹여 다림질한 목면 홑청을 사용했다. 요즘 누가 이런 걸 써, 언니도 이제 좀 편하게 살아. 이따금 시누들이 핀잔을 해도 여자는 고집을 꺾지 않았다. 희숙이 결혼했을 때 중학생이거나 고등학생이었던 그들은 하루가 멀다 하고 희숙을 방문했다. 그들이 총총히 앞세운 아이들이 외숙모, 큰엄마를 부르며 눈물을 흘리다 부모에게 야단을 맞고 슬그머니 방을 나갔다. 몇 차례, 병원을 오가면서 아이들은 살금살금 걷고 나직하게 말하는 법을 배워갔다.

참, 그거 나왔어. 우리 사진 찍은 거. 당신 진짜 예쁘게 나왔어. 무슨 탤런트 같아. 볼래? 저녁 무렵, 식탁에 앉은 희숙에게 남편이 말했다. 내달이면 결혼 30주년이었다. 결혼하기 전에, 다른 가족이 더 생기기 전에, 동생이 미국 유학을 떠나기 전에 사진 한 장 만들어 걸자, 한 것은 아들이었다. 남편은 희숙에게 하늘색 투피스를 사주었고 오랜만에 미장원에 다녀온 희숙을 보고는 과장된 탄사를 보냈다. 아직 발병을 알지 못하던 시기였다. 검은색 배경에 하얗게 떠올라 있는 사진 속 얼굴은 몹시 낯설었다. 지나치게 덧칠을 한 듯 빳빳한 털을 가진 듯 긴 속눈썹의 여자는 조명 탓인지 약간 찡그린 눈에 함박웃음을 웃고 있었다. 뒤에 나란히 서 있는 두 아들의 사진 속 얼굴을 여자는 가만히 쓰다듬었다. 도톨한 감촉이 손에 전해지고 여자의 가슴에 물결처럼 흐느낌이 일었다. 어쩌면 이것을 영정으로 쓰겠구나, 너무 웃는 얼굴이어서 이상하겠구나……

5. 상처

시간이 천천히 흘러갔다. 항암제를 맞고 구토와 씨름하는 며칠 동안 시간은 멈추어 있는 것 같았다. 희숙의 맑은 살빛은 노랗게 변해가고 손톱 아래 빗살 무늬의 반점이 생겼다.

어느 오후, 희숙은 친구의 방문을 받았다. 항암 치료를 끝내고 막 퇴원한 참이었다. 지낼 만해? 친구는 전혀 아무 일 없었다는 듯 무람한 얼굴이었다. 오래전, 그 친구와 같은 학교에서 공부하던 시절, 희숙과 그 친구는 쪽지 편지를 교환하던 사이였다. 어젯밤에 우리 아버지가 글쎄…… 우리 오빠는 있잖아, 하는 사소한 이야기가 담긴 글들을 주고받으며 그 여자와 친구는 번갈아 전교 수석 자리를 오르내렸다. 둘 사이가 어긋나게 된 것, 미워하고 증오하고 잊게 된 것은 그, 아르바이트로 그들을 가르쳤던 한 대학생 때문이었다.

그 남자, 이제는 친구의 남편이 된 정수는 정해진 시간이 되면 후줄근한 모습으로 나타나 심드렁한 목소리로 숙제는 했냐, 묻고는 시종 권태로운 표정으로 두 아이를 가르쳤다. 잠깐 쉬는 시간이면 벽에 기대 끄덕끄덕 졸고 있는 그에게는 땀 냄새, 담배 냄새, 가난의 냄새가 났다. 아유, 남자 냄새. 그가 먼저 방을 나가고 나면 친구는 고개를 흔들면서 창문을 열어젖혔다. 냄새가 좋았다고는 할 수 없었지만 희숙은 싸늘한 밤공기에 그의 흔적이 사라지는 것 같아 어쩐지 서운한 느낌이 들었다. 거뭇한 수염자리와 검도를 하느라 부르튼 손바닥, 나달나달 해진 양말의 뒤꿈치까지 그의 모든 것이 희숙의 마음에 남았다. 그 사람이 특별했던 것은 아니었을 테지만 희숙은 그를 특별하게 생각했다. 딸만 다섯인 집에서 자라나 여자 중학교와 여자 고등학교를 다닌 희숙에게 그는 가장 오래, 가장 가까이 만난 젊은 남자였다. 교회에 다니던 친구에게는 무람하게 지내는 남학생들이 적지 않았다. 이따금 친구는 희숙에게 남자애들을 소개해주겠노라 나서곤 했지만 우스꽝스럽고 유치한 편지를 보내오는 또래의 남자아이들에게 그녀는 아무런 관심이 가지 않았다. 선생님이라 부르는 사람에게 애틋한 마음을 품는 것이 그 당시의 유행이었지만 내 경우는 그와는 다르다고, 그 여자는 생각했다.

대학 합격자 발표가 나던 날 그는 희숙과 친구를 불러 경양식 집에서 저녁을 샀다. 친구와 희숙은 양손에 포크와 나이프를 들고 그와 마주 앉아 고기를 썰고 맥주를 마셨다. 양복 차림의 그에게서는 여전히 가난의 냄새가 났지만 그는 적지 않은 음식 값을 지불하고 둘에게 용돈을 건네는 여유를 보였다. 그 돈이 친구의 어머니가 그에게 전한 두툼한 봉투에서 나왔다는 사실을 희숙은 오랫동안 알지 못했다.

친구의 어머니는 셈이 빠르고 유행에 민감한 여자였다. 그 시절, 대부분의 어머니들이 앞치마를 입고 부엌에서 시간을 보낼 때 친구의 어머니는 세련된 양장 차림으로 어딘가 알 수 없는 곳으로 종일 돌아다녔고 그네의 집은 곧 소도시를 벗어나 위성 도시로, 그리고 서울로 옮겨 갔다.

그 남자가 본과 4년을 보내는 동안 희숙은 자주, 라고는 할 수 없었지만 지속적으로 그를 만났다. 김밥집과 영화관, 다

방, 포장마차, 그런 곳들이 그들의 데이트 장소였다. 어쩌다 한적한 경복궁을 거닐 때도, 추운 거리를 종종걸음으로 함께 지날 때도 있었다. 그럴 때 그는 차가워진 그 여자의 손을 잡아 자신의 외투 주머니에 넣었다. 그의 팔에 매달리고 싶은 생각이 들수록 어쩐지 쑥스러워진 희숙은 멀찌감치, 엉거주춤 그에게 손을 맡긴 채로 걸었다. 손을 빼내고 싶은 듯, 어색한 자세의 그녀에게 남자는 종종 물었다. 왜, 싫으니? 그의 얼굴을 쳐다보기가 어려웠으므로 희숙은 그저 고개를 젓기만 했다. 그를 기다리는 시간, 약속 없이 그를 볼 수 있기를 바라며 동숭동 거리를 우두커니 지키는 시간, 저만치 다가오는 그의 얼굴을 발견하는 그 순간 희숙은 행복했다.

마냥 행복할 수 없었던 이유, 아무에게도 말하지 않았고 말할 수 없었던 일은 오래지 않아 일어났다. 그 남자에게는 불가해한 폭력성이 있었다. 무슨 말인가의 끝에 그는 갑자기, 정말 벼락같이 일어나 옆에 앉은 희숙의 뺨을 향해 주먹을 날렸다. 그 남자의 친구와 그 여자, 셋이 만난 자리였다. 소주잔이 떨어져 박살이 나고 술집 안의 모든 사람이 그 여자를 쳐다보았다. 이 새끼가, 너 미쳤니? 친구가 황망히 그를 끌고 밖으로 나갔다. 그들의 뒷모습을 바라보며 희숙은 멍하니 서 있었다. 맞은 자리가 홧홧 달아올랐지만 아픔은 느껴지지 않았다. 내가 무슨 말을 했던가. 그가 그토록 취했었나. 희숙은 천천히 가방을 들고 그곳을 나왔다. 다음 날 전화를 걸어온 그는 전혀, 아무것도 기억하지 못한다고 말했다. 그렇지만 미안하다, 내가 요즘 스트레스가 많아, 라고 말했다. 그 일이 잊힐 즈음 길거리에서 한 차례, 그리고 한밤, 그 여자를 불러낸 남자와 동네 놀이터 그네에 앉아 있었을 때 또 한 번, 남자는 아무런 예고 없이, 아무런 이유 없이 그 여자의 뺨을 향해 주먹을 휘둘렀다. 가만가만 이야기를 나누다 갑작스레 그래, 그렇단 말이지, 앞뒤 없는 시비조로 변한다 싶은 순간 그 일은 일어났다. 두 번 다 취해 있었지만 목소리도 걸음걸이도 말짱했으므로 희숙으로서는 전혀 대비할 수 없는 일이었다. 두 번 다 그 여자는 남자를 버려두고 도망쳤다. 무섭고 두렵고 겁이 났다. 다음 날이면 남자는 전화를 걸고 물었다. 내가 어떻게 했니, 무슨 일이 있었니? 기억하지 못하는 남자에게 나를 때렸다, 아팠다, 말하는 대신 희숙은 스트레스가 많은가 봐요, 라고만 했다. 기억하지 못하는 일을 따지고 캐묻고 나무라는 것이 부질없다 여겨지고 혹 그가 더 이상 자신을 만나지 않으려 할까 여자는 두려웠다. 희숙은 기다렸다. 그의 충동적이고 이해할 수 없는 폭력성이 가라앉기를. 남자에게서 가난의 냄새가 조금씩 가셔지고 너는, 왜 나를 만나니? 어느 날 불쑥 그가 물었을 때까지.

  프랑스 문화원에서 영화를 보고 나온 길이었다. 희숙은 막 그가 좋아하는 근정전 쪽으로 가자고 할까, 생각하던 참이었다. 왜 만나는가…… 좋으니까 만나지, 그런 가벼운 답을 하고 싶었지만 그는 너무 진지해 보였으며 희숙으로서는 그가 원하는 답이 어떤 것인지 확신이 서지 않았다. 그러니까 너는 왜, 나를 만나느냐고. 그가 느닷없이 소리를 질렀다. 그것 때문일까, 화가 났던 것일까. 영화를 볼 때, 말론 브란도의 음울한 얼굴이 클로즈업될 때 슬그머니 어깨 위로 넘어오던 남자의 손이 떠올랐다. 등을 지나 허리께를 더듬던 그 손이 희숙의 가슴 쪽으로 올라왔을 때 그 여자는 놀라 움찔 몸을 뒤틀었다. 불에 덴 듯 떨어져나가던 남자의 손…… 대답 없이 우물쭈물하는 사이 남자는 그녀를 버려두고 성큼성큼 길 저편으로 걸어가 택시를 타고 사라졌다. 그것이 끝이었음을 알려준 것은 친구와 그의 이름이 나란히 새겨진 청첩장이었다.

니네 아들, 어제 부대에서 전화했잖아. 아빠한테 들었다면서 그렇게 막 다 말하는 법이 어딨냐고 따지더라. 우리 엄마한테 무슨 포한이 있는 거냐, 덤비던걸. 스스로 탄 커피 잔을 들고 친구는 집 안을 둘레둘레 돌아보고 있었다. 커튼 없는 창, 액자 하나 걸려 있지 않은 벽, 집 안은 휑뎅그렁했다. 희숙이 그러하듯 장식을 모르는 집이었다. 희숙이 사과를 했지만 친구는 고개를 저었다. 귀엽던걸, 뭐. 그리고 사실, 나 네게 포한 있어. 희숙의 눈이 둥그레졌다. 너, 눈 그렇게 뜨니까 옛날이랑 똑같다. 어쩜, 무슨 수술한 애 같지도 않네. 친구는 활짝 웃었다. 그러고는 불쑥 물었다. 너는 알았지? 우리 남편 손버릇 나쁜 거, 알고 니가 달아난 거지? 무슨 말인가, 묻지 못한 채 희숙은 친구를 물끄러미 쳐다보았다. 그 사람, 싸우고 나서 네 얘기한 적 있어. 이상하다는 거지. 원래는 그렇지 않았다는 거지. 너 때문이라는 거야. 글쎄, 웃기지도 않지. 너랑 있을 때, 무슨 일이든 다 받아주고 어떤 일이 있어도 아무 상관하지 않는다는 듯 구는 너 때문에 생긴 버릇이라는 거야. 희숙의 얼굴이 해쓱해졌다.

너 병 걸리고 나서 생각하니까, 그 사람 말이 영 아니지는 않다, 싶더라. 너는 다른 사람 상처 내는 일, 싫은 소리, 해 되는 짓 절대 안 하잖아. 그게 다 네 상처로 돌아간 게 아닌가 싶어, 말하자면. 병에 걸리는 일은 참으로 쓸쓸하구나……
희숙의 중얼거림은 말이 되어 나오지 않았다.

6. 후회

그게 무슨 말이냐. 작은 아들에게서 희숙의 발병 소식을 들었을 때 희숙의 시아버지는 금세 그 말을 알아듣지 못했다. 그는 선천적으로 난청이었다. 고성능의 보청기를 사용하고도 청각의 문제는 늘 그를 괴롭혔다. 형수가 암이래요, 아버지. 의사 말이 말기라고 해요. 아들은 아버지를 보며 입술을 정확하게 움직여 또박또박 말했다. 아들이 사다 둔 안마 의자에 앉아 있던 그의 몸이 순간적으로 얼어붙었다. 그게…… 대체…… 무슨…… 의자의 손잡이를 부여잡은 손에 힘줄이 툭 불거졌다. 실은 형수, 동남아 여행 갔다는 거, 거짓말이에요, 그때 수술했어요.

30년이었다. 스물네 살에 시집와서 쉰넷이 되는 동안 희숙은 언제나 그가 부르는 곳에 있었다. 초저녁잠이 많은 그가 새벽에 깨어나 야야, 부르면 네에, 긴대답이 들리고 곧 그가 원하는 커피 한 잔, 혹은 라면 반 그릇, 뜨거운 단팥죽 따위를 든 희숙이 나타났다. 눈가에 잠기가 그득했어도 언제나 말끔히 옷을 갈아입은 모습이었다. 변덕스러운 그의 입맛 때문에 다 지은 밥을 두고 칼국수를 밀어야 할 때도, 떡국을 끓이거나 급히 찹쌀 수제비를 내가야 할 때도 있었지만 희숙은 싫은 내색을 하지 않았다.

그래서…… 말기면 못 산다 하더냐? 그는 아들을 똑바로 바라보았다. 그는 사실을 알고 싶었다. 그의 아내는 추운 날 목욕탕에서 돌아오던 길에 쓰러져 그길로 숨졌다. 10년 저쪽의 일이었다. 이미 두 번의 발작이 있었다는 것을 그는 아내가 죽고 나서야 알았다. 아내와 아들들, 딸들까지 누구도 그에게 사실을 말해주지 않았다. 심장을 앓는 아내에게 이따금 짜증을 부리고 버럭, 고함을 질렀던 일이 그는 두고두고 후회스러웠다. 며느리의 일만은, 그는 정확하게 알고 싶었다. 주치의는 그저 수술 결과가 나쁘지 않다고만 하는데…… 슬쩍 그의 눈치를 살핀 아들이 말을 이었다. 제 친구 형이, 부인과 전문의여서, 마침 형수 주치의 친구여서 따로 물어봤는데요, 대략 1년 반 정도 보면 될 거라고…… 그 의사 말은 형수의 경우는 항암 치료가 큰 의미가 없다고, 환자를 괴롭게 할 뿐이니 그저 하고 싶은 일하고 먹고 싶은 거 먹으면서 편하게 지내다…… 그게 무슨 말도 안 되는 소리냐. 말을 자르며 그는 버럭 역정을 냈다. 지금이 어느 시댄데, 좋은 약이 얼마든지 많을 텐데 할 수 있는 건 다 해봐야지. 내가 이러고 있을 때가 아니다, 가자. 어느 병원이냐. 벌떡 일어서던 그가 아앗, 신음을 내질렀다. 아버지, 놀란 아들이 그의 어깨를 붙들었다. 괜찮다, 어서 가자. 허리에 묵직한 통증이 느껴졌지만 그는 안간힘을 쓰며 걸음을 내디뎠다.

형수 상태가 별로예요, 아버지. 오늘 항암제 맞았거든요. 구토 나고 짜증도 나고…… 아버지께 싫은 얼굴 하더라도 잘 대해주세요, 중언부언하는 아들을 밀치고 그는 병실 문을 열었다. 박박 깎은 머리가 먼저 눈에 들어왔다. 그의 가슴에 울컥, 무언가 솟구쳤다. 그는 비틀비틀 걸음을 옮겼다. 아버님…… 희숙이 자리에서 몸을 일으켰다. 아니다, 누워 있어라, 하고 그는 말을 잇지 못했다. 늘 반짝이던 피부, 통통하던 뺨이 푹 꺼진 모습에 무어라 말할 수 없이 가슴이 아팠다. 그의 눈에서 비죽 눈물이 흘렀다. 아버님…… 그러시지 마세요. 희숙은 희미하게 웃었다. 그는 작은 철제 의자에 앉아 며느리의 손을 잡았다. 신열이 있는 듯 손은 뜨거웠다. 내 손이 찬데, 하자 며느리는, 차가운 게 좋아요, 아버님, 했다. 무슨 말을 어떻게 해야 할지 그는 분간이 가지 않았다. 열기가 전해져 잡고 있던 손이 따뜻해졌다. 그는 일어나 화장실로 갔다. 차가운 물을 틀고 오래오래 손을 씻었다. 어디, 다시 한번 잡아주랴? 충분히 차가워진 손으로 그는 희숙의 손을 오래오래 쓰다듬었다.

이거…… 그가 내민 비닐 봉투 속에는 통장과 도장이 들어 있었다. 뭐예요, 아버님. 아범 돈 많아요, 저희 보험도 들었구요. 희숙은 질색을 했다. 스스로에게 더 무서운 그의 근검을 희숙은 잘 알고 있었다. 치료비로 쓰라는 게 아니다. 너 사고 싶은 거 사고, 쓰고 싶은 대로 써라. 얼른 나아서 어디 여행도 맘껏 가고…… 그는 기어이 허엉, 울음을 터뜨렸다.

7. 악화

새벽에 희숙은 깨어났다. 무언가 날카로운 통증 같은 것이 그녀를 깨웠다. 눈을 뜨고도 그 여자는 그 고통이 몸 어느 부위에서 비롯된 것인지 금방 깨달을 수가 없었다. 뭐였지, 중얼거리며 돌아누우려던 희숙의 입에서 신음이 새어나왔다. 몸이, 마치 장작처럼 굳어 움직여지지 않았다. 오른쪽과 왼쪽 팔을 들어보고 허리를 일으키려던 희숙은 막 터져나오는 비명을 삼켰다. 오른쪽 다리가 풍선처럼 부풀어 올라 있었다. 그녀는 팔을 뻗어 남편을 깨웠다. 벌떡 일어난 그의 얼굴이 하얗게 질리고 있었다. 뭐지, 여보? 다리가 왜 이렇지? 허둥거리며 그는 아내에게 한꺼번에 물었다. 아파? 감각은 있어? 어떡하지? 119를 부를까?

지금 병원 가봐야 누가 있겠어. 우선 좀 주물러줘봐요. 희숙이 먼저 냉정을 되찾았다. 때마침 주치의는 유럽 학회 참석차 출장 중이었다. 일주일 동안 뭐 별일이야 있겠습니까. 출국하기 전 허허, 웃던 그의 얼굴이 떠올랐다. 희숙은 지그시 어금니를 물었다. 날이 샐 때까지 그녀는 고스란히 통증을 견뎌야 했다. 간간이 신음 소리가 희숙의 입에서 새어나왔다. 오전 10시쯤, 두 명의 남자와 여자 하나가 희숙의 방으로 들어섰다. 자줏빛 개량 한복을 입은 남자가 희숙의 다리를 주무르기 시작했다. 발과 발가락 사이를 힘주어 누르고 종아리를 두드렸다. 아야, 아야, 희숙은 소리를 질렀다. 아프실 겁니다. 아파야 나아요. 독 기운이 다리로 번진 건데요, 지난번 치료 때보다 많이 힘드실 겁니다. 남자가 엄숙하게 말했다. 그는 첫 수술 후 희숙의 남편이 데리고 왔던 사람이었다. 스스로 수련을 통해 말기 췌장암을 이겨낸 사람이라 했다. 남편 선배의 회사 동료의 먼 친척이 그에게 치료를 받고 목숨을 건졌다 했다. 따라온 여자가 가방을 열고 주사기를 건넸다. 그 맑은 주사액을 그는 부어오른 다리 이곳저곳에 조금씩 주입했다. 산삼 추출 액입니다. 독기를 중화시키는 거지요. 한 시간가량, 그들이 두들기고 뒤집고 찔러대는 동안 희숙은 죽은 듯 눈을 감고 있었다. 남자의 입에서 지독한 담배 냄새가 났다.
 보세요, 부기가 많이 빠졌지요? 치료를 마친 남자가 물었다. 그러네요, 수고하셨습니다. 나가시죠. 얼핏 보아서는 별다른 변화를 찾을 수 없었지만 희숙의 남편은 아내가 잠든 것만으로도 고마웠다. 커피를, 진하게 많이 주실 수 있겠습니까. 남자가 정중하게 요청했다. 그는 무선 주전자의 스위치를 올렸다. 저도, 저도. 다른 두 사람이 똑같은 청을 했으므로 그는 커다란 세 개의 잔에 봉지 커피 두 개씩을 넣고 막 끓어오른 뜨거운 물을 가득 부었다. 세 사람은 후루룩, 소리 내며 커피를 마셨다. 지난번보다 상태가 영, 많이 안 좋아지셨습니다. 그때 제 말씀대로 치료를 계속했어야 하는 건데…… 개량 한복의 남자가 말했다. 치료,라는 것을 그만둔 건 아내 때문이었다. 희숙은 그가 문지르고 주무르고 쓰다듬는 것이 도무지 싫다고 했다. 오늘 사례는 어떻게 하면 되겠습니까. 희숙의 남편이 물었다. 글쎄, 우리 선생님께서…… 개량 한복의 남자는 검은 남방셔츠를 입은 남자를 쳐다보았다. 선생님이라 불린 남자가 희숙의 남편을 지그시, 노려보듯 바라보았다. 어쩐지 주눅이 드는, 맑고 날카로운 눈이었다. 지리산 깊은 자락에서 수십 년간 기 훈련을 쌓아온, 기에 관한 한 따를자가 없다는 얘기는 이미 들은 터였다. 사례보다…… 저대로 두면 부인은 돌아가십니다. 한참을 침묵한 후 그가 입을 열었다. 항암제를 투여하고 있긴 한데요…… 지금은 아연 성분을 주입하고 있는데요…… 희숙의 남편이 조심스레 말했다. 아시겠지만 항암제라는 것이 독극물이에요. 몸을 망가뜨리지요. 몸을 보해도 시원찮은데 망치면서 회복을 기대하는 건 어리석지요. 그의 음성에는 독특한 울림이 있었다. 부인께는 아직 희망이 있습니다. 아까 보니 몸의 정기가 살아 있어요. 의지도 그렇고 신체도 그렇고 보통 분이 아니십니다.

그러니, 어떻게 하면 좋겠습니까. 선생님 말씀대로 지리산으로 옮기자니 저 사람이…… 옮기는 것이 내키지 않으시면 댁에서 치료하셔도 되지요. 제가 오는 것이 번거롭지만, 뭐 어쩌겠습니까. 당장 생명이 달린 일인데. 한 주일에 두 번씩 제가 오지요. 댁에서 준비하실 것이 있는데, 아까 보셨지요? 산삼을 열두 뿌리 구해주셔야 합니다, 백 년 묵은 것으로. 희숙의 남편이 멍한 눈으로 그를 쳐다보았다. 먼 길을 와주시겠다니, 대단히 감사한 말씀이라고, 막 넘어오던 말을 삼키고 나니 무얼, 어떻게 물어야 할지 혼란스러웠다. 백 년 묵은 건…… 쉽게 구할 수 없기는 하지만 협회 같은 데 통하면 불가능하지는 않지요. 한 뿌리에 대략 1억 정도 나갑니다. 그걸 정제하고 증류하고 추출하는 선생님 고유의 방식이 있거든요. 그 사례는 따로 하시면 되고…… 개량 한복의 남자가 끼어들었다. 부담이 너무 과중하지 않으시겠어요? 선생님께서 구하시면 3천 정도면 가능할 텐데요. 다 마신 커피 잔을 만지작거리고 있던 여자가 말했다. 쉰이 넘었을까, 지극히 평범해 보이는, 동네 어디서나 볼 수 있는 아줌마였지만 두 남자는 그네에게 깍듯한 어투로 윤 원장님이라 불렀다. 남방셔츠의 남자가 고개를 저었다. 아니, 아니에요. 산삼은 직접 구하시는 게 좋습니다. 그래야 오해의 소지가 없지요. 아…… 예에…… 희숙의 남편은 애매하게 고개를 끄덕였다. 쉽게 결정하실 수 있는 일이 아니라는 거, 잘 알고 있습니다. 어떻든 미리 알려주셔야 합니다. 일정을 조정해야 하니까요.

10억이라…… 아버지로부터 물려받은 재산이 좀 있었고 작으나마 사업체가 견실했으므로 당장 그 돈을 융통하기가 불가능하지는 않았지만 남자들의 말을 몇 번이고 곱씹어도 그로서는 결론을 내릴 수가 없었다. 그는 동생들에게 전화를 걸었다. 세 여동생은 그의 이야기가 끝나기도 전에 사기꾼이잖아, 오빠,라고 말했다. 그의 남동생은 그보다 좀더 신중했다. 형수가 차도가 좀 있었어요? 물었다. 부기가 좀 빠진 것 같고…… 어떻든 잠이 들었어. 밤새 시달리며 잠을 못 잤는데…… 그는 자신 없는 어투로 말했다. 그 사람을 어떻게 알았는가, 다시 확인한 동생은 잠깐 기다리라, 한의사 친구에게 물어보겠다, 하고는 전화를 끊었다.

11시가 넘은 시각에 동생이 그의 집 현관 벨을 눌렀다. 엘리베이터에서 내렸을 텐데도 그는 흡사 계단을 뛰어올라온 사람처럼 가쁜 숨을 쉬고 있었다. 저 애도 운동 좀 해야겠군, 그는 생각했다. 살그머니 까치발로 안방을 엿본 동생은 며칠 새 형수 얼굴이 많이 상했네,라고 말했다. 사소한, 몸살 정도 앓고 있는 사람에게 하듯 말했다. 그, 말이야. 내 친구 얘기로는, 뭐 산삼이라는 게 효능이 전혀 없다 할 수는 없지만…… 그는 형의 기색을 살피고는 오랫동안 말을 아꼈다. 동생은 정이 많고 조심성 또한 많은 사람이었다. 내가 그간 형수 병세를 죽 얘기했었거든. 그 친구 말로는 지금 형수는, 터미널로 들어섰다고, 그러니까 막바지에 이르렀다고 봐야 한다는 거라. 그러니까 말하자면 어떤 좋은 성분을 주입하면 암세포가 그걸 섭취하고, 치료제일 경우는 형수 몸이 이겨내지 못하기 십상이라는 거야. 동생의 말이 끝났지만 그는 아무런 말을 하지 않았다. 그와 동생은 나란히 앉아 거실 창을 바라보았다. 형, 동생이 그를 불렀다. 미국에, 작은애한테 전화해야 하지 않을까. 형수가 못 하게 해도 이제는 불러야 한다고 봐. 그의 목을 타고 무언가 올라왔다. 이제껏 엄마의 병을 알지 못하는 아이, 엄마의 달라진 얼굴, 여윈 몸을 보고 그 아이가 받을 충격이, 아들의 눈을 마주하고 아내가 겪을 고통이 그의 가슴을 짓누르고 눌렀다. 통증을 달래듯 그는 가슴 언저리를 문질렀다. 맞은편 교회 지붕 위의 붉은 십자가에서 나온 빛이 불그스름하게 창을 물들이고 있었다.

8. 슬픔이 자라면 무엇이 될까

 사람의 몸이 불가사의하다는, 그 새삼스러운 사실이 그는 두려웠다. 호스피스 병동으로 옮긴 지 2주일이 지날 즈음 그 여자의 육체는 한계에 이른 것처럼 보였다. 물 한 모금을 넘기고 5분쯤 지나면 짙은 녹색 담즙을 물과 함께 게워내기를 거듭하면서 여자의 몸에서는 물기와 생기가 빠져나갔다. 오늘은 미음을 몇 숟가락 먹었다, 말하는 순간 여자는 낯빛이 노랗게 변하면서 타구를 향해 손을 뻗었다. 모르핀의 위력으로 이제 통증은 여자를 떠난 듯 보였지만 대신 끝없는 잠이 여자를 찾아왔다. 오늘일까, 밤일까. 여자의 남편과 아들들이 초조하게 바라보는 날이 계속되었지만 여자는 여전히 살아 있었다. 한 달이 지났을 때 여자의 남편은 다시 주치의를 찾아갔다. 선생님, 부르고 나니 달리 할 말이 없었다. 뭐라 말씀드리기 어렵군요. 주치의의 굳은 얼굴이 씰룩, 움직이더니 미소 비슷한 것이 떠올랐다. 워낙 의지가 강한 분이어서…… 아무런 조치를 하지 않는데도 저처럼 견디는 걸 보면 기적이 일어날지 누가 알겠습니까. 기적 같은 것은 바라지 않는다, 는 말을 그는 입 안에서 삼켰다. 아내가 살아 있는 일, 저토록 고통을 견뎌야 하는 것이 그는 끔찍할 뿐이었다. 너무 힘들어하는데, 무슨 방법이, 이제라도 무슨 치료를 다시 시작할 수는 없겠습니까? 글쎄, 지금 치료는 말씀드렸다시피 아무런 의미가 없어요. 암세포가 온몸에 번져서, 이젠 밖에서도 만져질 정도이니…… 아시잖습니까. 항암제가 어떤지. 지금 몸으로는 그걸 이기지 못해요. 치료라는 거, 살아 있는 사람 위안 밖에는 안 되는 거죠. 그는 멍한 눈으로 의사를 바라보았다. 암세포가 씨가 마른 듯하다, 하던 그, 처음 상태로 돌려놓았다 하던 그, 이제 아무런 방법이 없다,고 말하는 그는 모두 같은 사람이었다. 그는 어서 방을 나가고 싶었다. 왜 찾아왔는지 후회스러웠다. 뭐, 어쩌겠습니까, 지켜볼밖에. 그가 일어서고 의사도 엉거주춤 몸을 일으켰다.

그날 밤, 주치의의 말이 떨어졌다. 오늘 밤이 고비일 것 같습니다. 임종을 준비하셔야 할 것 같네요. 여자의 남편은 휴대 전화를 들고 병실 밖으로 나와서 동생들에게 전화를 걸었다. 곧 여자의 시동생과 시누이, 그리고 동서가 나타났다. 의식이 사라지고 감각이 사라지고 몸 안의 모든 기운이 빠져나갔지만 여자는 여전히 숨을 쉬고 있었다. 가슴 한가운데가 혹, 부풀어 올랐다 꺼지는, 불안정하고 거친 숨결이었다. 한 차례 부풀었다 가라앉을 때, 다시 공기주머니가 차오르듯 거듭 융기하는 그 움직임을 사람들은 조용히 지켜보고 있었다. 밤이 이슥해지고 이따금 눈자위를 훔치던 시누들과 동서도 지쳐갔다. 언니가, 아직 갈 수가 없나 봐. 시누 하나가 말했다. 무엇을 못 잊어 그러는 걸까.

슬퍼서 그래. 니 언니가 슬퍼서 못 가는 거야. 그 여자의 남편이 중얼거렸다. 형수가, 어디 슬퍼하는 사람입니까, 얼마나 의지가 강한데. 시동생은 어디까지나 의연했다. 슬픈데 슬퍼하지 못했으니…… 이제까지 쌓인 슬픔이 얼마나 많았을지…… 아내가 견뎌야 했던, 그 슬픔의 깊이가 가늠되지 않아 그는 말을 잇지 못했다. 가슴 한가운데가 꽉, 틀어막힌 것 같았다. 그는 아내의 침상을 붙잡고 울기 시작했다. 길고 긴 오열이었다. 여보, 여보, 여보…… 엄마, 엄마…… 아들이 울부짖었다. 언니, 언니, 여동생들이 따라 울기 시작했다.

그 여자는 꿈속처럼 울음소리를 들었다. 남편의, 아들의, 시누의 눈물이 그 여자의 옷을 적시고 몸을 적셨다. 슬픔이 여자의 가슴속에 물처럼 차올랐다. 강물을 흐르듯 천천히 그 여자의 의식이 어둠 저편으로 흘러가기 시작했다.

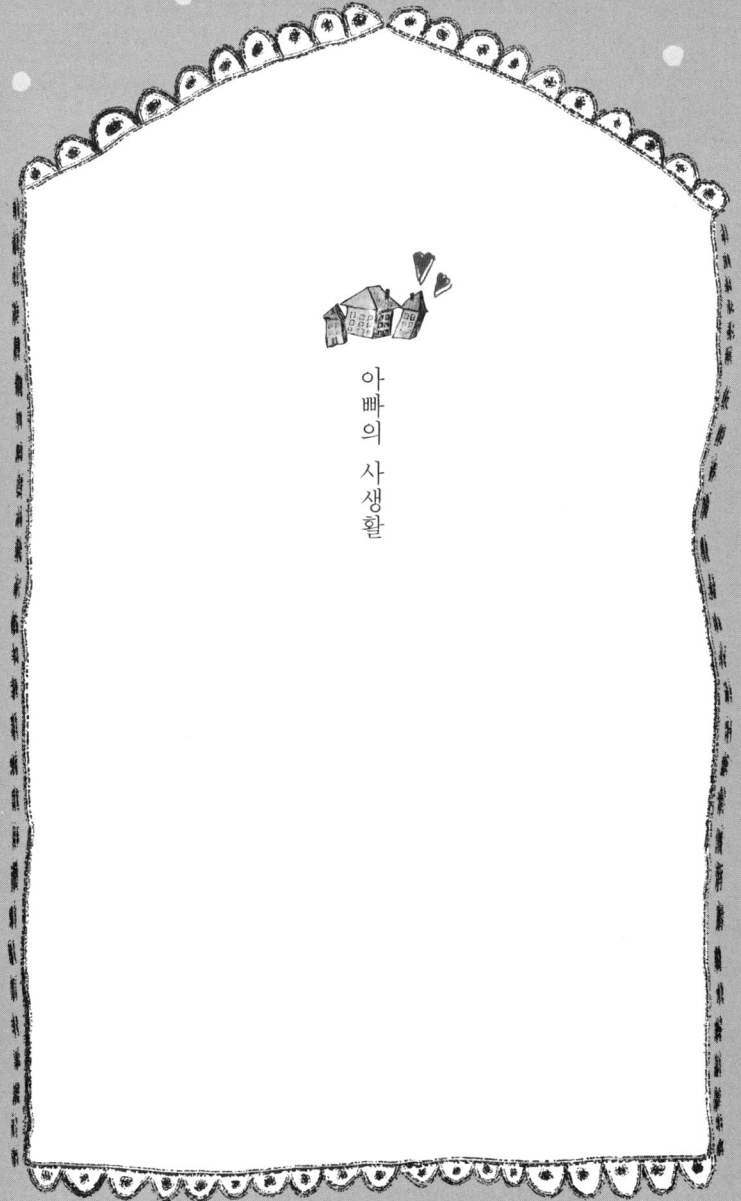

아빠의 사생활

1. 첫째 날, 내가 나를 떠날 것 같을 때

 열네 살 때 나는 이미 어른이었다. 어떤 소설의 주인공이 한 말이다. 그 소설을 읽었을 때 나는 어른은 아니었지만 외양은 어른에 가까웠다. 165센티, 말하자면 나는 키만 숙성한 아이였다. 큰 키는 여러모로 쓸모가 있었다. 19세 미만 입장 불가 영화 관람, 고등학생, 심지어 대학생 오빠 사귀기, 엄마 옷 몰래 입기…… 전형적인 남방계인 엄마를 닮아 평범하달 만한 얼굴이었지만 사람들은 곧잘 나를 미모, 라고 착각하곤 하는데 이 역시 키 탓이기 쉬웠다. 중학교 1학년 이후 나는 좀더 자라 170센티에 가까워졌지만 엄마는 늘 168센티라 주장한다. 170센티가 넘는 여자는 사람들, 특히 남자들이 싫어한다는 것이 엄마의 지론, 엄마는 자신이 믿는 바를 죽 견지하는 의지의 소유자이다.

　내 키는 순전히 아빠의 유전자에 기인한다. 흰 얼굴에 오뚝한 콧날, 반듯한 눈썹, 깊이 파인 눈동자, 하루만 걸러도 온 얼굴을 덮는 무성한 수염. 아빠를 보고 있노라면 할아버지의 할아버지의 아버지쯤의 어느 대에서 유럽 인종이 섞였음에 틀림없다,는 생각이 든다. 물론 아빠는 강력하게 부정하지만. 아빠는 어린 나를 친구처럼 연인처럼 즐겨 대동하고 다니며, 설마, 이렇게 큰 딸이 있단 말이에요? 사람들이 놀랄 때면 잘생긴 얼굴에 썩 어울리는 소년 같은 미소를 지었다. 아빠와 함께 찻집과 극장과 식당과 술집을 다니면서 나는 기꺼이 아빠의 어린 연인인 듯 굴었고 아빠는 그런 나를 보며 즐거워했다. 아빠와 더불어 나는 내 진짜 나이, 진짜 신분을 감추는 법을 손쉽게 익힐 수 있었다. 사는 일은 연극 같은 거라고, 무대가 바뀌면 다른 배역을 맡듯 눈빛을, 표정을, 마음을 바꾸어보라고 아빠는 말했다. 재작년, 내가 대학에 떨어졌을 때의 이야기다. 지금 내가 맡은 역할은, 글쎄, 사립 탐정쯤 될까. 의뢰인은 내 자신, 내 임무는……

　착륙을 알리는 기장의 멘트가 나온다. 디스 이즈 유어 캡틴 스피킹…… 막 잠에서 깬 듯 졸린 음성, 투박한 영어, 기장들은 같은 학원에서 교습이라도 받는 걸까, 그렇지 않고서야 어찌 저리 똑같은 목소리를 낸단 말인가. 비행기가 선회하는 느낌이 전해지고 저 아래 미니 모형 같은 빌딩들이 보인다.

U자 모양의 창에 손을 대고 나는 아래를 내려다본다. 내 손바닥으로도 가려질 만큼 작아 보이는 곳, 저기가 홍콩이란다.

"저기, 니네 아빠 나가신다."

내게로 바짝 몸을 기울인 미나가 속삭였다. 통로 중간 참, 줄지어 출구로 향하는 사람들 사이에 아빠가 서 있었다. 검은 선글라스, 체크무늬 남방을 걸친 아빠는 약간 지쳐 보였다. 긴장하기도 했을 테지, 나는 좌석 사이로 몸을 숨기고 아빠를 주시한다.

"미상녀께서도 막 일어났어. 두 사람 앞에."

미나의 목소리에 흥분이 실린다. 어디서 주워들은 상식으로 저 아줌마에게 미상녀(未詳女)란 이름을 붙이면서 미나는 자못 엄숙한 표정을 지었다. 추리소설 느낌이 나지 않냐. 아빠의 메일을 뒤진 뒤 한소희라는 이름을 알게 되었지만 우리는 여전히 미상녀를 고집하는 중이다. 한소희는, 너무 뭐랄까 단정하고 정숙한 이미지였으므로. 보랏빛 스카프를 두른 우리의 미상녀는 캐빈을 열고 가방을 꺼내고 있다. 아빠가 긴 팔을 뻗어 가방을 받아주었다. 어머, 감사해요, 미상녀의 목소리가 내게까지 들린다. 그뿐, 아빠와 미상녀는 마치 모르는 사이인 듯 나란히 서서 사람들이 빠져나가기를 기다렸다. 아직, 두 사람이 연인의 역할을 맡을 시간이 아닌 것이다.

"인제 나간다. 아, 나갔다."

미나가 냉큼 일어서서 내 가방과 제 것을 꺼내 든다. 아,

잊어먹을 뻔했다, 하며 미나가 챙긴 것은, '방해하지 마시오' 혹은 '식사 때 깨워주시오' 등의 문구가 적힌 몇 장의 스티커였다. 어디를 가든 사소한 것들, 버려질 것처럼 보이는 것들을 챙기는 건 미나의 오랜 습관이다. 미나는 그것들을 오리고 붙여서 작품에 장식하기를 즐겼다. 미나와 나의 전공은 조소, 보고 듣고 만지고 느낀 모든 것을 형체로 만들어내는 일이다. 미나는 지난해, 나는 금년에 같은 학교, 같은 과에 입학했다. 그 이전, 6년간을 미나와 나는 예술 전공의 학교에서 놀며 뛰며 그림을 그리고 흙을 만졌다. 15분, 기내의 승객이 3분의 2쯤 빠져나갔을 때 미나가 자리에서 일어났다.

"목표물은 줄 앞쪽에 있을 거라고 봐. 이제 우리를 볼 염려는 없는 거지."

미나와 나는 모자와 선글라스를 챙기고 출국 심사장으로 향한다. 사람들 틈에서 낯선 음식 냄새, 강한 향채 냄새가 난다. 술 마신 날처럼 속이 메스꺼웠다. 당연히 기분이 좋지 않다. 참고로 내 주량은 맥주 한 잔이다.

사람들이 떼 지어 서 있었지만 나는 곧 외국인 입국 라인 앞쪽의 아빠를 찾을 수 있었다. 큰 키 때문이다. 익명성을 갖기에는 불리한 신체 조건의 내 아빠는 미상녀와 나란히 서서 무슨 말인가 주고받았다. 미상녀는 줄곧 웃는 얼굴이다.

"얘, 그렇게 노려보지 마. 시선이라는 거, 아무리 멀어도 느껴지기 마련이야."

미나의 경고가 들어오고 나는 다소곳이 고개를 숙인다. 이미 제 아빠의 연인을 미행해본 경험이 있었으므로 이 분야에서는 미나가 스승이었다.

"너무 긴장하지 마. 그냥, 즐긴다고 생각해. 우리도 여행 온 거라고."

"나 본래 여행 안 좋아하거든."

내 목소리가 퉁명스럽다. 이거, 잘하는 짓일까 싶은 생각이 또 들기 시작한다.

"그건 치명적인 약점이야. 예술가는 자고로 여행을 즐길 줄 알아야 하는 법."

아빠의 일을 상의한 이래 미나는 언니처럼 굴었다. 그 이전에는, 그건 내 역할이었다. 미나는 나를 끌고 라인의 끝으로 갔다. 아버지와 미상녀가 멀어져간다. 그들은 게이트를 통과하고 에스컬레이터 쪽으로 가고 있었다.

"더 이상 추적은 없어. 어차피 일정을 알고 있으니까. 오늘은 일단 우리 호텔로 가자."

나는 저 멀리 사라지는 아빠의 등을 노려본다. 아빠가 돌아본다면 내가 보일 것이었다. 알아볼는지는 알 수 없지만. 나는 갈색의 긴 가발을 쓰고 있다. 보통 남자들이 그렇듯 머리만 바뀌어도 아빠는 여자들을 구별하지 못한다. 손을 잡은 두 사람은 자연스럽고 편안해 보인다. 나이 들었어도 여전히 아끼는 부부 같다. 이런, 이런, 내가 무슨 생각을 하는 거야.

"너 그러다 울겠다, 흥분하지 말라니깐."

미나가 내 팔을 잡는다.

"흥분 안 했어. 그냥, 기분 참…… 거지 같다."

"너, 내가 우리 아빠 여자 친구 얘기했을 때 뭐랬니? 좀 어른스러워져라, 아빠도 애정 생활을 누릴 권리가 있잖냐, 그랬어."

나는 미나를 흘겨본다. 미나의 아빠는 이혼남, 잘나가는 펀드 매니저인 돌싱(돌아온 싱글, 요즘은 다 이렇게 부른다), 게다가 미나를 보면 알겠지만 미나 아빠는 상당한 미남이다. 애인이 없다면 오히려 비정상이다.

"연애를 하면, 아빠들은 다정해져. 웬만한 일에는 화도 안 내고."

미나의 표정이 자못 진지하다. 좋은 점도 있어야겠지, 졸지에 탐정 놀음하는 대가로. 하지만 아빠는 본래 다정한 사람이다. 웬만해서는 화를 안 내는 사람이다.

"너, 이참에 다 털어놓고 좀 풀어, 아빠 일 말고 딴것들도. 너는 늘 내 얘기 듣기만 하잖아."

미나의 긴 손가락이 내 어깨 뒤로 넘어온다. 미나의 말이 아니더라도 나는 응석을 부리고 싶다.

"어린아이가 된 기분이야. 뭐랄까, 갑자기 세상에 제대로 알고 있는 일, 알고 있는 사람이 전혀 없는 것 같은 거 있지."

미나가 쿡쿡 소리 내어 웃었다.

"친구, 그건 내 대사거든."

미나는 자신에게 일어난 많은 일을 내게 털어놓고 의견을 구했다. 세 군데의 대학에 한꺼번에 붙었을 때의 선택, 엄마와 아빠가 이혼했을 때, 엄마의 남자 친구를 만났던 날, 중학생인 남동생이 도난 사건에 연루되었을 때도. 초등학교 이후 미나와 나는 형제처럼 붙어 다녔고 미나에게 일어난 그 모든 일들은 우리를 끈끈이주걱처럼 떨어지지 않게 했다. 아빠에게 여자가 있다는 것, 여자가 있는 것 같다는 느낌이 들었다는 사실을 털어놓을 사람이 미나였던 건 아주 자연스러웠다.

2. 열흘 전, 오후 3시의 햇빛이 수은처럼 굴러다닐 때

"봤니?"

미나는 물었다. 내가 본 건 아빠의 휴대폰에 뜬 문자 메시지다. 전날 야간작업을 했던 나는 막 침대에서 빠져나온 참이었다. 드르르, 휴대폰 진동이 울린 곳은 식탁 한쪽, 신문지 아래였다. 깜빡 잊고 나간 것 같았다. 잠잘 때도 머리맡에 두는 아빠로서는 드문 일이었다. 어젠 좀 쉬셨는지요. 간단한 문장이었지만 그걸 읽는 내 느낌은 간단하지 않았다. 나는 수신란을 뒤져 같은 번호에서 발신된 메시지를 차례로 확인했다. 아빠는 그다지 용의주도한 편은 아니었는지라 몇 개의 메

시지가 남아 있었다. 좀 늦을 듯, 기다려주세요, 열심히 가는 중, 오늘은 어렵겠어요…… 메시지들은 짧고 분명했다. 한 칸 한 칸 아래로 버튼을 옮겨가면서 무언가 진실에 다가가는 기분, 장난으로 시작한 불이 온 집으로 번지는 걸 보는 느낌이 들었다. 나로 말하자면 타인의 애정 생활을 존중하는 편이지만, 강력한 일부일처제 지지자 또한 아니지만, 가족이라 할지라도 사생활에 대한 지나친 간여는 옳지 않다,고 생각하지만 글쎄, 이건 다른 문제였다. 오후 3시, 베란다로 들어온 햇살이 비스듬히 비추는 거실에서 엿보는 아빠의 사생활, 그 느낌은 대단히 비현실적이었다.

"니네 아빠, 상당히 젠틀하시지 않니?"

미나는 뜻밖이라는 기색이었다. 젠틀은, 사실 아빠의 모토라 할 수 있었다. 시인은 으레 괴팍할 것이라 사람들은 생각지만 아빠는 대체로 평범한 사람이었다. 일찍 일어나 무지방 우유 한 잔을 마시고 학교에 나갔고, 강의가 끝나면 집으로 돌아와 집 뒤편 산책로를 거닐었다. 기분 좋을 만큼의 땀 냄새가 날 무렵 돌아와 서재에서 조용히 책을 읽었다. 낮 시간에 운동복 차림으로 서성일 때조차 아빠는 스타일을 챙기는 남자였다. 아파트의 주민들은, 세탁소 아저씨와 슈퍼 아줌마까지도 아빠의 직업을 알고 있었다. 교수이자 시인인 아빠를 가진 아이는 드물었으므로 학기 중에 아빠는 간간이 일일 교사로 초빙되곤 했다. 청바지에 흰 남방을 입고 나타난 아빠는 삼촌처럼, 터울 많은 오빠처럼 아이들에게 친근하게 굴었다. 니네 아빠, 멋지다, 진짜 잘생기셨다, 아이들은 나를 시샘했다. 아빠에 관한 한 나는 행운아라 생각해왔다. 다정하고 성실하고 세련된 교수님. 할아버지 앞에서 너무 얌전해진다는 것, 기죽은 아이처럼 보인다는 점만 빼면 아빠는 내게 나무랄 데 없는 사람이었다. 그 여자, 미상녀를 알게 되기까지는.

"하긴 남자는 다 똑같아, 아빠도 남자일 뿐, 이라고 생각해봐. 그럼 마음이 편해질 거야."

미나가 제법 어른스럽게 말했지만 내 마음은 전혀 편해지지 않았다. 그날 밤, 나는 아빠의 이메일을 검색했다. 미나의 권고를 받아들인 결과였다.

아빠의 아이디는 poet94, 1994년은 아빠가 첫 시집을 낸 해이다. 그 시집을 받아든 할아버지는 말했다. 니가 시인이긴 한 게로구나. 이제라도 알아주시니 황송무지로소이다, 하는 표정으로 아빠는 할아버지의 인정에 대한 적절한 예의를 표시했다. 비밀번호가 문제였지만 아빠의 생일 앞뒤에 00을 몇 개 붙여보는 것으로 그 문제는 곧 해결되었다. 비밀번호를 수시로 교체해야 한다는 포털 사이트들의 충고를 듣는 것이 좋다는 것을 알게 된 셈. 먼저 나는 받은 편지함을 체크해나갔다. 요즘 사람들이 시를 안 읽는다고? 천만의 말씀이다. 사람들은 아빠의 시를 그냥 읽기만 하는 것이 아니었다. 시구절을 들어 유치하고 촌스러운 감상을 적는 이들이 다양한 아이디를 달고 읽어주기를 기다리고 있었다. 아빠의 시에 나오는 어느 장소, 가령, "염전이 있던 곳, 나는 마흔 살, 늦가을 평상에 앉아 바다로 가는 길 끝에다 지그시 힘을 준다……"는 시(제목은 「소금창고」)를 옮겨 적고는 염전이 있던 곳, 거기가 어디인지 묻는 건 애교라 치더라도(거기는 아빠의 고향, 김포군 검단면이다. 질문하는 자세가 너무 진지해서 답글을 보내줄까 하다 그만두었다. 흔적을 남길 위험을 무릅쓰고 싶지는 않았으므로) 모 월 모 시에 모모 장소에서 기다리겠다, 나오지 않는다면 학교로 찾아가겠다는 노골적인 협박, 아무리 익명이라도, 이런 걸 보내고 잠이 올까 싶은 시들, 읽어주시면 영광이겠노라 비굴하게 간청하는 글들…… 시인이란, 참으로 피곤한 직업이었다. 읽지 않아도 된다는 사실에 안도하며 나는 그것들을 빠르게 지나쳤다. 보낸 편지함까지 마저 검색을 끝내고 나는 메모한 것들 가운데 세 개의 아이디를 골라냈다. mermaidL, soul99, murder801. 가장 빈번하게 메일을 보낸 사람들이었다. 휴대폰 메시지를 보낸 날들과 비교 분석을 거친 후 남은 아이디는 mermaidL이었다.

mermaid와 아빠는 노래방에 간 적이 있다. 그곳에서 아빠는 「사랑, 그 쓸쓸함에 대하여」를 쓸쓸하게 불렀다. 아빠와 mermaid는 함께 술을 마신 적이 있다(대략 3회 정도). 만취한 mermaid를 아빠는 집까지 데려다주었다(진짜 예의바르게, 신사답게 데려다만 주었다, 너무 감사하다,고 mermaid는 적었다). 다른 동행이 있었는지 알 수 없는 어느 상황에서 두 사람은 정동진에 간 적이 있다. 날이 흐렸으므로 일출을 보는 데는 실패했다. 아빠와 mermaid는 영화 「아일랜드」를 함께 관람했다. mermaid의 직업은 약사, mermaid는 아빠의 시를 읽고 아빠의 체질, 현재 문제가 있는 어떤 부분, 문제가 생길 잠정적인 가능성까지 고려해서 아빠에게 약을 지어 보냈고 아빠는 그것을 받았다(복용 여부는 확인되지 않았다). mermaid의 나이는 대략 마흔 정도. 거주지는 분당…… 흠…… 잠깐의 수고로는 참으로 놀랄 만한 결과였다. 가능성은 두 가지였다. 하나, 아빠와 이 여자는 정말 그저 그런 사이다, 그렇지 않고서야 이런 메일을 남겨둘 리가 있겠는가. 다른 하나, 상당한 혐의가 있는 사이다, 다만 증거 인멸에 소홀했을 뿐. 아무려나 컴퓨터란, 진실로 위험한 물건이라는 건 확실했다. 음원 포털 사이트에 접속하고 나는 「사랑, 그 쓸쓸함에 대하여」를 클릭했다. 음울한 전주가 깔리고 그에 못지않게 음울한 여자 가수의 목소리가 흘러나왔다. 다시 또 누군가를 만나서 사랑을 하게 될 수 있을까…… 아빠가 부를 만한 노래가 아니었다. 살짝 음치 기질이 있는 아빠는 쉽게 리듬을 타는 곡, 빠르고 경쾌해서 음감이 어떤지 따질 겨를 없는 노래를 선호한다. 아빠의 외양과는 어울리지 않지만 그 때문에 사람들은 오히려 좋아라, 박수를 쳤다. 그리고 「아일랜드」라니…… 기관지가 약한 아빠는 영화관의 갑갑한 공기를 한 시간 이상 견뎌내지 못했다. 아빠는 로맨틱한 영화, 서정적이고 품격 있는 영화들을 다운받아 서재에서 보는 사람이다. 직접 우려낸 얼 그레이를 마시면서. 두 사람이 알게 된 지는 대략 5개월 가량, 그들이 차를 함께 마시고 술을 마시고 또 다른 무엇을 함께하는지 더 이상을 말해주는 증거물은 나오지 않았다. 사람, 사랑한다는 그 일, 참 쓸쓸한 일인 것 같아…… 노래가 끝나고 쓸쓸한 정적이 남았다. 미나의 충고대로 나는 내가 알아낸 것들을 꼼꼼히 기록했다.

3. 둘째 날, 쪼그리고 앉아 하염없이 바라다보다

미나와 나는 아빠가 머무는 호텔 로비 한구석 소파에 앉아 있다. 미나는 책을, 나는 신문을 보는 중, 아니 들고 있는 중이다. 드라마를 열심히 보는 편은 아니지만 이 정도 흉내는 내는 걸 보면 인간에게는 미행 본능이 있는 게 아닐까. 스케줄에 따르면 아빠와 미상녀는 7시에서 9시까지 제공되는 뷔페로 아침을 해결할 예정이었다. 식당은 접시를 들고 오가는 사람들로 붐볐지만 두 사람은 아직 나타나지 않았다. 늦잠을 자는 모양이다.

"방을 따로 잡았다며? 눈가림용일까?"

미나가 물었다. 그건 나도 모른다. 늦은 밤, 아빠가 미상녀의 방문을 두드렸을지, 아예 벽 한가운데 문이 달린, 연결된 방을 얻었을지. 호텔에서 발송한 예약 확인 메일에는 투 룸, 3일, 이라고 적혀 있었다.

"쟤네들, 진짜 시끄럽다, 그지."

선글라스를 살짝 밀어 올리며 미나는 식당 안쪽을 살핀다. 구정 연휴, 떼로 몰려온 본토의 중국인들이 왁자하게 떠들고 있다. 밀월여행을 떠나기에 적절한 시기는 아닌데, 아니 어쩌면 적절할 수도 있겠다, 싶다. 호텔로 오는 길, 어디에나 사람들이 벌 떼처럼 몰려 있었으니까.

"얘, 저기 나온다. 저 여자 맞지?"

엘리베이터 쪽에서 걸어오는 여자, 흰 바지에 검정 반코트의 미상녀는 어제보다 한결 세련된 모습이었다. 나는 신문으로 몸을 가리고 여자를 관찰했다. 중간 키, 적당히 살집이 있는 몸매, 검은 숄더백, 로에베 선글라스, 7센티 굽의 구두…… 두루뭉술한 아줌마 일색의 중국 여자들 틈에서 단연 돋보이는 차림이다. 여자의 옆에서 걸어오는 남자, 아빠다. 나는 신문지 뒤로 완벽하게 몸을 숨긴다.

"아니, 그냥 나가는걸. 야, 빨랑 일어서. 놓치겠다."

쏜살처럼 일어난 미나가 회전문으로 향했다. 나는 모자를 눌러쓰고 뒤를 따랐다.

아빠와 미상녀는 막 택시에 오르고 있다. 우리는 두어 대 뒤 쪽의 택시를 세웠다.

아빠의 사생활

"저 차를 따라가주세요."

백미러로 우리를 힐끔거리던 택시 기사가 무슨 일인가, 묻는다.

"우리 엄마랑 아빠예요, 깜짝 놀라게 해드리려고요."

미나의 대답이 준비한 듯 자연스럽다. 미나의 영어는 유창하다. 방학 때마다 연수를 다닌 덕분이다. 과연 그럴까, 하는 듯, 의심 가득한 눈으로 연신 뒤를 보면서도 기사는 용케 앞차를 놓치지 않는다. 택시는 고가도로를 지나고 그 아래 컴컴한 좁은 골목을 지나고 차들로 붐비는 복잡한 길을 달려간다.

"뷔페 식사 후에는 오션파크였는데…… 어디 괜찮은 식당을 알아내신 걸까?"

한국어를 알아들을 리 만무였지만 미나는 거의 속삭이듯 말한다. 특정 음식점을 검색하고 예약하고 그곳에 간다, 는 건 아빠 스타일이 전혀 아니지만 글쎄, 나는 이제 아빠라는 사람에 대해 헷갈리기 시작한다. 20분 쯤 지나 택시가 선 곳은 허름한 식당 앞이었다. 나로서는 읽을 수 없는 한문으로 쓰인 간판이 걸려 있었다. 식당 앞에는 긴 줄이 있고 메뉴판을 든 종업원이 줄 사이를 오가며 주문을 받고 있다. 택시에서 내린 아빠와 미상녀는 그 줄 끝에 얌전히 다가간다. 50미터쯤 더 지난 곳에서 우리는 차에서 내렸다. 굿 럭, 기사가 경쾌하게 외쳤다. 인도 가장자리에 세워져 있는 못생긴 밀랍 인형들이 우리의 은폐물이 되어주었다.

"저거, 최소 30분일 거 같은데. 대단하시다, 우리 아빠는 기다려야 되는 식당에는 절대 안 가. 음식 쫌만 늦게 나와도 성질부리고."

그 점에서라면 아빠도 그다지 다르지 않았지만 나는 말했다.

"홍콩이잖아. 우리도 뭣 좀 먹자, 배고파 쓰러지시겠다."

비행기에 오른 이후 나는 거의 음식을 먹지 못했다. 기내식에서는 쿰쿰한 냄새가 났고 호텔 룸서비스는 그보다 좀더 지독했다. 눈앞이 몽롱할 지경이었다. 나는 미나를 끌고 골목길의 작은 분식집으로 들어갔다. 김이 오르는 커다란 솥에서 맛있는 냄새가 났다. 갑자기 맹렬한 식욕이 몰려왔다. 솥 안의 것을, 통째로라도 먹을 수 있을 것 같았다.

그 집은 국수와 딤섬 전문점인 것 같았다. 하카우와 샤오마이까지는 아는 메뉴였지만 거기까지였다. 미나와 나는 옆 테이블을 흘끔거리며 저것은 무언가, 무엇이 들었나, 물었지만 불행히도 종업원은 영어를 하지 못했다. 마침내 세 개의 메뉴를 선택하고 5분이 지나지 않아 종업원은 물이 뚝뚝 떨어지는 대바구니 두 개와 흰 쌀죽이 담긴 함지만 한 그릇을 우리 앞에 쾅, 소리 나게 내려놓는다. 한입 베어 물다 나는 기겁을 하고 뱉어낸다. 만두 피를 뚫고 나온 육즙이 깜짝 놀랄 만큼 뜨거웠다. 우리는 씩씩거리며 음식들을 삼켰다. 만두도 쌀죽도 너무나 맛이 있었다.

"이거 봐봐, 아직 들어가지도 못했어."

바구니와 함지를 다 비우고 2개의 주전자에 담긴 차를 다 마셨을 때 미나가 디카를 디밀었다. 아빠와 미상녀가 보인다. 두 사람은 이제야 간신히 출입문까지 다다른 것 같았다.

"저기가 비트윈 위유라는 국수 전문점이래. 기본이 한 시간일 정도로 유명한 집이랜다. 한문 간판에 적힌 게 오월지간이라고, 왜, 그 있잖아, 오나라랑 월나라랑."

잠깐 문 앞을 어슬렁거린 셈으로는 상당한 정보였다.

"너 진짜 전문가 같다. 물증 착착 확보하고. 어디 알바해도 되겠는걸."

농담 아니다, 비꼬는 것도 아니다, 진심이었다. 손 안에 들어가는 작은 카메라, 연필 크기의 녹음기, 선글라스, 푹 눌러쓴 모자, 긴 가발…… 이건 영락없는 여간첩이다.

"맨 카메라 들고 돌아다니는 인간들인데 뭐. 영화 같은 데서 보면 홍콩은 마약이나 밀수, 조폭, 그런 거 천지잖아. 정말 여기서는 무슨 짓을 해도 안 이상할 것 같은 느낌이 드는 거 있지."

"나는 아직 좀 이상해. 우리 아빠가 하는 짓, 내가 지금 하는 짓……"

이 말도 진심이다.

오션파크까지의 이동 수단은 이층버스. 아빠와 미상녀가 이층의 좌석으로 올라간 것을 확인하고 우리는 버스에 오른다. 아쉽지만 안전을 위해 우리는 아래층 좌석에 앉기로 한다.

"야야, 저기 좀 봐, 저 에스컬레이터, 저거 「중경삼림」에 나왔던 거기잖아."

미나가 길 건너편을 가리켰다. 미나는 여전히 속삭이듯 말한다. 만약의 경우를 대비해야 한다는 거다. 경사진 좁은 골목길 한쪽으로 길고 긴 에스컬레이터가 있었다. 유리 지붕, 유리 칸막이로 덮인 에스컬레이터 안에도 사람들이 빼곡했다.

"이따가 우리 저기 가보자, 소호 거리로 이어져 있다고 들었어. 인제야 홍콩 온 기분이 난다."

미나는, 또 아빠는 왕가위 감독의 광 팬이다. 미나의 휴대폰 연결음은 「캘리포니아 드리밍」, 아빠는 「키사스, 키사스, 키사스」. 알 만하지 않은가. 덕분에 나는 「중경삼림」을 세 번 보았지만 핸드 헬드 기법이라나 뭐라나, 흔들리는 화면이 어지러운 기억만 남아 있다. 여자 주인공이 남자의 아파트에 몰래 가서 청소를 하고 소파에 앉았다가 낮잠을 자기도 했던 것, 고장 난 수도에서 흘러나온 물이 흥건한 바닥을 닦으면서 방도 우는 구나, 하던 이상한 대사 정도는 잊지 않았다. 아빠는 「첨밀밀」을 보고 울었다. 차 안에 있던 장만옥이 여명을 보고 차마 말을 걸지 못하던 장면, 뒤를 따라가다 핸들에 고개를 처박았을 때, 경적 소리가 요란하게 울리고 여명이 고개를 돌려 돌아보았을 때…… 「화양연화」를 보고도 아빠는 울었다. 버스 안에는 「화양연화」에 나왔던 듯싶은, 배배 꼬는 듯한 음색의 여자가수 노래가 흘러나온다. 1시간쯤, 고층 빌딩 숲을 지나고 고가 도로 위를 달리던 버스가 서서히 속도를 줄였다. 관광버스들, 사람들의 행렬이 보인다. 배 속이 거북해지는 느낌이 인다. 나는 사람들로 붐비는 장소를 좋아하지 않는다. 내가 아는 한 아빠도 그랬다.

"이건 두 시간짜린걸."

긴 줄 끝에 서며 미나가 중얼거렸다. 아빠와 미상녀는 자취를 찾을 수 없다. 무더기로 몰린 사람들 틈을 비집고 그들을 찾아내는 일은 불가능해 보인다. 더운 바람이 불었다. 케이블카를 타고 저 꼭대기에 올라가서 돌고래 쇼를 보고 롤러코스터를 타고 줄 서서 패스트푸드를 사 먹고…… 절로 고개가 흔들어졌다. 이건 정말 깨는 일이다.

"니네 아빠, 연애할 때도 그랬니? 설마, 놀이 공원에 가고 케이블카 타고?"

"놀이 공원까지는 아니고 아이스 링크에 가더라. 그게 그거지만."

미나가 실실 웃었다. 미나 아빠의 연인은 어린 여자였다.

"그 주말에 내가 그랬어. 아빠 우리 스케이트 타러 가요, 오랜만에. 우리 아빠, 웬 스케이트? 심드렁한 척하는데 연기가 훌륭하더라고."

"비슷하네. 우리 아빠, 홍콩에 뭔 낭송회가 있다고 했을 때도 그랬어."

"니네 엄마는 암말 없으셨어?"

"왜, 연휴데, 거기 대학이 여느냐, 물었지. 아빠가 그러는 거야. 일부러 그렇게 짠 모양이라고, 걔네들은 정초에 시 읽는 관습이 있다더라고, 아주 진지하게."

연말부터 할아버지 집에서 시달렸던 엄마는 잘됐다, 좀 쉬겠구나 하는 표정을 노골적으로 드러냈다. 설날, 할아버지 집에는 스무 명 친척과 서른 명쯤의 세객이 모인다. 아저씨들은 엄숙하고 절도 있게 할아버지에게 절을 하고 온화한 얼굴의 할아버지는 그 모든 사람들에게 하얀 봉투를 나누어준다. 3군데의 방으로 나뉘어 들어간 사람들은 떡국을 먹고 과일을 먹고 식혜를 마시고 봉투의 돈을 밑천 삼아 화투를 쳤다. 맏며느리 노릇 20년, 지겹기도 할 것이다.

"그래도 니네 엄마, 아빠한테 잘하시잖아. 두 분, 무지하게 질기게 연애했잖아."

스물세 살 아빠와 스물네 살의 엄마, 교생 실습을 나갔던 아빠는 막 교직에 발을 들여놓았던 엄마를 만났다. 엄마는 씩씩하고 너그러운 여자였다. 서투른 아빠의 일을 일일이 도와주었고 지각한 아빠를 대신해 수업을 맡아주었다. 아빠는 조금씩, 천천히 엄마에게 빠져들었다. 아빠는 그때까지의 모든 여자들이 그랬듯 엄마 역시 자신을 사랑한다고 믿었다. 1달의 실습 기간이 끝나고 두 사람은 헤어졌지만 아빠에게는 엄마의 목소리, 그 친근한 웃음, 늦게까지 남아 아이들과 성가 대회 연습을 해야 했던 날, 엄마가 건네주었던 따뜻한 유자차의 향기가 잊히지 않았다. 어느 저녁 아빠는 엄마에게 전화를 걸었다. 감사의 표시로 식사 대접을 하고 싶다고 했지만 엄마는 그날 무언가 해야 할 일이 있다고 말했다. 다음 날 다시 전화를 했지만 엄마에게는 또 다른 가야 할 곳이 있었고 그 다음 날도 대답은 비슷했다. 그런 경우는 처음이었으므로, 아빠는 당황하고 화가 났다. 어찌어찌 집을 알아낸 아빠는 길목을 지켜 퇴근길의 엄마를 만났다. 아빠로서는 대단히 특이한 경험이요, 시도였다. 대체 왜 그러는 거예요? 아빠는 투정을 부렸고 엄마는 마음씨 좋은 누님처럼 웃었다. 찰나, 아빠는 깨달았다, 이 여자다, 하고. 할아버지의 일을 잇기 싫어서, 최악의 경우 써먹을 자격증이라도 따놓자는 생각으로 선택했던 교직 과목이 너무도 고마워진 순간이었다.

"니네 아빠, 인기 많았을 텐데. 미남에다 부잣집 아들에 유학파이셨잖아."

"유학은 나중에, 할아버지가 보내신 거래. 중학교 선생 한다니까 놀래서. 최소 교수는 돼야 한다고 본 거지. 우리 친가 친척들, 대단하거든. 검사, 의사, 판사."

"그러고 보면 니네 아빠도 스트레스 엄청 받으셨겠다. 우리 아빠도 그랬대. 거의 내쫓길 뻔했다잖아, 고시 공부 안 한다고."

어른들은 다 그렇다. 언제나 확실한 것, 디밀 수 있는 것,

아아, 그렇군요,라고 누구나 말할 수 있는 것을 원한다.

"그러니까 니네 아빠는 범생 타입이었던 거야?"

"그렇다고 봐. 우리 할아버지, 장난 아니시거든. 허튼짓했다가는 바로 죽음이지."

우리는 이런저런 이야기를 끝없이 나누었다. 줄은 길었고 미나와 내게는 시간이 많았다. 아빠와 미상녀에게도 그럴 것이었다.

오션파크에서의 오후는 지루했다. 마침내 우리 차례가 되어 케이블카를 탔을 때 에고, 저걸 볼라고 사람들이 이 난리구나, 싶긴 했다. 허공에 매달린 채 건너가는 바다, 만 위에 고즈넉이 떠 있는 요트들이 그림처럼 아름다웠다. 아직도? 여태도? 싶을 만큼 케이블카는 오래오래, 줄 끝에서 돌돌돌 소리를 내며 우리를 태우고 갔다. 허공의 공간에 달랑 남겨진 두 사람이 어떤 모습이었을지…… 아빠의 손이 미상녀의 손을 찾아 잡았을까. "손이 하는 일은, 다른 손을 찾는 일이다, 왼손은 늘 오른손을 찾고 두 손은 다른 손을 찾고 있다" 아빠의 시에 나오는 구절이다. 아빠의 시는 아빠의 생김처럼 단정하다. 이상한 일이다, 구비마다 아빠의 시가 떠오른다. 아빠의 시를 열심히 읽지 않았다고 생각했는데.

케이블카를 타고 갔던 산정에서의 난장판…… 사람, 사람, 사람들의 무리…… 정초의 특별 공연이라는, 도무지 시끄럽고 촌스러운 신파극을 보고 수족관 앞의 긴 줄을 살피고 설마 여기까지? 하면서도 돌고래 쇼 장을 기웃거리고 오래된 영화의 세트 같은 거대한, 낡은 롤러코스터 앞을 지나쳤지만 아빠와 미상녀의 흔적은 찾아지지 않았다. 덥고 시끄럽고 냄새나고…… 더 이상은 참을 수 없다, 싶어진 내가 말했다.

"그만 가자. 오늘은 그냥, 그 미드센트럴인가, 에스컬레이터나 타러 가자."

"그럴까, 그럼. 이따가 호텔로 다시 찾아가보든지."

피곤해진 미나가 순순히 동의했다. 우리는 사람들의 행렬을 빠져나와 미로와도 같은 길들을 거쳐 돌아갈 길을 찾았다. 길고 긴 에스컬레이터가 있었다.

"중국 사람들, 스케일은 진짜 알아줘야겠다. 이거 어디까지 연결된 거냐?"

좀처럼 놀라는 법이 없는 미나도 혀를 내둘렀다.

"하긴 바닥까지겠지 뭐. 올라왔으니 내려가야 할 거 아냐."

미나는 혼자 묻고 혼자 답한다. 나는 거의 졸도 직전이다. 잠을 설친 탓이다. 아빠고 미상녀고 미행이고 불륜이고 다 귀찮았다. 짜증이 나고, 폭발할 것 같다. 나는 스타일을 포기하고 에스컬레이터 계단에 주저앉는다.

"얘, 저기 있다."

별안간 미나가 뒤로 넘겨둔 모자를 내 머리 위로 푹 씌웠다. 거기, 저 아래, 미상녀와 아빠가 있었다. 우리와의 간격은 약 10미터쯤. 위를 올려다본다면 바로 눈이 마주칠 가까운 거리다. 졸음이 싹 달아났다. 미나의 허리 너머로 나는 조심스레 그들을 바라본다. 검정 재킷을 벗었는지 미상녀는 노란색 반팔 셔츠 차림, 아침과는 달리 귀여워 보이는 인상이다. 팔색조가 따로 없군, 나는 중얼거린다. 아빠는 웃고 있다. 미상녀도 웃고 있다. 그들의 손에 들려 있는 건…… 아이스크림이었다. 잇몸이 약한 아빠는 신 음식, 찬 음식을 좋아하지 않는다. 당연히 아이스크림도. 고깔 모양의 과자에 담긴 분홍빛이 밀리서도 선명하다. 눈을 맞추고 한입, 뭐라 말을 건네고 한입, 웃고 나서 한입, 다시 눈을 맞추고 한입…… 아이스크림은 도무지 바닥이 나지 않을 것 같다. 눈을 맞추는 시간도 끝이 나지 않을 것 같다. 에스컬레이터는 영원히 멈추지 않을 듯 천천히, 느리게 느리게 하강하고 있었다.

호텔로 돌아오는 길, 미나도 나도 끄덕끄덕 졸았다. 온몸의 기운이 몽땅 빠져나간 느낌이었다. 아이스크림 먹는 아빠가 이토록 충격일 줄이야. 가위바위보를 하며 계단을 하나씩 내려가지 않은 것이 다행이다 싶었다. 먼저 욕실로 들어간 미나가 비명을 지르더니 야, 이리 와봐, 했다. 미나의 발치에 굼뜨게 기어가는 것, 지네를 닮은 벌레였다. 미나보다 더 놀란 듯 수많은 발을 두고도 지네는 꼼짝 않고 있었다.

"웬 호들갑이야. 너 예전에 곤충으로 작업도 했었잖아."

"그러니까 말이지, 옛날 생각나네. 너랑 포충망 들고 돌아다니던 기억."

성냥갑 같은 상자 속에 잠자리와 나비와 매미를 넣고 미나는 그 크기의 여자 아이를 만들어 함께 상자에 넣었다. 고2, 교내 미전 출품작이었다. 갇힌 채 사육되는 여자아이의 형상은 우리 모두를 슬프게 우울하게 했다. 미나는 휴지 뭉치로 지네를 집어들었다. 그제야 벌레는 흉하게 몸을 뒤틀었다.

"이 호텔, 전통이 있다더니 벌레도 아주 고풍스러운 것들이 기어 다니잖아. 얘 좀 봐, 색깔이 여러 층인걸."

벌레를 들여다보는 미나의 표정이 무슨 장난감을 발견한 듯 반짝인다. 나는 미나의 손에서 휴지 뭉치를 빼앗아 변기 속에 버렸다. 어어어, 하던 미나가 물에 쓸려가는 휴지 뭉치를 보고 있다, 안타깝기 그지없다는 표정으로. 그냥 두면 미나는 틀림없이 그것을 박제하고 갈무리할 것이다. 어딘가 써먹을 수 있을 때까지.

"니네 아빠, 생각보다 강적이신 거 같아."

침대에 나란히 누운 미나의 말이다.

"그러게."

나는 달리 할 말이 없다.

"내 생각엔 니네 아빠랑 미상녀랑 완전 끈끈한 사이만은 아닌 것 같아."

"그러게."

"사실 그런 게 더 위험한데."

"그러게."

"그 아줌마, 오늘은 상당히 귀여워 보이더라."

"그러게."

야, 미나가 돌연 소리를 질렀다.

"그러게만 하고 있음 어떡하냐. 아무래도 뭔 수를 내야 할 것 같은데."

"내 말이."

"우리, 연구를 좀 해보자. 만약, 만약에 말야. 니네 아빠가 그 여자랑 진짜 좋아하는 사이라면…… 앞으로 어떻게 하실 것 같은지."

"글쎄……"

나는 선뜻 말을 잇지 못한다. 아빠는 소심하고 도덕적인 사람이다.

"설마 이혼하자 그러시지는 않겠지?"

"그건…… 그렇지는 않을 거라고 봐. 아빠는 변화를 싫어하는 타입이거든."

말해보지만 별 자신이 없다. 이혼을 하겠다, 한다면 할아버지는 아빠를 잡아먹으려 하실 것이다.

"이혼은 안 하고, 그냥 그냥 만나시는 건…… 너는 그건 어떻게 생각하니?"

생각해본 적이 없는 일이다.

"그런 사람, 생각보다 많아. 우리 아빠도 그랬을 거야. 엄마랑 이혼하기 전에도. 내 친구들 중에도 유부남 만나는 애들도 꽤 있어."

부부 교화 드라마 찍는 기분이다. 머릿속이 텅 빈 듯하다. 어떤 여자와 몰래 만나 아이스크림을 핥는 아빠, 그런 일은 정말 싫다는 것밖에는 모르겠다.

"막상 이혼하겠다 그러시면, 니네 엄마, 너무 억울하잖아. 이제 학교도 그만두셨다며."

그렇다. 이제 전업 주부인 엄마, 머리숱이 적어지고 볼살이 처지기 시작한 엄마에게 이혼은 좀 심한 일이다. 엄마는, 만약 아빠가 다른 여자를 만난다면 어쩔 거냐 물었을 때도 엄마는 심드렁했다. 시인이니까, 애인이 있을 법도 하지, 그러고는 니네 아빠 주변에 뭐 그러시겠니, 했다.

"그러니까 우리가 무슨 계획을 세워야 한다는 거야. 니네 아빠가 깜짝 놀라실 만한 거, 놀라서 달아나실 만한 일로. 그런 거 뭐 없을까?"

미나는 진지하다. 이상하게도 나는 별 감흥이 생기지 않는다. 멍한 머릿속에 아이스크림을 한입 베어 물던 아빠, 눈꼬리가 처지게 웃던 아빠가 자꾸 떠오른다. 그런 아빠가 싫지만, 이건 뭘까, 나는 아빠가 좀 가여워진다. 이상한 일이다.

"사실 아빠는 겁쟁이야. 벌레를 무지하게 싫어하고 무서워해."

"갑자기 웬 벌레?"

미나가 입을 비죽 내밀었다.

"우리 집에 벌레가 많거든. 아주 질색을 하시지. 꼭 애기처럼 놀란다니까."

흐응, 하던 미나가 잠잠해진다. 잠이 든 모양이다. 젖은 솜처럼 무거운 몸인데도 내게는 잠이 와주지 않는다. 그냥 몰랐더라면 좋았을걸, 문자 메시지 따위는 무시했어야 했을 것을. 이메일을 주고받거나 말거나 상관 말았어야 했을 것을…… 하지만 이제 늦은 일이었다. 일은 일어났고 나는 발을 뺄 수 없다는 걸 안다. 그 여자의 짐 속에, 아빠의 가방에 지네를 왕창 집어넣을까. 거미는 어떨까. 가장 재수 없는 벌레는 뭘까. 야시장에서 그런 걸 구할 수 있을지도 모르는 일이다. 홍콩이니까. 나는 컴퓨터를 켜고 인터넷을 열었다. 검색란에 벌레,를 쳤다. 좌라락 긴 항목이 떴다.

아빠는 벌레를 무서워했다. 엄지만 한 바퀴벌레나 지네처럼, 보기에도 징그러운 벌레를 말하는 게 아니다. 풍뎅이, 귀뚜라미, 메뚜기, 심지어 나비조차 싫어했다. 어릴 적 내가 들판에서 잡아온 메뚜기를 두어 달 길렀을 때, 담배를 피우러 베란다에 나간 아빠는(금연 전이었다. 흡연자를 미개인 취급하는 친가의 분위기에서도 꿋꿋하게 담배를 피우던 아빠는 몇 해 전 담배를 끊었다. 천식 때문에 응급실에 실려간 것이 계기였지만 나는 진짜 이유를 안다. 아빠의 담배를 몰래 훔쳐 피우던 나

때문이었다는 걸) 메뚜기 집 근처를 지날 때면 사나운 개를 겁내듯 피해서 베란다 한구석으로 가곤 했다. 어쩌다 거미라도 한 마리 나타나면 아빠는 엄숙한 목소리로 나를 불렀다. 지연아, 지연아, 벌레다…… 매달 세대 전체 소독 날을 거르지 않았어도 작고 큰 벌레들은 이따금 출몰했고 아빠가 나를 부르는 횟수도 늘어갔다. 제발 이사 가자, 이러다 쥐 나오겠다, 우는소리를 해도 엄마는 꿈쩍도 하지 않는다. 재건축이 코앞인데 어딜 가냐는 거다.

재건축 조합 결성을 축하하는 현수막이 나붙은 게 언제였던가, 그날 엄마는 내가 대학에 붙었을 때보다 더 기뻐했다. 엄마는 조합의 동 대표다. 퇴직 후 시간제로 나가던 학교 일을 접을 정도로 엄마는 조합 일에 열성이었다. 할아버지의 집, 다른 형제들의 집에 비해 작고 초라했지만 엄마에게 집은 자존심의 표상이었다. 교원 조합의 아파트를 분양받고 그 집을 세주어 적금을 붓고 대출을 받고…… 그런 과정을 거쳐 마련한 집이었다. 국가 파산의 비상시국이어서, 아파트 값이 터무니없이 내린 시기였기에 가능한 일이었다. 미래와 주변과 이웃을 고려하여 엄마는 우리 동네, 반포를 선택했다. 아파트의 주민들은 대체로 오래전, 처음 아파트가 생겼을 때부터 살았던 사람들이었다. 오래된 중산층, 검소하고도 아쉬운 것 모르는 건전한 직장의 예의바른 사람들이었다. 20년이면 벽 틈에, 파이프 중간 참에, 수도 없이 집을 지은 벌레들이

내성을 키우기에도 충분한 시간일 것이다.

4. 셋째 날, 가는 길만 있고 돌아올 길은 없는

부두, 침사추이로 가는 배를 기다리는 스타 페리 터미널 역시 중국 사람들로 복작였다. 세계 최대라는 불꽃놀이가 있는 날이다. 우리는 아빠와 미상녀를 피해 맨 나중에 배에 오른다. 미상녀와 아빠는 청바지에 흰 셔츠 차림, 완벽한 커플 룩이다. 불쑥 그들 앞에 나타나고 싶은 욕망을 나는 애써 누르는 중이다. 어머, 아빠, 낭송회는 잘 마치셨어요? 묻는다면 어떨까. 어리둥절한 아빠 앞에서 가발을 쓰윽 벗는 거다. 그럼 대체 어떤 표정을 지을까. 뱃전에 서 있던 미상녀가 아빠 쪽으로 고개를 돌리고 말을 건네고 있다. 컨벤션 센터 쪽을 가리키며 아빠가 무어라 대답한다. 거대한 빌딩, 거대한 통유리에 반사된 햇살이 눈을 찌른다. 시선을 바다 쪽으로 둔 채 나는 슬쩍, 손 안의 카메라에 그들을 담았다.
"제법인걸. 아주 자연스러웠어."
미나가 쿡쿡 웃는다. 잠깐, 내가 좀 보고 올게, 하더니 미나는 어느새 두 사람 곁으로 다가간다. 두어 번, 집에 온 적이 있지만 아빠가 미나를 알아볼 확률은 제로에 가깝다. 밝은 갈색 머리의 키 큰 나의 친구는 평범한 관광객처럼, 약간의 호기심, 약간의 피로가 묻은 자세로 뱃전을 서성이다 한 발씩, 눈치 채지 않을 만큼 조금씩 두 사람과의 거리를 좁히고 있다. 배는 흔들리고 내 시선도 흔들린다. 내 옆의 두 남자가 연잎에 싼 밥을 꺼내 먹고 있다. 대체 누가 홍콩을 향기로운 항구의 도시라 했단 말인가. 바닥의 불결한 냄새, 밥 냄새 때문에 멀미가 날 것만 같다. 사진을 찍고 있는 커플을 지나고 홀로 서 있는 남자를 지나고 마침내 미나는 두 사람에게 등을 보이고 서 있었다. 나는 긴장한다. 두 사람이 나눌 이야기, 미나가 자세히, 듣고 왔으면 싶지만 또한 그걸 미나가 알게 하고 싶지 않다. 날씨가 좋아서 다행이에요, 정말 그렇죠? 뭐 그런 대화라면 좋으련만. 비닐처럼 투박한 장막 안의 좌석으로 돌아온 미나가 흐흥, 콧소리를 냈다.

"저 여자, 약사라고 하지 않았어?"

"그럴걸."

"시도 쓰나 봐, 그때 보내주신 시 어쩌고, 그런 얘기 하더라."

"무난한 방법이잖아. 시인에게 시로 접근하는 거."

"좀 치사하기도 하지."

"그 얘기뿐이었어?"

"아니, 어제 그 와인은 좋았다, 본래 자기는 와인이 안 받는데, 그러더라."

"아빠가 와인 예찬론자잖아. 면세점에서 괜찮은 거 한 병 사왔나 보지."

"와인 마시고 시 얘기 하고, 무지 고상한 분위기잖아. 생각보다 건전한 사이일 수도 있어."

"건전? 홍콩 3박 4일이?"

내 목소리가 조금 날카로워진다. 비위가 상하고 속이 메슥거린다.

"같이 밤새운다고 다 무슨 일 있느냐, 소리소리 질렀던 거, 기억 안 나냐?"

그건 내 남자 친구, 헤어진 남자 친구 얘기다. 그 남자 애와 나는 정확히 10시간을 함께, 단둘이 있었지만 무슨 일, 같은 것은 나지 않았다. 그 애는 붕어처럼 큰 눈을 껌벅거리며 내 이야기를 듣다가 소파에서 잠이 들었다. 그 애의 집에서, 고3 연말 때 일이다.

"솔직히, 너 그때 좀 실망했었지?"

미나는 실실 웃고 있다.

"실망은 무슨, 걔는 원래 어린애였어. 남자가 아니었다고."

"니네 아빠도 사실 좀 그런 편 아냐? 소년 같은 데가 있잖아."

"그렇기는 하지만……"

그렇기는 하지만 아빠는 마흔일곱, 아직도 이따금, 아니 자주 소리 나지 않게 안방 문의 잠금장치를 거는 건강한 남자다.

"그게 다야?"

"글쎄, 저 여자 목소리가 아주 나지막하더라고. 뭔가 속삭이듯 하는데 잘 안 들렸어. 야, 이쪽으로 온다. 안으로 들어오려는가 봐."

"보고 있어."

갈수록 나는 미나에게 퉁명스러워진다. 누군가에게, 참을 수 없을 만큼 화가 난다.

침사추이 산책로를 따라 걸어야 했던 오후 내내, 내가 찾은 건 화장실이었다. 나는 두리번거리며 화장실을 찾고 헉헉거리며 달려가 속의 것을 게워냈다. 예쁜 상점들, 즐비한 물건들, 알락달락한 풍선을 건네주는 상인들, 어느 것도 내 속을 달래주지 못했다. 너 이러다 병나겠다, 호텔로 돌아가자, 미나가 몇 번 말했지만 나는 고개를 저었다. 왕가위 영화 속 장면처럼 일렁이는 눈앞의 정경들, 그 속에서 영화 속 오래된 연인처럼 걷는 아빠와 미상녀를 나는 여전히 따라갔다. 뭘 어떻게 확인하겠다, 는 생각은 이제 들지 않는다. 아빠와 미상녀가 한 상점의 유리문을 열고 들어간다. 구두를 신어보는 미상녀, 고개를 갸웃하며 품평을 하는 아빠.

"저 웨지힐은 안 어울리는걸."

문 옆, 기둥에 몸을 숨기고 서서 안을 들여다보는 미나가 말한다.

"들어가서 알려줄까?"

나는 심술궂어진다.

"그것도 재미있겠다."

미나도 이제 반농담조가 된다.

"이야, 이 집 구두 값, 장난 아니다."

쇼윈도의 가격을 확인한 미나가 말한다. 390홍콩달러, 구두 한 켤레 값으로 적은 액수는 아니다.

"어머, 니네 아빠가 카드 꺼내신다."

"나도 눈 있거든."

미나와 달리 나는 그다지 흥분하지 않는다. 사인을 하고 카드를 받아드는 아빠의 태도는 너무도 자연스럽다. 미상녀는 함빡 웃음을 담은 눈으로 아빠를 보고 있다. 뭐 이 정도, 아빠의 표정은 그렇다. 쿨한 남자, 제법 선수의 자세가 나오는 저 남자가 나는 이제 영 낯설었다.

하버시티의 거대한 쇼핑몰을 벗어난 아빠와 여자는 뒷골목의 올망졸망한 가게를, 지치지도 않고 섭렵하고 있다. 나올 때마다 아빠의 손에 든 봉투가 늘어났다. 대체 저런 장소는 어떻게 알았을까 싶게 특이한 인테리어의, 예쁜 물건을 파는 집들이었다. 아빠가 나올 때마다 길가 좌판의 물건을 고르는 척, 선글라스를 들어보고 귀걸이를 걸어보던 우리 손에도 두어 개의 봉투가 생겼다.

"저 여자, 이제 보니 된장녀 아냐. 죄다 특색 있는 가게들이야. 니네 아빠가 인터넷 뒤졌을 리는 없고 저 여자가 계획한 게 틀림없어."

아빠는 즐기는 것처럼 보인다, 누구의 계획이었든.

"너 괜찮니? 얼굴이 영 안 좋아."

괜찮지 않지만 나는 말한다.

"그럼, 우리가 기초 체력은 되잖아. 토하고, 줄창 걷고, 다이어트한 셈 치지 뭐."

쿨한 아빠의 쿨한 딸 흉내를 내는 참에 웬 남자 하나가 우리 사이에 끼어들었다.

"Do you know, where the Hardrock cafe is?"

남자의 말을 금방 알아듣지 못한 건 내 듣기 실력 탓이 아니다. 금발의 그 남자가 너무 잘생긴 때문이었다. 우리도 초행이다, 미나가 답하자 리어나도 디캐프리오처럼 생긴 그 남자가 다시 뭐라 뭐라 말한다.

"뭐라는 거니?"

궁금증을 참기 어려울 만큼 남자의 눈이 파랬다.

"아주 괜찮은 곳이라는데 같이 찾아볼 생각 없냐고. 제 친구랑 둘이 있다는 거야."

그 남자 뒤로 금발이 하나 더 있었다. 딱 벌어진 어깨, 수영 선수 같은 몸이다.

"거기, 어제 가이드북에서 봤잖아. 유명한 곳이라며."

얘가, 얘가, 하더니 미나가 내게 속삭인다.

"알고는 있어, 이 근처 어딜 거야. 작업 거는 거잖아. 왜 순진한 척하고그래."

"잘됐네, 기분도 그렇잖은데 이쯤 접고 쟤네들하고 저녁이나 먹자."

미나가 물끄러미 나를 본다. 진심이야? 묻는 표정으로. 기다리던 남자에게 미나가 막 오케이, 사인을 보냈을 때였다. 미상녀와 아빠가 우리 쪽으로 오고 있었다. 우리는 두 남자들 사이에 바짝 붙어 길을 비켰다.

"젊은 애들 가는 데 아닌가요?"

미상녀,

"홍대 앞처럼 그런 데는 아니에요, 일단 가봅시다."

며칠 만에 듣는 아빠의 목소리, 두 사람은 어딘가 목적지를 향해 코너를 돌았다. 캔톤 로드,라는 이정표가 보인다.

"우리가 갈 길도 저쪽인데……"

미나의 표정이 일그러진다. 영문을 모르는 두 남자와 우리는 나란히 그들을 따라 걸었다. 전자 기타를 매달아놓은 듯 번쩍이는 카페의 간판이 멀리서도 보인다. 작은 바와 술집들이 늘어선 골목길은 아직 한산하다. 이건 좀 위험한걸, 싶은 순간 미나가 허걱, 신음 소리를 냈다. 아빠와 미상녀, 그 두 사람이 하드락 카페의 문을 열고 들어갔던 거다. 하고많은 술집 중에서.

사람들의 행렬이 한곳으로 향하고 있다. 거리에는 미묘한 흥분의 분위기가 감돌고 있다. 흡사 전쟁 전 같은 느낌이다.

머리 등을 밝힌 택시들이, 도무지 알 수 없는 표정의 기사들이 우리 앞을 스쳐 지나고 있다. 손을 흔들고 치일 듯 바짝 다가가도 그들은 우리를 태우려 하지 않는다. 왜들 그러지, 하던 미나가 교통경찰에게 다가갔다.

"서둘러야 해. 이제 곧 이 거리는 봉쇄된대. 전철도 끊길 거라네."

불꽃놀이가 시작되면 11시까지는 꼼짝없이 여기 갇혀 있어야 한다는 거였다. 페리의 운항도 멈춘다고 한다. 세계 최대의 불꽃놀이를 보려는 사람들, 만 근처의 가장 좋은 자리를 차지하려는 사람들이 줄줄이 우리 앞을 지나쳐 간다. 즐기려는 것이 아닌가, 그들의 얼굴은 엄숙하고 거의 결연하다. 아빠가 곧 저 대열에 합류하리라는 사실이 믿기지 않는다. 불꽃이 터질 때마다 환호성을 지르는 그 무리에 아빠의 음성이 섞이리라는 것이. 야, 징그럽다, 무섭다, 중얼거리는 미나를 따라 나는 터덜터덜 걸었다. 우리를 이곳에서 빼내줄 유일한 수단, 전철이 있는 곳으로.

5. 그리고 마지막 날, 빈손이 가장 무거웠다

비행기가 뜨기 전에 나는 잠이 들었고 비행시간 내내 깨지 않았다. 나를 깨운 미나가 쯔쯔 혀를 차고 있었다.

"도착한 거야? 벌써? 우리 아빠는 나가셨어?"

미나가 내 머리를 툭 쳤다.

"그러엄, 도착한 지 한참 됐어. 정신 좀 챙기셔."

가방을 끌고 터미널을 빠져나오면서 서서히 현실감각이 돌아오는 기분이었다. 며칠간 꿈을 꾸었던 것 같았다.

"뭣 좀 먹고 가자. 니네 아빠랑 동시에 집에 들어가는 건 좀 그렇잖아."

미나는 철저한 구석이 있었다. 공항 한쪽의 카페테리아로 가는 길, 바퀴 달린 가방을 끌고 가는 미상녀를 나는 보았다. 여자는 다시 보랏빛 스카프를 매고 있었다. 멈추어 서서 나는 그 여자가 출입문을 빠져나가는 것을 지켜보았다. 여자는 지치고 피곤해 보였다.

"우리 아빠, 전문가 같아. 미리 헤어진 걸 보면."

"홍콩 아니잖아. 그리고 또 있어, 다른 이유."

미나가 생글생글 웃으며 나를 보고 있었다. 알 수 없는 수상한 느낌이 든다.

"뭐야…… 너 무슨 짓을 한 거야?"

더럭 겁이 난다.

"가, 가면서 얘기해. 나 배고프단 말이야."

미나는 그저 흥, 하는 표정이다. 미나는 국수와 김밥을 사고 나는 질문을 정리한다. 먼저 입을 연 것은 미나였다.

"너 어젯밤에는 진짜 죽은 듯이 자더라."

"그러니까 나 자는 동안 뭔 짓을 한 거구나."

"뭐, 그저 잠깐 다녀왔지."

"어디? 불꽃놀이하는 데?"

"미쳤니, 거길 가게."

"그럼 어디, 우리 아빠 호텔에?"

고개를 끄덕이는 미나.

"가서? 만났니?"

"아니, 불꽃놀이 끝나기 전이었어."

"그럼, 뭐? 설마…… 너 방에 들어갔어?"

다시 끄덕끄덕.

"어떻게? 열쇠가 어디 있었어? 홍콩 호텔들, 순 엉터리 아냐!"

"야야, 흥분하지 마. 뻥을 좀 쳤을 뿐이야. 네 이름이랑, 네 여권 보여주고. 홍콩달러도 살짝 보여주었지만."

이건 좀 심하다. 미나가 이렇게나 타락했을 줄, 아니, 이렇게나 전문가인 줄 몰랐던 건 내 불찰이었다.

"그래서 뭐 했어? 빈방에서. 편지라도 써놓고 왔어?"

노노, 미나가 검지를 흔든다. 영 오싹한 기분이다.

"그거 있잖아. 비행기 안에 있던 거, 큼직한 회색 스티커 몇 장 붙여놨어. 니네 아빠 가방에 한 장, 보시던 책갈피에 한 장. 또 재킷에도. 방해하지 마시오, 식사 때 깨워주시오…… 번갈아 붙였어. 놀라셨겠지, 니네 아빠. 그치만 호텔 측에 항의는 안 했을 거라고 봐. 신분을 대고 뭐 그래야 할 테니까."

나는 미나를 물끄러미 바라보았다. 왜 그랬어, 나는 묻지 못하고 묻지 않는다. 이제 아빠는 메일함을 비우고 문자를 받는 즉시 삭제할 것이다. 홀로 있는 방에서도 문득 뒤를 돌아볼 것이다. 혹 있을지 모르는 도청 장치를 찾아 산세비에리아 화분을 뒤져야 할는지 몰랐다. 가엾은 아빠…… 단 나흘간의 죗값이라기에는 너무 가혹한 일이었다. 뭐라 말할 수 없는 복잡한 기분, 그저 툭 던진 포망으로 엄청난 것을 낚아 올린 어부가 이럴까. 토끼를 바라 쳐놓은 올무로 곰을 잡은 포수의 심정이 이럴까. 감당할 수 없는, 나로서는 너무 무거운 짐이었다. 내려놓을 수도 없는……

"너무 심각해하지 마. 니네 아빠, 놀라서 조심하실 거야. 쫌 심하다 싶겠지만, 나는 그렇게 생각 안 해. 세상에 대가 없는 일은 없어. 사는 게 다 그런 거야."

미나는 냉혹했다. 나는 미나에게서 시선을 돌린다. 통유리 저편, 널따란 활주로, 한 대의 비행기가 이륙 준비를 하고 있었다. 사는 게 다 그런 거라고…… 미나는 어른처럼 말했다. 너, 우니? 미나가 물었다. 나는 대답하지 않았다. 울지 않으려는 노력을 나는 하지 않았다. 미나에게, 모든 일을 털어놓는 날이 사라졌다는 걸 나는 알았다. 나 역시 미나처럼 어른의 흉내를 내리라는 것도. 아빠와 함께, 어린 연인 역할 놀이를 하던 시절은 이제 영영 사라졌다. 아빠의 행적을 알아내는

데 나는 성공했지만, 장벽이 무너지자 모든 것이 장벽이었다. 눈이 시리고 마음이 시리고 온 가슴이 시렸다. 저 막힌 데 없고 이정표 없는 들판 같은 날들이 내 앞에 놓여 있었다.

긴 활주로를 느릿느릿 움직이던 비행기가 불쑥 일어나듯 날아올랐다. 그 물체는 곧장 빠르게 시야에서 사라졌다. 날개의 흔들림조차 없이, 무한정 먼 저편으로.*

---

* 소설에서 직접 인용한 시는 이문재의 「소금창고」「손은 손을 찾는다」이며 이 밖에도 소설은 이문재의 「물의 결가부좌」「산세베리아」「사막에 나무를 심었다」「제국호텔」 등 10여 편의 시에서 얻은 이미지의 도움을 받았다. 흔쾌히 양해해준 시인께 감사한다.

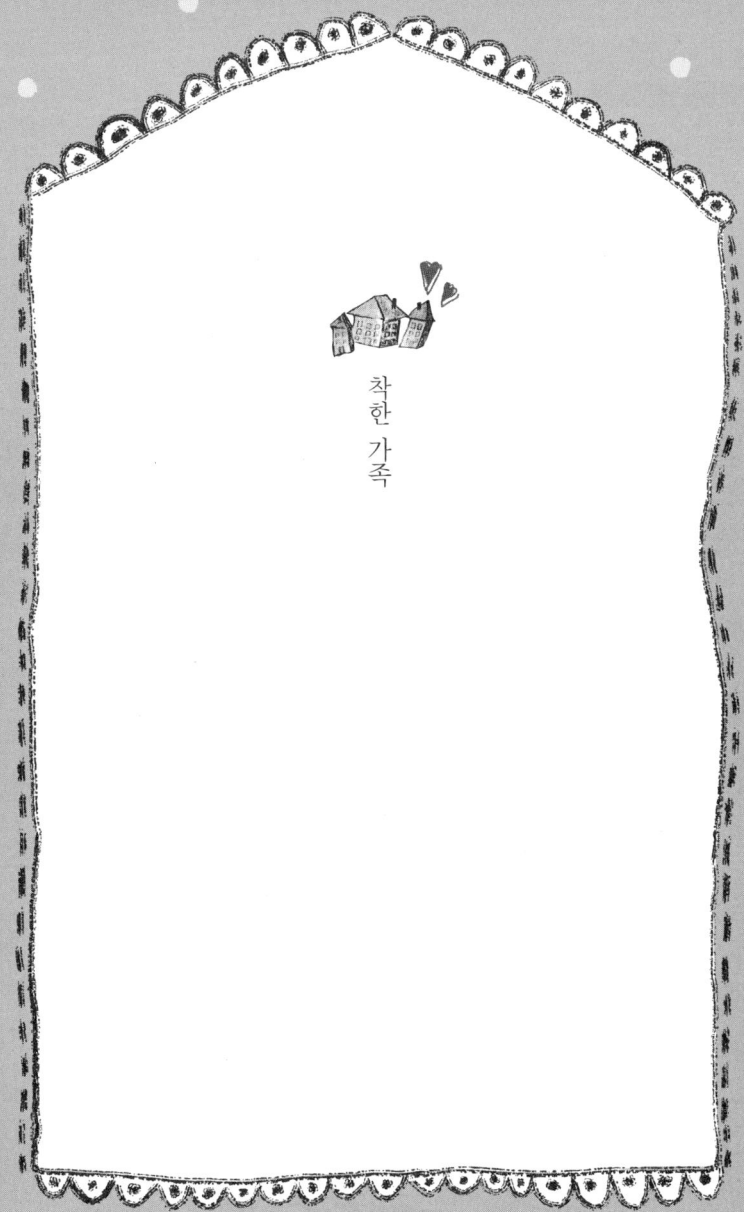

착한 가족

1. 오전

그 여자가 외출 준비를 마치고 나왔을 때 아들은 여전히 '게임 중'이었다.
"30분 넘었는걸."
제 손바닥만 한 기계를 향해 뻗은 여자의 손을 아이가 급히 막았다.
"지금은 '공부 중'이에요."
아이는 기계의 지시에 따라 영어 철자를 써넣고 기계음을 따라 발음했다. 두 유 언더스탠드 왓 아이 민? 화면이 바뀌고 곧 다음 단어가 흘러나왔다. 에이, 20점이 뭐야, 아이는 싫은 소리를 하며 플라스틱 막대를 움직여 다음 화면을 클릭했다. 화면 한쪽에서 나타난 하얀 강아지가 혀를 날름 내밀었다.

You failed. 붉은 글자가 떴다.

"에고, 엄마. 강아지한테 졌어요."

"그러니까 그만 하라잖아."

치미는 짜증을 참느라 여자의 표정이 일그러졌다. 아이는 눈을 동그랗게 뜨고 여자를 쳐다보았다. 열일곱, 청년기에 접어든 남자 아이의 눈이라고는 도무지 믿기 어려운 무구한 빛이었다.

"이거 듣기 평가 공부하는 거거든요. 내일 경시 대회 있어요."

아이의 음성은 공손했다. 컴퓨터든, 게임기든, 기계와 마주 앉은 아이와의 대화는 여자의 인내심을 시험하는 장이었다. 차분히 설득하다 기어이 언성을 높이는 일이 반복되고 매번 엄마의 권위로써 마무리를 지어야 하는 상황이 연출되었다. 권위라는 것이, 바람 새는 풍선처럼 빠져나가 이제 잉여분이 많지 않다는 것을 여자도 아이도 알았다.

"엄마가 몰라서 그래요. 우리 반 애들 중에는 하루 종일 게임만 하는 애들도 많아."

이런 아들을 가진 걸 행복인 줄 모르는 엄마가 안쓰러운 듯 아이는 빙그레 웃음까지 지어 보였다. 학교 가고 학원 가고 숙제하고 과외하고 숙제하고 학습지 풀고 숙제하고…… 그 여자로서는 빈틈없이 짜인 일정을 소화하는 아들에게 무어라 할 수 있는 말이 없었다. 잔소리를 하는 시간조차 아이에게는 낭비였다.

"그래, 고맙구나, 우리 아들. 절이라도 하리?"

여자는 그쯤 매듭을 지었다. 아이에게 그 일본제 게임기를 사준 것은 지난겨울, 기말고사가 끝난 직후였다. 초등학생이나 가질 법한 게임기에 대한 열망으로 잠을 설치던 아이는 전교 5퍼센트 안쪽,이라는 여자가 내건 조건을 턱걸이로 통과했다. 적잖은 가격의 프로그램 팩을 마련하기 위해 아이는 제 용처를 줄이고 세뱃돈을 몽땅 털어넣었다. 착하고 순한 아들이었다. 어쩌다 시답잖은 친구들과 어울리는 것만 제외한다면 나무랄 데 없는 아이였다.

"좀 있다 재민이네 집에 가기로 했어, 알지?"

고개를 끄덕인 아이가 슬며시 일어나 제 방으로 갔다. 당분간 아이는 숙인 고개를 들지 못할 것이었다. 안쓰러웠지만 반성이 필요한 일이었으므로 여자는 아이를 위로하지 않았다. 삐요삐요, 휴대폰이 이상한 소리를 내며 10시를 알렸다. 두꺼운 모직 목도리로 단단히 목을 감싸고 여자는 집을 나섰다. 엘리베이터 벽에 걸린 거울을 보며 여자는 다시 매무시를 점검했다. 보푸라기가 인 낡은 털 점퍼는 딸아이의 옷이었다. 오로지 방한만이 목적인 장식 없는 옷은 화장기 없는 얼굴과 그럴 수 없이 잘 어울리는 것 같았다. 거울을 보며 여자는 가엾은 표정을 지어보았다. 잠을 설친 부스스한 얼굴, 근심 어린 눈빛, 헐렁한 점퍼 속의 좁은 어깨. 이 정도면 완벽할 것 같았다. 천장 귀퉁이의 카메라를 흘끗 쳐다본 여자는 순간 머쓱해졌지만 그걸 의식할 계제가 아니었다. 조금만 더 애를 쓴다면 눈물까지 글썽이겠다. 싶을 즈음 띠링, 맑은 종소리와 함께 엘리베이터가 서고 스르르 미끄러지듯 문이 열렸다.

"어머, 지우 엄마, 어디 가는 길이세요?"

안으로 들어서던 여자 하나가 그네를 보고 반색을 했다. 여자의 아들과 같은 학교, 다른 반의 반장 엄마였다. 과외 선생을 물색하고 학원 정보를 교환하고 덜떨어진 선생, 물 흐리는 아이들을 학원에서 몰아내는 데 보조를 같이하는 씩씩하고 발 넓은 엄마였다. 짧은 순간 여자의 표정이 복잡해졌다. 학생 주임과 교장과 담임, 알 만한 모든 선생들에게 적절한 예를 표하고 단속을 하느라 했지만 이미 소문을 들었을 가능성이 있었다. 어디까지 알고 있을지, 궁리하던 여자는 빠른 결론을 내렸다. 필요한 만큼만 솔직해지기로.

"말도 마세요, 살다 살다 별 이상한 경우를 다 당하잖아요. 속상해 미치겠어."

"어머, 왜요? 그렇잖아도 이상하다 했어. 그 옷이, 그게……"

빤히 쳐다보는 여자의 눈에 웃음기가 서려 있었다. 정말 모르는 것인가? 그렇더라도 곧 알게 될 일이었다. 나쁜 소문은 바람보다 빨리 번진다, 여자는 그렇게 믿었다.

"우리 지우가 사고를 쳤잖아요, 친구들이랑 노래방 갔다가."

"노래방이요? 아니, 언제요? 그럴 시간이 있었대요?"

눈을 동그랗게 뜬 여자가 한꺼번에 물었다.

"지난번 모의고사 마친 날 갔대요. 거기서 애들이 뭔 일로 시비가 붙었나 봐요."

"어머, 그래서, 누가 다쳤대요? 설마 지우가요?"

"아니, 지우는 아니고 딴 애가 좀…… 그 애 엄마랑 아빠가 난리가 났어요. 애들 몽땅 고소하겠다고. 지우는 애들이 돌린 맥주를 한 모금 마시자마자 몽롱해서는 무슨 일이 있었는지도 잘 몰랐다는 거죠. 그 집에 빌러 가는 길이에요, 지금."

어머나, 세상에, 어쩜 세상에, 어머, 어머, 웬일이니…… 호들갑을 떨던 여자가 쯧 혀를 차며 말했다.

"진짜 속상하겠다. 그래도 뭐, 너무 걱정 마세요, 지우 모범생인 거는 선생님들이 다 아시잖아요. 지우처럼 착한 애가 어디 있다고."

그다지 위로가 되는 말은 아니었다. 착한 애, 아들에게 언제나 따라붙는 그 수식어가 여자는 언제나 못마땅했다. 착하기 때문에, 착한 성품 탓에 아이는 친구에게 휘둘리고 작은 일에도 상처를 입었다. 쉬는 시간, 그 5분도 아까워 책에 코를 박는 일, 친구의 사소한 부탁을 거절하는 일, 일껏 꼼꼼히 정리한 오답 노트를 저 혼자 보고 숨기는, 그런 소소한 일들에 아이는 몹시 서툴렀다. 초등학교, 아니 유치원 시절부터 그토록 일렀건만 아이는 달라지지 않았다. 그런 사소한 일들이 5퍼센트에서 더 치고 올라가는 아이의 길에 장애를 만들었다. 시험을 망치면 한껏 화를 내는, 그런 아이들이 부러웠지만 여자의 아들은 그저 엄마에게 미안한 표정을 지을 뿐이었다. 엘리베이터가 서고 로비의 차가운 공기가 훅 들이쳤다. 잘하고 오세요, 반장 엄마가 살짝 등을 두들겼다. 제복 차림의 경비원이 의아한 표정으로 여자를 보다 아니, 사모님, 하고 황급히 인사를 했다. 여자는 고개를 까딱해 보이고 빠른 걸음으로 로비를 빠져나왔다.

20분가량, 걷는 동안 얼굴과 손이 차갑게 식고 감각이 마비되듯 아려왔다. 누비바지를 입고 장갑을 꼈는데도 그러했다. 하얀 입김조차 얼어붙을 듯 차가운 날이었다. 재민의 집까지, 차를 이용할 수도 있었지만 여자는 그러지 않았다. 여자의 머릿속에는 자신에게도 반성이 필요하다는 생각, 얼어붙은 뺨을 보면 재민 어머니가 조금쯤 너그러워지지 않을까, 하는 계산이 나란히 들어 있었다. 파란 철 대문 앞에 옹기종기 서 있는 세 여자, 지난 이틀간 몇 차례 통화를 한 그 여자들과 인사를 나누며 여자는 빠르게 생각을 정리했다.

"무조건 죄송하다, 아이를 잘못 가르친 죄가 크다, 용서를 빌어야 해요."

부스스한 머리, 푸석한 얼굴의 여자들에게 몇 번 되풀이했던 말이었지만 혹 딴청을 피울 여지가 있는 것은 아닌지 염려를 떨쳐내기 어려웠다. 어쩌다 저런 엄마들의, 저런 아들들과 어울린 것인지, 그 시간 자신은 어디에 있었던 것인지 새삼스레 화가 치밀었다.

"아니, 용서야 벌써 빌었는데도 재민 엄마가 저렇게 흥분해 있잖아요. 아침에 전화했을 때도 그냥 막무가내더라고요."

그렇게 일렀건만 여자는 또 전화를 건 모양이었다. 뾰로통한 표정의 저 여자, 전화 통화에서도 불만을 털어놓았던 저 여자의 아들이야말로 이 일의 주모자였다.

"무슨 애길 하셨어요? 전화 자꾸 하는 거, 역효과라고 제가 말씀드렸잖아요."

여자는 부러 착 가라앉은 목소리를 냈다.

"아니, 나는 그저, 뭐, 사내애들이 싸울 수도 있고 싸우다 보면……"

"경태 어머니."

여자는 그 여자의 말을 끊었다. 경태 어머니라 불린 여자가 불만 가득한 눈으로 여자를 쳐다보았다. 여자는 달래듯 천천히 말을 이었다. 입이 얼어붙을 듯 차가운 공기 때문에 말들이 가닥가닥 끊어져나왔다.

"말씀드렸지요? 얘기를 길게 할수록 우리한테 불리하다고. 재민 아빠가 경찰이라잖아요."

두어 군데 전화를 건다면 경찰관 하나쯤 상대할 사람이 없지 않았지만 여자는 이야기를 오래 끌고 싶지 않았다.

"입장을 바꿔 생각해보세요. 애 얼굴에 흉터가, 그게 보통 일이 아니잖아요."

아이를 타이르듯 조근조근 달랬지만 그 여인네는 여전히

못마땅한 얼굴이었다.
"솔직히 사내자식들이 치고받고 싸울 수도 있고 그러다 보면 다칠 수도 있지, 누가 일부러 그랬겠어요? 이건 무슨 조폭 취급을 하니 말이잖아요."
조폭이 따로 있는가, 한 아이를 괴롭히고, 노래방으로 유인하고, 집단으로 폭행을 한, 그 행태는 조직폭력배들의 그것과 조금도 다르지 않았다. 대체 지우는 어쩌자고 저런 여자의 아들들과 어울렸다는 말인지, 다시금 한숨이 나왔지만 여자는 이내 자신을 추슬렀다. 고맙게도 다른 여자 하나가 상황을 정리해 주었다.
"어쨌든 우리 애들, 학적부에 빨간 줄 안 가게 해야 잖아요. 무조건 저자세로 빌어요, 우리."
시내에서 커피 전문점을 운영한다던 여자였다. 사회생활하는 사람이 좀 낫군, 빨간 반코트가 지나치게 화려해 보여 거슬리던 그 여자에 대한 인상이 약간 누그러졌다.
"얼른 들어가요, 추워 죽겠다."
통화를 할 때도, 지금 이 순간에도 내가 뭘 어쨌다고, 하는 표정이던 다른 여자가 발을 동동 구르며 엄살을 떨었다. 미덥잖은 아이들을 단도리하듯, 여자들을 주욱 일별한 그 여자는 철 대문 한쪽의 벨을 눌렀다.

2. 오후

쨍, 갈라질 듯 푸른빛으로 얼어붙었던 하늘이 차츰 흐려지고 있었다. 바람이 자고 대기 속에는 습기가 묻어났다. 눈이 올 모양인가, 여자는 송수화기를 들고 세 개의 버튼을 눌러 녹음된 일기예보를 확인했다. 예상 적설량은 약 1센티였다. 1센티라면 차량들의 배기가스, 사람들의 입김만으로도 쌓이기도 전에 녹아 사라질 것이었다. 여자는 검은 모직 코트를 입고 신발장을 열었다. 가지런히 정리된 검은 구두들이 저마다 선택되기를 기다리는 듯 얌전히 놓여 있었다. 그것들 중에 여자는 장식 없는 9센티의 하이힐을 선택했다. 엘리베이터까지 자신의 구두굽이 내는 소리를 들으며 여자는 천천히 걸었다. 무릎을 꿇고 앉아 있어야 했던 시간, 간도 쓸개도 다 빼줄 듯 머리를 조아려야 했던 오전을 보낸 여자에게 9센티는 부담스러웠던 듯 걸음이 조금 기우뚱하는 듯싶었지만 여자는 포기하지 않았다. 세련되고 당당하고 우아하며 절제된 여성, 지금 이 순간 여자에게는 그러한 이미지가 절대적으로 필요했다. 대리석이 깔린 복도의 끝에서 끝까지, 모델처럼 몸을 꼿꼿이 세우고 두어 차례 왕복한 여자는 엘리베이터에 오를 즈음 차분하고도 오만한 걸음을 회복할 수 있었다. 훌쩍 키가 솟아오른, 오전의 점퍼 차림의 아줌마와는 전혀 다른 눈빛의 여자는 손짓조차 우아하게 엘리베이터의 버튼을 눌렀다.

30분가량, 순환도로를 달리고 터널을 지나고 10개쯤의 신호등을 지난 끝에 여자는 도심가의 높다란 건물 앞에 다다를 수 있었다. 지하 5층의 주차장까지, 달팽이처럼 구부러진 통로를 여자는 천천히, 미세한 현기증을 무시하고 내려가고 형광 빛 막대를 든 젊은 청년의 안내에 따라 차를 세웠다. 실내등을 켜고 여자는 갈라진 입술에 립글로스를 발랐다. 마스카라가 번지지는 않았는지, 아이라인이 너무 길게 그려지지는 않았는지 꼼꼼히 확인한 후 여자는 두 팔을 길게 뻗었다 접었다 몇 차례 반복했다. 장풍을 날리는 자세, 여자가 몸의 긴장을 풀 때 하는 동작이었다. 귓불에 코코 샤넬 향수를 한 방울씩 묻히고 심호흡을 한 다음 여자는 차 문을 열었다. 주차장의 후덥지근한 공기, 자동차의 배기가스가 가득 차 있는 그 공간을 여자는 천천히 걸어 지나고 6개의 엘리베이터 가운데 막 도착한 엘리베이터에 몸을 실었다.

21층, 검붉은 자색의 카펫이 깔린 복도에는 밝은 형광 빛이 가득 차 있었다. 코너를 돌아 커다란 유리문 앞을 향하다 말고 여자는 발길을 멈추어야 했다. 유리문 한쪽에는 콩알만한 붉은 등이 달린 자그마한 기계가 있었다. 남편의 목에 매달려 있던 것, 그 출입증이 있어야만, 납작한 플라스틱 카드를 들이밀어야만 열리는 문이었다. 호기롭게 안으로 들어가고, 그 남자의 사무실 문을 왈칵, 열고 책상 앞에서 그를 노려보며…… 그것이 미리 마련한 시나리오의 초반부였지만 어쩔 수 없이 여자는 휴대폰을 열고 사무실의 번호로 전화를 걸었다.

"이사님은 지금 통화하실 수 없는데요, 회의 중이세요."

상냥한 음성의 여직원이 친절하게 일러주었지만 여자는 포기하지 않았다.

"지금 사무실 바로 앞에 있어요. 꼭 뵈어야 하는데요."

"어디시라고 전해드릴까요? 메모를 남기시면 전해드리겠습니다. 지금은 중요한 회의에 참석 중이시거든요. 연결시킬 수가 없답니다."

여직원은 여전히 친절했다. 예상했던 반응이었다. 심호흡을 하고 나서 여자는 다시 말했다.

"말씀드렸다시피 지금 사무실 바로 앞에 있어요. 지금 당장 이사님을 바꾸지 않으면 좀 시끄러워질 텐데요."

여자는 자신이 낼 수 있는 가장 침착하고 냉정하고 싸늘한, 약간 무섬증이 느껴지는 목소리로 말했다. 여직원은 좀 당황한 것 같았다.

"누구신지요, 연결하지 말라는 분부가 있으셔서……"

여직원의 말을 끊으며 여자가 대답했다.

"아, 미안합니다. 저는 김만복 이사의 처 되는 사람이에요."

전화 저편이 조용해졌다. 잠깐 기다리시라, 한 그 여직원이 사무실 문을 열고 나온 것은 약 3분 후였다.

"안으로 모시라고 하세요. 이사님께서는 곧 나오시겠다고 하세요."

 유리문 안으로 들어가는 여자의 뒤로 칸막이 너머로 올라온 수십 개의 시선이 따라붙었다. 고개를 들고 등을 꼿꼿이 세운 채 여자는 천천히 앞을 보고 걸었다. 어디선가 수군대는 소리가 들리는 것도 같았지만 여자는 동요하지 않았다. 칸막이 사이의 긴 통로를 지나 여직원이 안내한, 블라인드가 쳐진 유리문 안의 사무실로 들어갈 때까지 여자는 숨을 멈추고 있었다. 세 평쯤 될까, 남편의 방보다 조금 넓어 보였다. 마호가니 책상과 검은 가죽 의자와 단정한 잿빛 소파가 놓여 있었다. 구성진 이사, 이름이 새겨진 명패를 여자의 시선이 스쳐 지나갔다.

"마실 것 좀 드릴까요? 녹차와 커피가 있어요. 홍차도 있구요."

 여직원이 미소를 지으며 물었다. 귀염성 있는 얼굴이었다.

"커피 한 잔 주시겠어요? 블랙으로."

 또각또각 구둣발 소리를 내며 나간 여직원은 이내 달그락 잔 부딪히는 소리와 함께 돌아왔다.

"오랜만에 뵈었는데 그대로세요. 입사 초기 때 댁에 갔던 적 있었거든요. 사모님은 저 기억 못하시겠지만. 저 정 대리예요, 정지영 대리."

 남편이 부장이었던 시절, 여자는 두어 차례 직원들을 초대해서 저녁을 대접한 적이 있었다. 번거롭게 무슨, 남편이 말렸지만 여자는 전혀 번거로워하지 않고 새우를 찌고 홍어를 무치고 연어를 절여 샐러드를 만들어 30명 분의 식사를 준비했다.

"어머, 그렇군요. 미안해요, 몰라 봐서."

결혼했다고 들었는데, 아이도 낳았다고 들었는데 여전히 날렵한 외모의 정 대리가 아니에요, 라고 조그맣게 말했다.

"이사님은…… 아프리카 가셨다지요? 아직 안 오셨죠?"

여자는 그저 고개를 끄덕였다. 무슨 말인가 더 할 듯하던 정 대리가 입을 다물었다. 열린 문 앞에 한 남자가 서 있었다. 그 남자는 문고리를 잡고 서서 여자와 정 대리를 가만히 바라보았다. 여자는 자리에서 일어나 소파 뒤쪽으로 한 걸음 물러서 보였다. 재빨리 몸을 일으킨 정 대리가 방 밖으로 나가 문을 닫았다.

저이가 구성진이로군, 여자는 그 방의 주인을 찬찬히 바라보았다. 왁스를 바른 듯 윤기가 도는 머리카락, 잘 손질된 헤어스타일, 흰 셔츠, 줄무늬의 푸른 넥타이, 광택이 도는 갈색 바지, 약간 투박한 굽의 검은 구두, 세련된 옷맵시와 셔츠 안의 탄탄해 보이는 팔과 소매 깃에 반짝이는 커프스를 차례로, 점수를 매기는 면접관처럼 관찰했다.

"불쑥 찾아와서 죄송합니다. 들으셨겠지만 김 이사 안사람입니다."

여자가 먼저 입을 열었다. 예의 바르지만 미안함이 느껴지는 어투는 아니었다.

"아닙니다, 기다리시게 해서 제가 죄송하지요."

구성진 이사는 부드럽고 공손했다. 지나치게 예의 바르지 않았으며 함부로 군다는 느낌도 들지 않았다. 낮았지만 힘이 느껴지는 음성이었다. 카키색 뿔테 안경 속에서 구성진 이사의 눈이 미소를 띠었다. 친절과 예의가 몸에 밴 사람의 미소였다. 남편에게서 들었던 모든 이야기들, 지난 1년내 그가 저질렀던 온갖 만행을 생각하자면 뜻밖이었지만, 어쩌면 당연하다는 느낌이 들기도 했다. 여자는 구성진 이사의 눈을 똑바로 쳐다보았다. 그는 여자의 눈을 피하지 않았다. 그의 눈동자는 약간 진한 갈색이었다. 그의 눈에서 읽을 수 있는 것은 거의 없다고 할 수 있었다. 여자는 오랫동안 입을 열지 않았다. 그 사이 구성진 이사의 휴대폰이 두 번 울렸다 잠잠해졌다.

"전화를 받으시지요."

여자는 자신이 침착하다는 것을 보여주고 싶었다.

"아닙니다, 다시 걸겠지요."

영리해 보이는 눈동자를 깜박이며 구성진 이사는 여자를 쳐다보고 있었다. 이야기를 어떻게 시작할 것인지, 가장 먼저 꺼낼 단어가 무엇이어야 하는지 지난밤 내내 생각했었지만 여자는 그에 따르지 않기로 했다. 짐작보다 더 지독한 상대인 것 같다, 여자의 생각은 그러했다. 단순하고 분명하게 하자, 여자는 결심을 굳혔다.

"남편이 사직서를 낼 예정이라더군요."

"아, 그렇습니까?"

구성진 이사의 미간에 살짝 주름이 잡혔다 사라졌다. 연습한 듯 자연스러운 동작이었다.

"모르셨다는 말씀인가요?"

"글쎄, 아마도 사장님께 말씀하신 모양이지요. 저는 아직 통보받지 못했습니다."

적절한 휴지(休止)를 둔, 적절한 반응이었다. 대화의 기술을 알고 있는 사람이었다.

"사직서를 내리라는 건 모르셨다 하더라도 그 이유는 아시지요?"

입술을 슬쩍 비틀었다 바로 잡았을 뿐 그는 아무런 말도 하지 않았다.

"남편 말로는 사표를 내면 수리되기까지 한 달쯤 걸릴 거라던데요."

"통상적으로 그럴 겁니다. 본사의 결제가 필요하고 업무 인수인계도 해야 하니까요."

사무적인 절차를 질의하고 응답하는 두 사람의 대화는 거기까지였다.

"그래서 말씀인데요……"

잠깐 사이를 두고 여자는 말을 이었다.

"그 한 달간 남편은 자신의 사직이 부당하다는 걸 증명해 보이려고 해요."

여자는 등을 꼿꼿이 펴고 무릎을 가지런히 모았다. 고등학교 시절, 여자는 몇몇 친구들과 교내의 시위를 주도한 적이 있었다. 사소한 일로 시작된 체벌로 급우 하나가 자살한 사건이 발단이었다. 죽은 급우와 친했다고는 할 수 없었지만 여자는 그 반의 반장이었다. 여자가 보기에 그 교사의 처벌은 지나치고도 비인간적이었다. 평소에도 인격 모독적인 발언을 예사로 하는 그 교사는 자살 사건 이후에도 뻔뻔한 얼굴로 수업에 들어오고 출석부로 교탁을 내리치며 신경증을 드러냈다. 여자와 친구들은 격문을 작성하고 전화를 돌리고 몇 차례의 소규모 회합을 가졌으며 그네들의 모의는 성가 대회가 있던 날 강당에 모인 전체 학생들에게로 번졌다. 학생들은 수업을 거부하고 해당 교사의 면직을 요구했다. 수습되기까지 수 주일이 걸렸던 그 사건으로 여자와 친구들은 근신 처분을 받았지만 모범생이었으며 성적 우수자 명단에서 빠진 적이 없었던 여자와 그 주동자들에게 학교가 내린 처벌은 대단히 학구적이었다. 교내 도서실에서 일주일간 도서 정리를 할 것. 선생님들은 자주 도서실로 찾아와 여자와 친구들을 세워두고 발이 저려올 때까지 엄숙하고 진지하게 훈계를 했다. 몸을 뒤틀고 깍지 낀 손을 풀었다 접었다 하는 아이도 있었지만 여자는 그러지 않았다. 만약 그래야만 한다면 여자는 두 시간, 세 시간이라도 꼿꼿한 자세를 허물지 않을 수 있었다.

"김 이사님의 사직을 강요한 사람은 아무도 없지 않습니까. 저로서는 무어라 말씀드리기 어렵네요."

자신의 패를 결코 들키지 않는 도박사, 구성진 이사의 표정은 그러했다.

"이사님의 말씀을 듣고자 온 것이 아닙니다. 퇴직을 결정한 건 남편이지요. 그건 그이의 뜻이에요. 남편이 문제 삼는 건, 그럴 수밖에 없도록 만든 회사의 결정이지요. 남편은 본사를 상대로 일을 진행할 거라고 합니다. 어떤 방식일지는 이사님도 잘 아실 거라 생각해요. 이사님이 하신 것과 똑같은 식으로 할 겁니다."

여자를 힐끗 쳐다본 구성진 이사는 등을 젖히고 소파 깊숙이 몸을 묻었다.

"제 남편은 지극히 도덕적인 사람이에요. 사심이 없는 사람이지요."

안경테를 밀어 올리는 구성진의 손놀림, 뺨을 쓸었다 턱을 만지작거리는 그의 손가락들을 여자는 잠자코 보고 있었다. 그는 조금 초조해하는 것 같았다.

"김 이사님이…… 정말 김 이사님이 그렇게 말씀하셨다는 겁니까? 회사를 상대로 소송을 내겠다고?"

긴장한 듯 구성진 이사의 표정이 굳어졌다.

"그 사람은 순한 편이지만 한번 화가 나면 무서워지거든요. 자신을 위해서가 아니라 회사를 위해서 필요하다고 생각하고 있어요."

너도 알고 있지, 않은가, 묻고 싶었지만 여자는 그 말을 하지 않았다. 구성진의 표정이 일시에 굳어졌다.

"말씀드렸다시피 김 이사님께 사직을 강요한 사람은 아무도 없습니다. 본인의 선택인데 소송이 가능하겠습니까?"

여자는 슬며시 웃음을 지었다. 그에게 결정타를 먹일 순서였다.

"오해가 있는가 본데요, 남편은 자신의 사직을 철회하려는 게 아닙니다. 구 이사님의 복직이 부당하다는 걸 말하려는 거지요."

"……"

구성진의 미간에 다시금 깊은 골이 팼다.

"회사에 해악을 끼친 사람을 다시 불러들임으로써 직원들이 받고 있는 충격과 혼란을 얘기할 필요가 있다고 생각하지요. 본사의 잘못된 판단이 심각한 사태를 불러올 수 있다는 것에 대해 증명하려고 해요."

구성진은 눈을 깜박이며 여자를 보고 있었다. 이 사람이 내 말을 믿지 않는군, 여자의 생각은 그러했다. 흐음, 목을 가다듬듯 헛기침을 한 구성진이 입을 열었다.

"저로서는 김 이사님이 그런 결정을 내렸다는 걸 믿을 수 없군요. 본사의 판단의 부당성 여부를 따지기는 쉽지 않을 겁니다. 그건 엄청난 일이 될 텐데요, 그런 스트레스 받을 일을 왜 시작하신다는 겁니까? 김 이사님은 논리적인 분이 아닙니까. 회사가 어떻든, 사직할 예정이시라면 왜 그런 일을 하신다는 거지요?"

그쯤에서 여자는 구성진에게 살짝 미소를 지어 보여주었다.

"이사님과 제 남편이 다른 점이지요. 그이는 회사가 어떻든,이라고 말할 줄 모르는 사람이에요. 사명감, 책임감, 그런 것이 강한 사람이거든요."

아차, 그걸 깜박했구나, 하는 듯 곤혹스러운 표정이 구성진의 얼굴에 떠올랐다. 사명감에 불타는 인물, 여자의 표현은 거짓이 아니었다. 구성진의 해고와 복직, 그 사건과 재판과 소송의 길고 긴 날들에 남편이 깊이 관련된 것도 오로지 그 때문이었다.

"아, 그리고 소송을 어떻게 진행할 것인가 걱정하실 일은 아니라고 봐요. 그간 이사님께 배운 바가 적지 않으니까요."

할 말을 마친 여자는 여전히 꼿꼿한 자세로, 힘을 준 눈으로 구성진을 마주하고 있었다. 으음, 헛흐음, 다시 헛기침을 한 구성진이 죄송합니다, 감기 기운이 있어서요,라고 말했다. 난방 온도가 좀 높은 듯 실내에는 건조하고 더운 공기가 감돌았다. 팔을 들어 올리고 그는 머리카락을 쓸었다. 구성진의 휴대폰이 또 한 차례 울렸지만 그는 전화를 받지 않았다. 그는 확실히 초조해 보였다. 벌떡 일어난 그가 송수화기를 들고 물었다.

"차를 뭐 한 잔 더 하시겠습니까. 저는 좀 목이 마르군요."

여직원이 물 잔을 들고 나타나기까지 구성진은 가느다랗게 실눈을 뜨고 여자를 바라보고 앉아 있었다. 저 여자가, 저 여자의 남편이 어디까지 갈 것인지, 그 일이 자신에게 또 어떠한 파장을 몰고 올는지 골똘히 생각하는 눈빛이었다. 당신이 온실 속의 화초라면 나는 잡초 같은 사람이다, 당신은 죽었다 깨도 나 같은 인간을 이해할 수 없을 것이다…… 여자의 남편에게 그가 했던 말이었다. 스스로 말한 바대로, 잡초와도 같은 인물이었으므로 이 싸움에서 자신이 질 것이라고는 생각지 않을 것이었지만, 하지만 그는 이제 막 힘겨운 싸움을 끝낸 참이었다. 비록 그가 이겼다 할지라도. 잡초든 화초든 시들고 기력이 쇠할 수밖에 없는 상황이었다.

"그러니까, 정리를 하십시다."

물을 한 모금 마신 그가 말을 이었다.

"김 이사님은 회사를 상대로 소송을 제기할 예정이다, 소송 이유는 회사에 손해를 끼친 사람을 복직시킴으로써 구성원들에게 막대한 정신적 실제적 피해를 입혔다, 이거지요?"

"제 말씀을 잘 이해하신 듯하네요."

"손해를 끼친 사람은 저를 지칭하는 거, 맞지요?"

여자가 고개를 끄덕였다.

"아시겠지만, 조직이라는 건, 일단 한번 내린 결정을 그처럼 쉽게 바꾸지 않습니다. 아시겠지만, 1년여간 소송을 겪고 진행된 사안입니다. 이사님 생각이 어떻든 그다지 승산이 있는 싸움이라 생각되지는 않는데요."

여자는 슬며시 미소를 지어 보였다. 질문이 많아질수록 대답은 간결하게, 단답형으로. 대화의 기술이라면 여자로서도 어느 정도 자신이 있었다.

"이사님도 아시다시피 회사는, 이 조직은 이미 이사님의 해고를 결정했다가 번복했지 않아요? 똑같은 형태가 되겠지요, 지루하고 소모적인."

"그러니까……"

구성진 이사는 깍지를 낀 손을 주무르다 딱딱 손마디를 꺾어 소리를 냈다.

"김 이사님의 소송 목적은 저의 복직을 철회시키는 거다, 이 말씀인 거죠?"

"아마도 그렇지 않을까 생각합니다."

"그러면……"

구성진 이사는 심호흡을 한 후 말을 이었다.

"제게 오셔서 이런 이야기를 하시는 이유를 물어도 되겠습니까? 사모님이 여기 오신 것, 이렇게 저를 만나시는 걸 김 이사님이 아실 거라 생각되지는 않습니다만."

"그럴 리가요, 그이는 월차를 내고 여행 중이에요. 남편이 안다면 싫은 소리를 하겠지요."

"사모님은, 이렇게 오신 걸 보면 사모님께서는 좀 생각이 다르신 게 아닌가, 싶은데요."

짐작대로 날카로운 데가 있는 사람이었다. 이쪽에서 확실히 해둘 필요가 있었다. 여자는 차분하게 말을 이었다.

"저는 그간의 사정을 비교적 소상하게 알고 있어요. 조 과장의 일, 김 대리 사건, 이사님의 해고와 복직, 재판 과정, 그런 것들 말이죠. 사건이 진행되는 내내 남편이 줄곧 저와 상의를 했었으니까요. 사직서를 내겠다든가, 소송을 하겠다는 결정을 내린 건 남편이고 저로서는 사실 찬성하고 싶지 않지만, 굳이 막을 이유도 없다고 생각해요. 남편은 어차피 회사에 대해 마음이 떠난 사람이에요. 다만, 뭐랄까, 그 사람은 이런 상황을 그냥 두고 떠나는 걸 참을 수 없을 뿐이라는 거, 저는 그 심정을 충분히 이해하니까요. 저라면, 남편처럼 그렇게 하지는 않을 테지만, 만일 제가 남편의 입장이라면 이사님이 회사를 떠나는 그날까지 턱밑에서, 바로 코앞에서 출근 시각부터 퇴근하는 시간까지 이사님을 지켜보는 쪽을 택할 거예요. 하지만, 남편은 저와는 다르니까요."

여자는 그쯤 입을 다물었다. 말을 너무 길게 했다 싶었다.

"사모님도 결국 찬성하신다, 그 말씀인 것 같군요. 그렇다면······ 오늘 저를 찾아오신 이유는? 그건 아직 말씀하지 않으셨는데요."

아, 그건, 여자는 상냥한 목소리를 냈다.

"저는 그저 이사님을 한번 만나고 싶었을 뿐이에요. 대체 어떻게 생긴 사람인가, 도대체 어떤 인물이기에 내 남편을 그토록 힘들게 했는가, 확인하고 싶었지요."

탁자 위의 물 컵을 향하던 구성진의 손이 이내 거두어졌다. 잔은 비어 있었다.

"그렇다면…… 지금까지 말씀하신 대로라면 이사님의 결심을 바꿀 여지는 거의 없다고 보이는데요, 맞습니까?"

"아마도."

"그렇다면,"

구성진 이사는 손바닥을 마주 비비고 손을 털며 자리에서 일어났다.

"그럼 이제 이사님 결정도 전하셨고 저라는 사람도 보셨으니 오신 목적은 달성하신 셈이로군요. 가시지요, 엘리베이터까지 배웅하겠습니다."

문을 열고 구성진 이사는 정중하게 한 걸음 물러서서 여자를 먼저 나가게 했다. 여자는 들어왔던 길을 거슬러 출입구 쪽으로 걸어갔다. 6시, 퇴근 시간이 가까웠지만 퇴근을 준비하는 직원은 없는 것 같았다. 사무실은 팽팽한 긴장감으로 가득 차 있었다. 자신의 출현이 불러온 긴장감이 여자는 마음에 들었다. 이제 구성진과 사장과 본사는 바빠질 것이었다. 하루에도 몇 차례씩 회의를 하고 이메일을 주고받고 밤이고 낮이고 송수화기를 들어야 할 것이었다. 또다시 소송의 회오리에 휘말릴, 그 생각만으로도 본사 회장은 넌덜머리를 낼 것이었다. 10여 년을 근무했던 곳, 남편이 보냈던 그 시간을, 착하고 성실한 그 사람을, 이만큼의 대가도 없이 내칠 수 있다고 생각했다면 그건 그들의 실수였다. 들어왔던 때와 똑같이 사방에서 날아오는 시선을 받으며 여자는 꼿꼿한 자세로 걸었다. 이제 다시 이곳에 올 일이 없기를 여자는 빌었다.

엘리베이터를 기다리는 동안 구성진 이사는 벽을 바라보며 서 있을 뿐, 여자에게 눈길을 주지 않았다. 그의 머릿속에서, 몇 가지 가상 시나리오가 빠른 속도로 스쳐가고 있을 것이었다. 딩동, 경쾌한 소리와 함께 엘리베이터 문이 열렸다. 목례를 하고 엘리베이터 안으로 들어선 여자는 돌아서서 구성진 이사를 똑바로 쳐다보았다. 붉게 충혈된 눈이 여자를 마주 보고 있었다. 그로서도 힘겨운 오후였을 것이었다. 잡초와도 같은 삶을 사는 동안 그가 상대했던 인물들은 거의 남자였을 것이라 여자는 믿었다. 여자를 상대로 두뇌 싸움을 해야 하는 일, 이제껏 그가 알았던 눈치 보는 부하 직원이 아닌, 그와 똑같이 영리하며 비겁하고 교활한 여자와 말씨름을 하는 것이 얼마나 피곤한 일인지 그도 이제 깨닫게 될 것이었다. 막 닫히던 문이 다시 열리고 구성진의 손이 문을 잡았다.

"조만간 밖에서 한번 뵙지요, 제가 연락드리겠습니다."

그의 눈이, 여자를 통째로 담아낼 듯 깊숙한 시선이 여자를 보고 있었다. 여자는 대답하지 않았다. 엘리베이터의 문이 소리 없이 닫혔다.

3. 저녁

밖에서 한번 뵙지요…… 그 낮고 위압적인 음성이 귓가에 맴돌고 있었다. 꼬리를 문 퇴근 시간의 차량들을 따라 여자는 천천히 차를 몰았다. 교차로 하나를 지나는 데 거의 10여 분이 걸리는, 지독한 교통체증이었다. 드르륵, 진동음을 내며 휴대폰이 울렸다.

"엄마, 나 오늘 못 들어갈지도 몰라."

딸아이였다. 남대문 화재 현장이라고 했다. 지난밤 뉴스 화면을 보고는 금세 눈물을 글썽이던 딸은 날이 새자마자 집을 나섰다. 애도의 촛불 행렬에 동참하기 위해서였다.

"너무해요, 어떻게 저럴 수가 있어. 저걸 보고 도저히 잠을 잘 수 있을 것 같질 않아. 여기 좀더 있다가 학교에서 작업하고 수면실에서 잘게요."

애국가를 들으면서조차 문득 눈물이 핑 돈다는 아이였다. 순수하기가 아빠를 넘어서는 아이였다.

"애, 너무 춥잖아, 어쩌려고 그래. 너 감기도 걸렸잖아. 저녁은 먹었니? 엄마가 뭐 따뜻한 거라도 가져다줄까?"

"아니, 그러시지 마세요. 여기 다들 떨고 있는데 나만 뭐, 괜찮아요."

그리고 딸은 전화를 끊었다. 네거리에서 죽,이라고 적힌 커다란 간판을 보고 여자는 차를 돌렸다. 촛불을 들고 기침을 하며 서 있는 딸에게는 적당한 음식일 것 같았다. 착한 아들과 착한 남편, 너무 착한 딸아이 때문에 여자의 하루가 길어지고 있었다.

3가지 죽을 포장해 들고 나온 여자는 오던 길을 거슬러 다시 도심으로 향했다. 전화를 걸어온다면, 그가 만나자고 한다면, 그가 할 수 있는 말은, 그가 내세울 제안은 무엇일지 여자는 천천히 생각했다. 어디론가 소풍이라도 가고 싶은 날이네요…… 아무리 그래도 나는 결코 너를 포기하지 않아…… 언젠가는 너도 나를 받아들이게 될 거야…… 김 대리와 조 과장에게 구성진이 보냈다는 문자 메시지, 그가 했었다는 말들이 토막토막 떠올랐다. 저처럼 빈틈없어 보이는 남자의 행동, 그가 뱉어낸 말이라고는 도무지 믿어지지 않았다. 믿기지 않는 행동을 했던 그는 퇴사 처분을 받았지만 믿기지 않는 치밀함과 끈기로 그 결정의 번복을 이끌어냈다. 이거 완전 또라이야, 남편은 흥분해서 말했다. 남편이 옳았다지만 그는 구성진의 절반만을 본 것일 뿐이었다. 교활함, 이기심, 엄청난 추진력과 포기를 모르는 맹목적인 열정, 맹렬한 투지…… 구성진을 묘사할 말은 끝이 없는 것 같았다.

무데뽀, 처음 입사했을 때부터 남편은 구성진을 그렇게 불렀다. 오늘 무데뽀가 있잖아, 아까 낮에 무데뽀가 말이지, 하는 식이었다. 그는 영업팀 이사로 전격 스카우트된, 말하자면 낙하산인 남자였다. 유수의 회사에서 영업부장을 지낸 그의 경력, 그를 천거한 그 회사의 임원이 본사 회장의 막역한 지인이라는 사실이 알려지면서 그는 일약 회사의 중심이 되었다. 소속부터 다른 사람, 서울 지점이 아닌 도쿄 본사의 임원으로서의 이사직, 렉서스 승용차와 억대 연봉을 보장받은 그 남자가 입사한 순간 회사는 달라지기 시작했다. 일본 본사의 주문을 대행하던, 가족적이고 소박한 분위기를 그는 게으름으로 이해했다. 회사는 보다 조직적으로 변해갔다. 구두로 전달되던 모든 사항이 문서화되었으며 직원들의 시간, 행동, 태도, 그 모든 것이 일련의 평가 대상이 되었다. 회사의 매출은 가파르게 상승했으며 조금쯤 불만을 품었던 직원조차 그를 외경의 눈으로 바라보았다. 그즈음 그가 차기 사장으로 내정되었다는 소문이 돌았다. 전례가 없던 일이었다. 한국, 싱가포르, 홍콩, 중국, 미국, 유럽까지 지사를 두고 있었지만 그 모든 지점의 사장은 일본인이었다. 그가 정말 사장이 되면 어쩌지? 나이도 더 어린 사람 밑에서 일하기는 싫은데. 남편이 진지하게 염려를 늘어놓았지만 여자는 그것을 투정으로, 엄살로 들었다. 고작 한 살 아래를 어린,이라고 하는 남편의 치기로 여겼다. 그즈음, 그 가을 어느 날 그 일은 시작되었다.

"당신 이리 좀 앉아봐, 의논할 게 있어."

남편의 어투가 예사롭지 않았다.

"조 과장이 오늘 나한테 와서 하는 말이, 구 이사가 자기랑 자자, 그랬다는 거야, 지난주 회식 끝나고."

"갑자기? 취했었대?"

"글쎄, 취하긴 했지만 분간 못할 만큼은 아니었대."

"그래서? 조 과장은 유부녀잖아."

"그러엄, 애도 하나 있어. 그걸 다 알면서도 그러니 말이지. 막무가내로 손목을 잡아끌어서, 그 술집 종업원들이 억지로 말려서는 조 과장을 택시에 태워 보냈다는 거야."

"그게 끝이야? 그것만으로 당신한테 얘기했을 것 같진 않은데……"

남편에게 들은 바, 회사의 모든 직원들, 특히 영업부 소속의 직원들은 구성진의 말 한마디, 표정, 슬쩍 던지는 눈초리에도 예민하게 반응했다. 그의 눈에 들기 위해, 눈 밖에 나지 않기 위해 긴장을 늦추지 않는다고 했다.

"그게 글쎄, 지난번 일본 출장 갔을 때도 비슷한 일이 있었다잖아. 본사 직원들이랑 술자리 끝나고 가는 길에."

"웃기는 인간이네."

싫다는 여자에게 강요하는 남자, 어리석은 일이었다. 상사라는 직위를 이용하려는 그 행태는 치사하고 졸렬했다.

"조 과장이, 애가 영리하잖아. 총무 이사니까 나더러 알고 있으라는 거야. 사장에게는 얘기하지 말아달라는 거지. 자자, 한 번 그랬다고 해서 유능한 영업이사를 건드릴 수는 없다고 본 거지."

그건 그 여자도 같은 생각이었다.

"어쩌려고요? 당신 생각은 어때요?"

"사실…… 나는 잘 모르겠어. 이런 일은 처음이고 정말 뜻밖이어서 말이지."

예상대로 남편은 여자의 의견을 물었다. 상습범이다, 여자의 생각은 그랬다. 이제껏 문제가 되지 않았을 뿐, 수차례 그런 시도가 있었을 거란 짐작이 들었다.

"내 생각엔 조 과장이 구 이사를 만나 확실히 할 필요가 있다고 봐요. 당신이 얘기하세요, 밝고 사람 많은 장소에서 만나서 명확하게 밝히라고. 나는 당신과 자고 싶지 않다, 다시는 내게 그런 요구를 하지 말라, 만약 또 이런 일이 있다면 상부에 보고하겠다, 그렇게 얘기하라고 하세요. 만난 후에 당신한테 결과를 알려달라고 하세요."

그게 좋겠지? 하며 남편은 흐뭇한 미소를 지었다. 역시 당신이랑 얘기하니 바로 답이 나오네, 했다.

"만난 장소, 대화 내용 일일이 기록해놓으라 하세요. 할 수 있다면 녹음을 해도 좋고. 그리고 당신도 사장에게 보고해야 한다고 봐요. 분명히 또 일이 있을 거야. 그런 사람들, 버릇

없어지지 않아요. 나중에 무슨 일이 생기면 당신 책임이잖아."

당사자가 알리지 말라는데 어떻게, 하며 남편은 민망한 얼굴이었다. 그 일은 그렇게 지나가는 것처럼 보였다. 알았다, 네가 싫다면 나도 싫다, 하지만 포기했다고 생각은 마라, 구 이사의 그 유치한 답은 그저 웃음거리로 흘릴 수 있었다. 나날이 매출이 늘고 회사의 성장세는 지속되었다. 새로운 직원이 들어오고 한국 지사는 대표적인 벤치마킹의 대상으로 떠올랐다. 구 이사의 입지가 점점 탄탄해지는 것은 당연한 수순이었다. 어느 날 남편은 다시 여자를 불렀다. 이리 좀 와 봐, 의논할 게 있어.

구 이사의 새로운 대상은 김 대리, 스물아홉의 미혼 직원이었다. 김 대리는 구 이사가 했던 말, 그가 보낸 문자 메시지, 이메일을 낱낱이 복사해서 남편에게 가지고 왔다. 유치하고 낯 뜨거운 그 문건들을 본 남편은 김 대리에게 물었다. 내가 어떻게 해주길 바라는가.

"위에 보고해달라는 거야. 자기는 이런 사람과 같이 일할 수 없다는 거지."

내가 뭐랬는가, 일이 또 생길 거라 하지 않았는가, 하는 말을 여자는 하지 않았다. 그때 문제 삼았으면 좋았을 것을, 하는 말도 하지 않았다. 구 이사는 이제 함부로 대할 상대가 아니었지만, 그렇지만 사안이 심각한 것은 사실이었다.

"보고를 해요, 사장한테. 지난번 조 과장 건이랑 같이."

"일이 커질 텐데…… 누구 한 사람이 나가야 끝나는 거잖아……"

"당연히 구 이사가 나가야지, 그런 웃기는 짓을 하고도 멀쩡하면 이상한 거잖아요. 성희롱이라는 거, 얼마나 무서운 건데. 요즘 제일 겁내는 게 성희롱이랑 음주 경력이야."

"그렇긴 한데…… 애들 다칠까 봐 그러지. 구 이사가 순순히 시인하고 물러날 것 같지 않으니 말이지."

"당신은 그냥 보고하고 사장한테 일임해요. 나서지 마세요. 그러잖아도 구 이사가 당신을 경계한다면서."

"우리 사장이, 일본 사람들 그렇잖아, 상부에 싫은 얘기하기 꺼리고 또 애들 상대로 진상 파악하고 뭐 그런 일은 나 아니면 할 사람이 없어."

사실이었지만 사실이 아니기도 했다. 구 이사는 남편과는 다른 파트의 임원이었으며 조 과장, 김 대리 역시 그러했다. 다만 의논의 대상이 되었다고 해서 그 일의 경과를 책임져야 할 의무가 있는 건 아니었다. 나 아니면…… 남편의 그 반응은 낯설지 않았다. 보이스카우트 기질, 남편에게는 천성과도 같은 정의감이 있었다. 그건 그를 지탱하는 힘의 원천이었다. 그 정의감이 그를 힘들게, 외롭게 한다는 것을 그도 알았지만 그조차 즐기는 사람이었다.

길고 지루한 싸움이 시작되었다. 구 이사는 그저 장난이었을 뿐,이었다고 말했다. 불쾌했다면 사과할 용의가 있다고 한껏 여유를 보였다. 진상을 파악하기 위해 본사에서 파견한 부회장은 본래 회장의 충복이었다. 그는 구 이사의 사과를 받는 것으로, 두어 달 감봉 처분을 내리는 것으로 마무리를 짓고 싶어 했지만 발끈한 김 대리가 노동위원회에 제소하겠노라, 언명한 시점부터 일은 고스란히 제자리로 돌아갔다. 결국 본사는 구 이사의 해직 결정을 내렸지만 구 이사는 그 결정을 받아들이지 않았다. 그는 해직 취소 처분 신청을 노동위원회에 냈다. 기어이 본사는 변호사를 선임해야 했다. 지방 노동위원회, 중앙노동위원회를 거쳐 결정이 나기까지 구 이사는 책상이 사라진 사무실로 출근 투쟁을 벌였다. 회사는 사설 경비원을 고용해야 했다.

모든 일이 끝난 듯 보이던 어느 날, 출근길, 남편은 복도를 서성이는 구 이사와 마주쳤다. 측은지심이 발동한 남편은 그에게 다정하게 말을 건넸다. 직책상, 일의 진행 과정에서 당신과 부딪혔지만 나는 당신에게 개인적인 감정은 전혀 없다. 당신은 유능한 사람이다, 어딘가에서 또 다른 임무를 맡을 수 있을 것이다, 당신처럼 유능한 인물을 잘라내야 했던 것에 대해 본사 회장도 무척 안타까워하며 결정을 내렸다더라…… 멍한 얼굴로, 지친 표정으로 구 이사는 남편의 말을 들었다고 했다. 그 조우가 새로운 불씨였음을 남편은 알지 못했다.

다음 날 구 이사는 본사 회장에게 한 통의 이메일을 보냈다. 간단한 내용이었다. 이제 나는 당신을 상대로 소송에 들어갈 것이다…… 강한 협박이 느껴지는 그 짧은 문장이 본사를 발칵 뒤집었다. 그때까지 구 이사는 자신을 몰아내려 하는 건 음모이며 그 음모의 주동자는 김만복 이사, 라고 주장했으며 스스로 그렇게 믿고 있는 것 같았다. 그가 최후까지 의지했던 것, 그가 그토록 미련하게 소송을 진행했던 것은 본사의 회장이 전혀 이 일에 간여하지 않았다고 믿었던 때문이었다. 그는 진실로 화가 났던가, 아니라면 그는 이 방식이야말로 제대로 먹힐 것이라 생각했던가…… 어떻든…… 어처구니없게도 본사는 그의 해직 처분을 철회했다. 이제까지의 수고를 내세워 그는 새로운 직위, 인상된 연봉과 최신형의 렉서스 자동차를 제공받는 조건으로 회사의 제안을 받아들였다. 검은 고양이든 흰 고양이든 쥐만 잘 잡으면 그만이라는 경제 논리가 힘을 발휘했다는 설과, 본사 회장이 소송이라는 것에 대해 병적인 기피증이 있다는 설, 그가 회장의 치명적인 약점을 알고 있다는 설이 분분히, 앞뒤를 다투어 돌았다. 구성진 이사는 화려하게 재입성했다. 다친 사람은 그가 아니었다. 이런 곳에서 근무할 가치가 없다고 스스로 회사를 나간 김 대리, 그리고 또 한 사람, 여자의 남편이었다.

보름간, 남편은 여행 중이었다. 아프리카와 모로코를 돌아오는 화려한 일정, 그 회사에 근무하는 동안 엄두를 내지 못했던 긴 휴가였다. 구성진을 만났다는 사실을 여자는 결코 말하지 않을 작정이었다. 나도 소송이라도 할까 봐, 했던 남편의 말이 그저 해본, 지나가는 말이었음을 여자는 알고 있었다. 싸우고 미워하고 헐뜯고 이기고…… 남편은 그런 일을 질색하는 사람이었다. 좌회전 신호를 받아 막 남대문 쪽으로 핸들을 꺾었을 때 여자의 휴대폰이 울렸다.

"형님, 지금 바쁘세요?"

여자의 올케였다.

"아니, 왜? 무슨 일이 있어?"

올케의 전화를 받을 때 여자는 언제나 상냥하게 굴었다. 치매를 앓는 어머니 때문이었다. 8년째, 올케는 묵묵히 어머니의 수발을 들고 있었다.

"어머님이, 방금 일을 치르셨는데, 그게, 씻겨드려야 하는데 저 혼자서는 이제 감당하기 힘들어서요. 희철 아빠는 지금 올 수 없다네요. 형님 잠깐 좀 도와주실 수 있나 해서요."

"지금 갈게, 기다려."

흔들리는 촛불의 행렬, 불탄 자리에 떨며 서 있는 사람들의 무리, 무너져 내린 누각이 눈에 들어왔다. 딸아이를 찾느라 멈칫하는 사이 뒤에서 성마른 경적음이 울렸다. 아이를 찾는 일은 포기해야 할 것 같았다.

어머니를 씻기는 일은 힘겨웠다. 일흔일곱, 깡마른 노인의 어디에 그런 힘이 숨어 있는 것인지, 혹 넘어질세라 겁이 난 어머니는 씻기를 마쳤을 때도 꼭 잡은 철제 의자를 놓지 않았다.

"엄마, 이제 다 씻었어요. 방에 가서 밥 먹자, 응?"

살살 달랬지만 도무지 들은 척도 않는 거였다.

"엄마, 내가 잣죽 가져왔어요. 엄마 좋아하잖아."

여자가 플라스틱 용기를 열어 보이자 향긋한 잣 냄새가 풍겨 나왔다. 노인의 얼굴에 활짝 미소가 피어났다. 죽은 아직 따뜻했다.

한 숟가락씩, 여자는 천천히 어머니에게 죽을 떠먹였다. 절반은 입 안으로, 남은 절반은 턱 밑으로 흘리면서 어머니는 맛나게 죽을 먹었다. 여자가 숟가락을 들 때마다 입을 딱딱 벌리는 형상이 마치 어미를 앞에 둔 제비 새끼 같았다.

"에고, 우리 엄마 애기가 됐네."

여자의 말에 어머니가 애기처럼 웃었다. 곧 바닥을 보인 그릇을 여자는 어머니에게 들어 보였다.

"다 드셨어요, 세상에, 그 많은 걸. 인제 배부르지, 엄마?"

아기처럼 고개를 끄덕인 어머니가 여자를 향해 손을 내밀었다. 여자는 어머니의 마른 손을 잡았다. 엄마, 여자는 가만히 어머니를 불렀다. 두 딸과 세 아들을 키웠던, 그토록 씩씩하고 늠름하던 어머니, 어느 순간 정신을 놓아버린 채 다른 세상에서 살고 있는 어머니가 이 순간 몹시도 그리웠다.

"엄마, 오늘 있잖아요, 내가 어딜 갔다 왔는데요……"

어머니의 손을 잡고 여자는 아침의 이야기를, 오후의 이야기를, 길었던 하루를 천천히 말하기 시작했다. 그래서 있잖아요…… 그 남자가 말이죠…… 나 정말 가기 싫었거든요, 그렇지만 어떻게 해요, 김 서방은 진짜 착한데 말이죠…… 안 신던 구두 신어서 발 아파 혼났잖아…… 그 애 엄마가 화가 나서는 글쎄, 제 뺨을 치려들잖아요…… 지우가, 그 애가 무슨 잘못이 있겠어요…… 지우가 그게 애가 진국이잖아요……
여자의 이야기를 듣는 둥 마는 둥 끄덕끄덕 졸고 있던 어머니가 화들짝, 고개를 들었다.

"왜요, 엄마? 뭐 드려요?"

고개를 들고 둘레둘레 사방을 휘둘러보던 어머니의 시선이 침대 한옆에 멎었다. 빈 그릇 하나, 다른 두 개의 용기에는 호박죽과 전복죽이 식어가고 있었다. 어머니가 손을 들어 죽 그릇을 가리켰다.

"더 드시게? 이번에는 전복죽 드릴까?"

식탐이 느는 건 모든 치매 환자가 공통으로 보이는 현상이었다. 올케가 알면 질겁하겠지만 여자는 용기를 들고 뚜껑을 열었다. 죽은 알맞게 식어 있었다.

숟가락 가득 담긴 죽을 내밀었을 때 어머니가 휘휘 손을 저었다.

"왜요? 안 드실래요?"

치, 그새 맘이 변했어요, 투정하듯 중얼거리며 내려놓는 여자의 팔을 어머니가 잡았다. 어머니는 천천히 여자의 팔을 구

부려 숟가락을 여자의 입 쪽으로 향하게 했다. 그러고는 손짓을 하는 거였다. 어여, 너 먹어라, 배고프지, 어여 먹어라, 많이 먹어라…… 어머니의 입가가 씰룩이고 불분명한 단어들이 새어나왔다.

어머니를 보며, 어머니에게서 눈을 떼지 않은 채 여자는 천천히 식은 죽을 먹기 시작했다.

모두들 어디로 가는 것일까

오만함은 M의 천성이었다. 그런 사실을 인식하는 사람이 많지는 않았는데 그건 그 오만함이 무척 자연스러웠기 때문이었다. 그는 그가 만나는 사람들의 이야기를 주의 깊게 들었지만 들은 바를 거의 무시했으며 성의 있는 대답을 하지 않았다. 머리가 아파요, 혹은 가슴이 결려요, 라고 말하는 환자에게 그가 하는 말은 이랬다. 그럼 안 아프게 해야지요. 대개의 환자들이 묻는 말은 비슷했다. 왜 그럴까요? 특별히 충격 받은 일도 신경 쓰는 일도 없었는데. 그걸 왜 내게 묻느냐는 표정으로 쳐다보는 M의 앞에서 환자들은 기가 죽었다. 증상에 대해서, 이즈음의 생활에 대해서 주절주절 늘어놓던 환자들 중 머리 속에 뭔가가 고장 났기 때문이 아니겠는가, 그래서 순환이 되지 않는 것이다,는 말을 들었다면 친절한 대우를 받은 편에 속했다. 대개의 경우 그는 별다른 말, 아니 거의 아무 말도 하지 않았지만 M의 환자들은 공손한 눈으로 그를 쳐다보고는 제발 순환을 제대로 시켜달라 당부하고 주춤주춤 자리에서 일어섰다. 때로 까다로운 환자도 없지 않아서, 우리 몸의 모든 문제는 순환에서 비롯된다, 혈액과 기의 흐름을 부드럽게 해주어야 한다, 두통은 사실 머리의 문제가 아닐 수도 있다, 신(腎)과 담(膽)과 간의 문제를 살펴야만 한다, 등등 부연해야 하는 경우도 있었지만 그 환자가 방을 나가면 그는 힐끗 문 쪽을 한번 쳐다보고는 키보드를 두드려 자신의 생각대로 처방전을 발행했다. 대개는 소화제를.

노인이나 어린아이 환자들을 맞을 때는 M도 무작정 퉁명스럽지만은 않았다. 하고 싶은 말을 다 하게, 묻고 싶은 것을 모두 털어놓도록 기다리고는 알겠다, 침을 맞으시라, 혹은 약을 주겠다, 곧 좋아질 것이다, 하고 다음 사람을 맞았다. 그 짧은 동안 친절과 오만은 그의 얼굴에서 잠시 엇갈렸지만 결코 공존하는 법은 없다고 할 수 있었다. 때로 그의 오만함을 지적하는 사람들이, 예컨대 그의 아내나 오랜 친구 K처럼 당신이 모르는 게 있나, 그대는 그 오만함에 빠져 죽으리라, 하는 연극적 대사를 치는 경우가 없지 않았으나 대부분의 사람들은 그의 오만을 침착함으로 오인했으며 그의 직업을 감안하면 그 정도의 오만은 당연하다 여기는 것 같았다.

오만한 사람답게 그는 표정의 변화가 잦은 사람, 어떤 일에 열변을 토하고는 잊어버리는 인간, 출근 따위는 하지 않는다는 듯 폭탄주를 돌리고 여급의 가슴을 주무르다가 만취해서 대리기사가 모는 3천 시시 차에 실려 가는 동료들을 경멸했다. 그는 또한 수험생, 비만, 불임, 갱년기, 그런 글자들을 간판 옆에 내건 한의원을, 그런 곳을 운영하는 의사들을 드러내 놓고 비난했으며 몇 재의 약을 먹고 몇 킬로가 빠졌다고 자랑하는 사람들을 가엾게 여겼다.

 그로 말하자면 타고난 건강체여서 동료의 세 배쯤 되는 술을 마신 날에도 말짱한 얼굴로 일어설 수 있었으며 집까지의 운전쯤은 얼마든지 가능할 정도로 정신조차 온전했다. 음주 운전을 치기 어린 짓으로 생각했고 대리기사를 부르는 일 역시 싫어했으므로 그는 대개 S나 R, O와 같은 여자들에게 전화를 걸었는데 거의 모든 여자들은 그의 전화에 빠르고 민첩하게 반응했다. 여자들은 자신이 그의 여자들 중 하나, 라는 사실을 알고 있었다.

1. 우연

 그날 자정이 지나 그가 부른 여자는 P였다. 학습지 선생, 과외 선생, 학원 강사라는 이력에 어울리게끔 성격도 생김도

갑갑한 여자였지만, 이따금 보이는 푼수 끼가 어쩐지 푸근한 느낌이어서 그럭저럭 관계를 유지하고 있는 참이었다. 자다가 나온 듯 부스스한 얼굴의 P가 운전대를 잡고 차가 움직이기 시작했을 때 조수석의 그는 좌석을 뒤로 젖히고 몸을 길게 누인 채 눈을 감았다. 며칠 전부터 허리께가 결리는 것이, 그를 좀 언짢게 했던 터였다. P가 무어라 말을 걸었지만 그가 평소처럼 응응 건성으로 대꾸했으므로 P는 아랑곳하지 않고 무언가 다른 말을 늘어놓았다. 원장님이 지난번에 사온 와인 있잖아요, 그거 어디서 샀어요? 우리 엄마가 한잔 마시고는 너무 좋다는 거야. 엄마가 혈압이 낮아서 와인 한잔씩 하신다고 내가 말했지? 내가 그 병 보관하고 있거든. 집에 가서 보고 말해줘요, 응? 그가 아무런 대꾸를 하지 않았으므로 조금 무안해진 P가 우리 엄마 저혈압인 거, 잊어버렸구나? 하고 물었다. 왜? 속이 안 좋아? 차 세울까, 하던 P가 그의 쪽으로 몸을 기울이는 순간이었다. 쿵, 둔탁한 소리, 묵직한 충격이 동시에 전해졌다. 어머, 어머, 어머…… P는 뒤늦게 연이어 브레이크를 밟았다. 뭐야? 무슨 일이야? 빨간 불이었나 봐. 앞차를 받았어. 어떡하지…… P는 금세 파랗게 질린 얼굴이 되었다. M이 버튼을 눌러 좌석을 바로 하는 동안 잊고 있던 통증이 등을 따라 올라왔다. 이게 뭘까, 대체 허리가 왜 이렇지? 문을 열고 차 밖으로 한 발 내디디던 그의 입에서 헉, 비명이 새어나왔다. 그의 몸이 절로 주저앉혀졌다. 숨이 턱, 막히는 통증이었다. 너 가, 집에 가. 안간힘을 써서 한 말을 P는 알아듣지 못했다.

기다렸다는 듯 나타난 견인차가 그의 차를 달랑 들어 올려 실었을 때 요란한 사이렌을 울리며 앰뷸런스가 도착했다. 그는 가로수에 기대앉아 눈앞에 벌어진 광경을 보고 있었다. 혼절할 듯한 통증이 그의 시야를 흐렸다. 괜찮으십니까? 걸을 수 있습니까? 오렌지색 조끼를 입은 남자가 그를 들여다보며 물었다. 아니, 걸을 수 없소. 그의 목소리는 엄숙했다.

눈을 떴을 때 그가 본 것들은 응급실의 일반적인 광경이었다. 팔에 꽂힌 링거 병, 누군가의 신음, 어지러운 발소리, 커튼 안쪽의 높다랗게 코 고는 소리까지. 정신이 들어요? 묻는 여자가 아내라는 것은 의외였다. 어, 당신 왔네. M의 음성은 침착했다. 놀랐잖아. 서 있는 앞차를 받은 건데 정신까지 잃은 건 이상하다고 이 원장이 그러잖아. 그래서 좀 걱정을 했지. 이제 보니 취해서 그랬나? 늘 그랬듯 아내는 여유로웠다. 이 원장한테 아까 전화했거든. 올 때가 됐는데…… 아내는 응급실 현관 쪽으로 몸을 돌리고는 서너 걸음 옮겨나갔다.

거기, 오도카니 서 있는 여자, P였다. 그는 잠깐 당황했다. 아내 몰래 고갯짓으로 가라는 시늉을 해 보일 것인가. P가 다가와서 울 듯한 표정으로 괜찮으세요? 묻는다면 어쩔 것인가. 설마 그러기야 할까, 싶은 순간 P가 주저주저하며 그의 쪽으로 다가오고 있었다. 가, 가라고. 소리 내지 않고, 입만을 움직이는 그의 몇 발짝 앞에서 주춤, 걸음을 멈춘 P의 뒤로 야, 너 뭐냐? 오밤중에 사람 놀라게. 피 한 방울 안 흘리고 멀쩡하잖아. 육중한 몸집의 이 원장이 떠들썩하게 등장했다. 밤늦게 뭘 오고 그러냐. 접촉 사고 난 건데. 링거를 꽂지 않은 팔을 내밀어 악수를 나누며 그는 평소와 다른 자세로 친구를 맞았다. 누구, 아는 사람이야? 이 원장이 P를 보고 물었다. 아아, 대리기사님이구나. 어쩌다 그러셨어요그래. 이 친구가 뭐 싫은 농담이라도 했어요? 눈치 빠른 그의 친구가 카카카 웃음을 터뜨렸다.

P가 어느 결에 사라짐으로써 그날의 위기는 지나간 듯 보였다. 그 여자의 존재를 알게 된다고 해서 당장 큰일이 나지는 않을 것이었지만 아내에게 구차한 이야기를 하고 핀잔을 듣고…… 그런 일을 겪고 싶지는 않았다. 무엇보다 P는 아무도 아닌 여자였다. P는 놀라고 당황하고 슬펐을 테지만 그건 그 여자가 낸 사고 때문이었으며 부주의한 성격 때문이었으며 사려 깊지 못한 행동 때문이었으므로 M은 곧 P를 잊었다.

문제는 뜻밖의 곳에서, 우연히 발견되었다. 이거 좀 이상하지 않냐. 이 원장이 들고 온 사진 속의 척추, 그건 언뜻 보기에도 이상했다. 척추를 에워싸고 직경이 5센티쯤 되는 4개의 혹이, 눈을 뭉친 듯 하얀 혹이 있었다. 이 원장의 입술이 씰룩이고 안색이 조금 창백해졌다. 내 보기에는…… M이 먼저 입을 열었다. 근육종 같다, 어쩌. 글쎄…… 이 원장의 어조는 신중했다. 크기로 봐서는 물혹일 가능성이 높긴 한데…… 너 안 아팠냐, 그동안? 이거 봐. 하나는 척추에 완전히 물려 있잖아. 그의 시선이 사진에 고정되었다. 완만한 곡선을 그리고 있는 등뼈와 탁구공만 한 하얀 동그라미들, 그것은 마치 추상화 같았다. 누군가 일부러 꾸며낸 사진 같았다. 허리 병은, M의 오랜 지병이었다. 오래전 그는 경추의 추간판 문제로 입대를 거듭 연기하다 종내는 면제 판결을 받았다. 의사가 돼가지고 그렇게 자기 몸에 관심이 없냐…… 이 원장의 핀잔이 그의 귀에는 들리지 않았다. 검은 화면 속 하얀 동그라미를 그는 골똘히 들여다보았다. 육종(肉腫)이다, 어제오늘 생긴 것이 아니다, 이건 악성이다…… 그의 경험이, 그의 지식이 그렇게 말하고 있었다. 뭐예요, 여보? 화장실에라도 다녀온 듯 손을 비비며 그의 아내가 다가왔다. 아내는 본래 발랄한 여자였다. 다른 사람과 함께 있을 때 더욱 그러했다. 이 원장이 슬그머니 사진 든 손을 내리며 그에게 속삭였다. 내일 매형이랑 통화하고 나서 연락할게. 스케줄이 몇 달은 꽉 찼을 텐데 싶었지만, 그는 입을 다물었다. 이 원장의 매형은 장안의 전문가였다. 그라면 이 상황을 명확하게 분석하고 대비책을 일러줄 것이었다. 악성이라면…… 머릿속이 하얗게 비는 느낌이었다. 1년, 어쩌면 그보다 더 짧을지도…… 그는 침상에 몸을 누이고 눈을 감았다.

 2. 벼랑 끝에서

 며칠간 그는 섬망 상태에 빠졌다. 내가 아프다, 병에 걸렸다, 어쩌면 죽는다…… 아니, 죽을 것이다…… 환자가 뜸한 오후 그는 혼잣말을 중얼거렸다. 병에 걸린 의사, 그건 대단히 어색한 조합인 것 같았다. 그가 생각하기에 병이란 본래 환자의 입장에서 명명하는 것이 아니었다. 양방(洋方)에서는 노멀 리미티드를 넘어서면 병이라 하고 그 경계 안이면 병이 아니라고 하지만 그가 배운 한방은 좀 달랐다. 아픔이 있다 해서 병이 아니며 병이 아니어도 아픈 것이 사람의 몸이었다. 그런데…… 고작 며칠 전 시작된 통증이 그를 죽게 할 수도 있다는 것을 그는 믿기 어려웠다. 어려웠지만 믿지 않을 도리가 없었으므로 그는 허탈해지고 허무해지고 차츰 냉정해졌다. 사흘 후 오전, 미팅 시간을 알려주는 이 원장의 전화를 받을 즈음 그의 음성은 평소처럼 차분했다.
 다음 날 그는 거래 은행의 팀장을 만나 6개의 해외펀드와 2개 구좌의 국내 적립식 펀드의 환매를 부탁했다. 최근 상승세인 장을 안타까워하는 팀장에게 빙긋 웃어 보일 만큼 그는 여유를 회복할 수 있었다. 펀드 환매 금액과 사망 시의 보험금, 종신보험의 위로금 등을 합하여 그가 최종적으로 확보할 수 있는 현금은 5억 정도였다. 재건축 물결 덕분에 20억을 호가하는 아파트와 이천의 농가까지, 이 정도면 아내와 두 아이의 최소한의 생계는 가능할 것 같았다. 그가 없다면 딸과 외손자들을 몰라라 할 장인은 아니었지만 그는 자존심을 지키고 싶었다.

아내……를 생각하면 그는 조금 혼란스러웠다. 나 없는 세상에 당신 어찌 살까…… 그런 말을 하지 않아도 된다는 건 고맙고 허전한 일이었다. 부자 아버지, 든든한 형제들, 살뜰한 어머니…… 아내는 실로 부러울 것 없는 여자라 할 수 있었다. 그가 다정한 남편이었다면 더욱 그랬을 테지만 이제 아내는 그에 대해 별다른 불만을 가지지 않았다. 당신이란 남자, 대체 뭘 보고 내가 그리 매달렸는가, 탄식하던 것도 오래전 일이었다. 이렇게 살 바에는 헤어지는 것이 어떤가 물었을 때 아내는 그랬다. 이혼은 무슨, 번거롭게.

그건 그도 같은 생각이었다. 아내는 엄마 역할을 충실히 하고 있었으며 그의 어머니에게도 최소한의 도리는 하는 편이었다. 그로서는 그 이상을 바랄 수도 없었으며 바라지도 않았다. 아내는 자주 미국의 아이에게 갔으며 그럴 때가 아니더라도 그와 아내는 다른 방에서 잠을 자고 다른 장소에서 시간을 보내고 다른 사람과 저녁을 먹었다. 아내는 말했다. 이렇게 사는 사람 많아, 생각보다. 다른 사람이 어떻거나, 다른 사람이 어떻게 생각하거나 그런 것에 그는 관심을 두지 않았다. 자랑할 일은 아니었지만 부끄러운 것도 아니라고 그는 믿었다.

그날 저녁 M은 아내의 방문을 두드렸다. 할 얘기가 있어. 잠깐 그를 쳐다본 아내가 뭐야, 그렇게 진지하게. 무서운걸, 했다. 무심한 듯해도 아내는 본래 영리한 여자였다. 어쨌거나 그들은 스무 해 가까이 한지붕 아래 살아온 사이였으므로 M은 아내에게 사실을 그대로 이야기했다. 내일 검사를 받을 예정,이라는 말까지 마쳤을 때도 아내는 입을 열지 못했다. 이 원장 매형이 종양 전문이잖아. 사진 찍어보고…… 그러면 일단 무슨 얘기가 있겠지. 너무 미리 걱정할 건 없어. 아내는 멍한 눈으로 그를 쳐다보다가 벌컥 화를 냈다. 무슨 사람이 그래? 자기 몸에 혹이 몇 개씩 있는 것도 몰라? 바보 아냐? 어떻게 그럴 수가 있어…… 그를 노려보던 아내의 눈이 빨개지고 물기가 차올랐다. 아내는 응석 부리는 아이처럼 쿨쩍쿨쩍 울었다. 온통 빨개진 얼굴의 아내는 좀처럼 울음을 그치지 않았다. 그냥 물혹일지도 몰라. 사람 몸이라는 게 이상해서 가끔 혹을 키우기도 하거든. 주저하던 M이 아내에게 다가갔다. 아내를 위로하는 것, 또한 그가 해야 할 일이었다. 그는 아내의 등을 가만가만 쓰다듬었다. 등줄기를 따라 아내의 흐느낌이 고스란히 전해져왔다. 어쩌면 아내 역시 그가 없다면 살이가 힘겨워질 것 같다는 생각이 들었다. 그것은 위안이 되기도 허무하기도 했다.

다음 날 그는 시티와 엠알아이 검사를 받았다. 종종걸음으로 그를 따라나선 아내는 검사실에서 검사실로 그를 따라다녔다. 당신, 그러고 있으니까 좀 웃긴다. 검사용 가운을 입은 그를 보고 아내가 말했다. 옷은 바보 같은데, 당신 얼굴은 너무 근엄하거든. 어깨 힘 좀 풀어. 자기가 무슨 이 병원 과장 같아. 아내는 키득키득 웃기까지 했다.

3주 후에 수술을 하자. 그게 가장 빠른 날짜야. 이 원장의 매형은 신중하고 예의 바른 사람이었다. 같은 대학의, 다른 실험실에서 날밤을 새우던 시절, M은 그를 형이라 부르며 자주 그 하숙집에서 눈칫밥을 먹었다. 사진, 봐도 뭐 지금으로서는 다른 건 알 수 없고…… 그는 엠알아이와 시티 결과물을 보여주지조차 않았다. 어쩌면 상황이 더 심각한 것인가…… 그의 가슴이 무거워졌다. 아직 주초인데…… 이번 주에 하면 안 되나요? 그의 아내가 불만이 가득한 얼굴로 물었다. 그게 말이죠, 제 스케줄을 다 미룬다 하더라도 다른 선생님들과 시간을 맞추어야 해서요. 정형외과와 신경과, 마취과와 성형 전문의, 다섯 개 팀의 닥터가 모여야 하는 수술이라 했다. 성형의사는 왜 필요한가, 아내는 또 물었다. 내가 설명해줄게, 가만있어. 그사이에 무슨 일이 나거나 하지는 않습니다, 너무 걱정하지 마세요. 그리고 너는 그때까지 좀 쉬어, 병원 문 닫지는 못 하겠지만 뭐, 핑계를 대고 오전 진료만 하던가. 긴장하지 말고, 너 좀 쉬라는 얘기라고 생각하자.

이 원장의 매형은 대단히 친절했다.

 뭐야, 검사를 해도 알아낸 건 아무것도 없단 말이야? 저 사람, 전문가 맞아? 방을 나서면서 아내는 투덜거렸다. 누구라도 걸리기만 해봐, 하는 표정으로 그녀는 저벅저벅 걸었다. 걸으면서 물었다. 성형의사는 왜 필요하대? 혹이 좀 크거든. 그것들을 떼어내고 나면 빈 자리가 생길 거 아냐. 거길 뭔가로 메워주어야 하는 거야. 응급실에서 본 사진이 그의 머릿속에 떠올랐다. 척추에 달라붙은 혹 또한 제거 가능한지, 제거한다면 척추에 무리가 오지 않을지 그로서도 알 수 없는 일이었다. 어쩌면 더 이상 꼿꼿이 서는 일이 불가능한 상황이 올지도 몰랐다. 그런데 당신, 어쩌면 그렇게 남의 말 하듯 해? 어떻게 그럴 수 있어? 진심으로 의아한 얼굴로 아내가 물었다.

 그날 밤, 그들 부부는 여느 때처럼 각각 다른 방으로 들어갔지만 쉽사리 잠들지 못했다. 그는 뒤척이며 온갖 상상에 시달렸으며 그의 아내는 그를 생각하느라 뒤척였다. 어째서 이런 일이 생겼을까. 진지하고 조용했지만 말(馬)처럼 건강한 사람이었는데…… 스트레스 같은 건 남김없이 정화시키는, 탁월한 능력을 지닌 사람이었는데…… 그녀는 이불을 걷어내고 벌떡 일어나 앉았다. 어떻게 해야 할지, 어떤 일이 벌어질지 가늠이 서지 않는 채 다만 두렵고 무서울 뿐이었다. 그녀는 벽을 쳐다보며 어둠 속에서 오래 앉아 있었다.

새벽녘에 짧은 잠에 빠진 그가 깨어났을 때 이미 그의 방 창으로 깊숙한 햇살이 들어와 있었다. 스물일곱 살, 인턴 생활을 마치고 병원 문을 연 이래 그는 단 하루도 쉬지 않았다. 늦거나 일찍 마치지도 않았다. 그는 서둘러 옷을 입고 집을 나섰다. 현관문이 닫히고 삐릭, 잠금장치가 작동하는 소리가 그의 아내를 깨웠다. 여느 때와 똑같이 출근을 하는 남편, 그러리라 예상하지 않은 것은 아니었으나 익숙한 사실이라 해서 이상하게 여겨지지 않은 것도 아니었다.

그녀는 빠끔히 열린 M의 방문을 밀고 안을 들여다보며 서 있었다. 침대 위에 흐트러진 이불과 한쪽으로 밀려나 있는 베개, 그 위에 벗어놓은 잠옷 바지. 벽 한쪽을 차지하고 있는 책상 위에 놓인 컴퓨터의 전원이 켜져 있는지 위잉, 소리가 들렸다. 누가 보기라도 하는 듯 그녀는 조심스럽게 방으로 들어갔다. 방은 낯설었으며 방으로 들어선 자신은 더욱 낯설었다. 청소는 파출부가, 정리는 그 자신이 했으므로 방은 그녀의 손길을 필요로 하지 않았다. 그녀는 벗어놓은 잠옷 바지를 가만히 쓸어보았다. 옷에서는 그의 냄새가 났지만 그 또한 어색했다. 그와 각방을 쓰기 시작한 것이 언제였는지, 5년, 10년, 어쩌면 그보다 더 오래전인 것만 같았다.

사소하고 사소한 일들이 겹쳤을 것이었다. 가령 신혼 초, 어느 일요일 아침, 동네 목욕탕을 가는 그에게 그녀가 말했을 것이다. 나랑 같이 가자, 가서 운동하고, 수영도 하고 사우나

하고, 복 지리 먹으러 가자. 그는 웃었을 것이다. 빙그레 웃으며 가서 하고 와, 시간 맞춰서 복 먹으러 가자, 했으리라. 한 번 그렇게 말한 그의 마음을 돌이킬 수 있는 방법은 많지 않았다. 열다섯 평짜리 아파트, 결혼 전 쓰던 방만 한 공간에 들어앉은 방과 부엌과 화장실이, 오밀조밀하고 아기자기하게 여겨지던 시간은 오래가지 않았다. 그들은 부딪치고 부딪쳤다. 장을 보러 갈 때, 나들이를 갈 때, 시모를 보러 갈 때, 특히 친정에 가는 날…… 흔히는 가벼운 말다툼과 침묵이었으며 드물게는 고함과 눈 흘김이 오가기도 했다. M이 대체로 그녀에게 동의하는 편인데도 그랬다. 집을 옮기거나 차를 바꿀 때 그는 언제나 말했다. 원하면 그렇게 해. 그러나 M은 새로운 차의 운전대를 결코 잡지 않았으며 새집에서는 손님처럼 굴었다.

어렵게 자라서 그렇다, 네가 이해해라. M의 어머니의 말이 아니더라도 그를 이해한다고 믿었다. 그러나 이해한다고 해서 싫지 않은 건 아니었다. 까다롭고 냉정하고 무심하며 오만한, 그를 사랑했을 때의 자신은 어쩌면 몽상가였을지도 몰랐다. 차가운 눈빛, 고귀한 이마, 단정한 말씨를 지닌 그가 멸망한 왕족의 후예처럼 여겨진 적도 있었다. 그 모든 것들이 단박에 싫어진 것은 아니었다. 어떤 날, 어떤 일을 문제 삼는 M에게 그 여자가 말했다. 뭐 그런 걸 갖고 그래, 유치하게시리…… 그건 그저 해본 말이었지만 그에게는 그렇지 않았다.

그가 화를 냈다면 그녀는 사과를 할 수도 있었다. 타박을 준다면 받아들일 수도 있었다. 그는 그러지 않았다. 그는 등을 보이고 방으로 들어가 조용히, 소리 내지 않고 문을 닫았다. 한차례 다툼이 있을 때마다 그들 부부의 말투와 감정은 교차하고 부딪히면서 끝없는 상승 작용을 일으켰다. 상처를 입히고 입으면서 먼저 지친 것은 그녀였다. 어느 저녁 그녀는 그에게 몇 가지 제안을 했다. 한지붕 아래 살되 서로 간섭하지 말기로 하자. 아이들과 각각의 집에는 최소한의 도리를 하자. 이상한 소문이 들리지 않을 정도의 예의는 갖추자. 그녀로서는 오랜 고민 끝에 내린 결론이었다. 나는 괜찮지만 당신, 해낼 수 있겠어? M이 물었을 때 그녀는 말했다. 내가 여태 천방지축인 줄 알지? 당신이랑 살면서 나도 배운 바가 많아. 그렇게 그들의 별거는 시작되었다.

그녀는 후줄근해진 잠옷 바지와 이불을 걷어들고 방을 나왔다. 욕조 가득 물을 받아 세제를 듬뿍 풀고 이불을 통째 집어넣었다. 막 출근한 파출부가 토끼 눈을 하고 그녀를 쳐다보았다. 아니, 그거 분리하면 되는데. 세탁기에 들어가는데. 제가 하면 되는데. 그녀는 허둥거리는 파출부를 밀어내고 화장실 문을 닫았다. 실내복을 벗어던지고 거품이 일어 미끄러운 욕조 안으로 들어갔다. 그녀는 힘주어 이불을 밟기 시작했다. 온기가 올라와 곧 몸이 더워지고 이마에 땀이 흘렀다. 늦든 빠르든 결혼하여 사는 사람들에게 위기가 닥친다는 것쯤 그녀도 알고 있었다. 그들 부부의 위기가, 위기를 넘기는 방식이 특별하다고는 생각지 않았던 것 같았다. 불편했지만 견딜 만하다고, 어쩌면 우연한 일로 화해를 할 수도 있을 거라는 막연한 기대도 있었던 것 같았다. 예전처럼 그의 옷을 챙기고 그를 위해 국을 끓이고 그가 좋아하는 콩국수를 밀지는 않을지라도 너그러운 마음으로 함께 식사를 하고 서로를 걱정해주고…… 그런 정도의 화해라면 가능하지 않을까 싶었던 것도 같았다. 남편을 진심으로 미워했던 것은 아니었으므로 그의 방문을 여는 일은 언제고 마음만 먹으면 가능하리라 여겼던 것 같았다.

그녀는 몹시 혼란스러웠다. 그의 발병이 놀랍고 안타까웠지만, 그를 위해서인지 아이들 때문인지 혹은 자신을 위한 것인지…… 가늠할 수 없는 일을 따지고 있는 자신이 놀랍고 한심하고…… 별안간 둑이 터지듯 눈물이 솟구쳤다. 신경이 잘려나가는 듯한 통증이 일었다. 그가 너무나 가엾었다. 자신과 그가 타인이라는 사실을 이처럼 명료하게 느낀 적이 없는 것 같았다. 똑똑하고, 유능하고, 누구의 도움도 필요치 않은 척 사는 사람, 그의 손을 잡고 무작정 슬퍼하고, 위로하고, 울지 못한 자신이 너무나 미워 견딜 수가 없었다. 내일도, 그 후에도 그러지 못하리라는 생각이 들었고 마침내 그녀는 비누 거품 위에 주저앉아 통곡하기 시작했다.

3. 사람들

 소문은 빠르게 번졌다. M의 아내는 장인에게, 친구들은 다른 친구들에게, 다른 친구들은 선이 닿는 의사들에게 소식을 전했다. 가장 먼저 M을 만나고자 청한 사람은 그의 장인이었다. 약속 장소는 중심가의 호텔, 그의 아내와 장모와 장인과 형제들이 무시로 드나드는 피트니스 클럽이 있는 곳이었다. 회장님께서는 와 계십니다. 중국 소녀처럼 머리를 양옆에 틀어 올린 예쁜 여자가 그를 안내했다. 발소리를 삼키는 붉은 카펫을 밟으며 그는 복도 안쪽으로 걸어갔다. 문을 밀자 시가를 피우던 장인이 벌떡 일어났다.

 자네, 바른 대로 말해주게. 성미 급한 장인은 종업원이 나가자마자 그에게 물었다. 애들 어미한테 들었네만…… 그 애 말하는 게 좀 조리가 없잖나. 마흔 중반에 얻은 막내딸, 장난감처럼 인형처럼 귀애하던 딸이 과부가 될지도 모른다는 사실에 그는 제정신이 아니었다. 들으셨겠지만 혹이 있고 어떤 조직인지는 아직…… 수술을 해봐야 안답니다. 쯧쯧, 그가 길게 혀를 찼다. 딸은 그가 권한 숱한 청년들, 훌륭한 집안의 훤칠하고 예의 바르며 잘 닦인 도로 같은 앞날이 보장된 청년들을 마다하고 이 남자와 결혼했다. 아버지 없이 자란, 줄줄이 딸린 동생들, 시장 통 김밥 장사로 온 생을 다 보낸 시어머니 자리…… 걸리는 것은 끝이 없었지만 무엇보다 그는 어떤 물음에도 두 문장 이상으로 답할 줄 모르는 M의 차가운 성품이 싫었다. 처음 집에 인사를 왔을 때 M의 눈빛, 마치 당신 딸이 나 좋다는 걸 난들 어쩌겠는가, 하는 듯 하던 그 오만한 눈빛을 그는 잊을 수가 없었다. 수술은 3주 후에 할 예정이라면서…… 그때까지는 그럼, 전혀 알아낼 방도가 없단 말인가? 자네는 의사가 아닌가? 의사 친구도 많을 게 아닌가? 내일이라도 개복해서 알아볼 수 있지 않은가? 자네가 힘들다면 내가 알아보면 어떻겠는가? 아픈 사람인데, 이래서는 안 되는데, 싶으면서도 그는 말을 멈출 수가 없었다. 화가, 미칠 듯 화가 났다. 가슴에 활활 불이 일어 그대로 돌아버릴 것만 같았다.

아버님. M이 그를 불렀다. 응? 엉겁결에 대답을 하고 그는 흠칫 놀라 사위를 바라보았다. 아버님…… 다시 한 번 불렀을 때야 그는, 그래, 그래, 미안하네, 내가 놀라서…… 소식 듣고 놀라고…… 그저 놀라서…… 더듬더듬 말했다. M은 언제나 장인어른,이라 깍듯한 호칭을 사용했다. 말수가 적고 표정이 없는, 깍듯한 사위는 늘 못마땅했지만 또한 어려웠다. 노크 소리가 들리고 커다란 쟁반을 든 종업원이 들어왔다. 실례하겠습니다, 불도장 올려드리겠습니다, 뜨겁습니다, 쌩끗 미소를 지은 종업원이 그와 M의 앞에 뚜껑이 덮인 작은 냄비를 내려놓고 차례로 뚜껑을 열어주었다. 들게, 자네 좋아하는 것 같아 시켰네. 그가 먼저 숟가락을 들었다. 그는 후룩, 소리를 내며 음식을 먹었다. 뜨거운 국물이 목 줄기를 타고 내려가고 가슴이 싸해지는 느낌이 들었다. 그의 사위는 조용히, 묵묵히 국물을 떠 넣고 있었다. 그제야 한결 수척해진 얼굴이 눈에 들어왔다. 그러려니 해서인지 등도 허리도 굽어 보였다. 불도장 그릇이 빌 무렵 오품 냉채와 상어 지느러미와 향내 나는 청경채가 차례로 들어왔다. 그들은 싸운 사람들처럼 말없이 음식을 먹었다.

만약…… 만약에 말입니다. 혹 결과가 좋지 않다면…… 아버님께 부탁드릴 수밖에 없습니다. 사위는 그렇게 말문을 열었다. 식사가 끝나고 디저트가 나온 즈음이었다. 그거야…… 아직 그런 얘기할 계제가 아니지 않은가. 우선은 자네 몸이 중요하고…… 파인애플 조각이 잇새에 걸려 그는 살짝 이마를 찌푸렸다. 글쎄요, 수술 결과를 봐야 하겠지만 제 보기에는 평범한 조직은 아닙니다. 악성이라 가정한다면 1년 정도, 사위는 잠깐 말을 끊고 숨을 골랐다. 그 정도일거라 생각합니다. 병원을 들락거리고 투약하고…… 맑은 정신일 날이 얼마일지 그건 모릅니다. 아니, 이보게, 민 서방, 그는 포크를 내려놓고 재스민 차를 한 모금 마셨다. 냅킨으로 입을 닦는 그의 손이 심하게 떨렸다. 마저 말씀드릴 수 있게 해주십시오. 아버님. M의 어투는 담담하고 차분했지만 안색이 창백했다. 불편한 게 아닌가, 자네, 괜찮은가?

진통제를 먹었으니 괜찮아질 겁니다. 아시겠지만 집사람은 살림살이에 대해서는 그다지 밝은 편이 아니라서…… 지원이 말입니다, 그 애는 3년 정도 더 미국에서 공부를 할 예정이니…… 그 이름을 듣는 순간 그의 가슴이 아릿해졌다. 걸음마를 하면서 글을 읽고 무어든 보는 대로 빨아들이듯 익히던 아이, 그에게 비로소 막내딸의 결혼을 마음으로부터 인정하게 했던 아이였다. 연간 3천 정도 지원이에게 들어가는데, 그 돈은 제가 따로 마련해두었습니다. 아니, 이보게, 그렇지 않겠지만, 설사 자네가 없더라도 그 애 공부는 내가 시키겠네, 끝까지, 저 하고 싶을 때까지. 아니, 아닙니다, 아버님. 그건 제가 감당합니다. 사위의 어조가 단호했다. 훗날 그 애가 저를 떠올릴 때…… 일찍 갔더라도 자식 공부는 마쳐준 아버지라고, 그렇게 기억되고 싶습니다…… M을 바라보다 그는 마른 손으로 얼굴을 비볐다.

생각할 때마다 그의 부아를 돋우던 사위, 냉정하고 냉정해서 정붙일 데 없던 놈, 매제가 판단이 빠르고 성실하지 않느냐고, 다른 형제들처럼 회사에 두어보시면 어떠냐고 권하는 아들의 성화에 못 이기는 척 운을 떼었을 때 웬 새가 우느냐는 듯 무심한 눈으로 그를 보던, 그 사위가 난생처음 긴 이야기를 하고 있었다, 그에게 부탁을 하고 있었다. 조목조목, 보고서 읽듯 말을 잇고 있었다. 중간 중간 그는 이 사람아, 이 사람아, 아니, 이 사람아…… 혼잣말처럼 중얼거리다 기어이 버럭, 화를 내고 말았다. 글쎄, 그만 하게, 그만 하라니까!

그 애들, 내 손자고 내 딸이잖은가. 자네…… 바보 아닌가. 그의 음성이 떨렸다. 죄송합니다, 라고 했지만 그의 사위는 고개를 숙이지도, 말끝을 흐리지도 않았다. 무서운 놈, 못난 놈…… 묵직한 추가 걸린 듯 가슴이 답답해져왔다. 자네는…… 알다시피 나는 자네를 탐탁지 않아 했네. 내 급한 성질에 자네처럼…… 그는 말을 끊었다. 적당한 단어가 떠오르지 않았다. 제가 아버님 눈에 차지 않았던 것 압니다. 쯧쯧…… 그가 또 혀를 찼다. 자네 부부가 남남처럼 산다는 거 알았을 때는…… 이참에 갈라서라고까지 했었네. 말하고 나자 곧장 후회가 밀려들었지만 사위의 얼굴은 담담했다. 집사람이 얘기했습니다, 아버님께서 그러셨다고. 자네가 미워서 그런 거 아닐세, 답답해서 한 말이지. 그때 정말 사위가 미웠던가? 그랬던 것도, 아닌 것도 같았다. 새로운 아파트, 고가의 회원권, 날씬하고 빛나는 승용차…… 얽히고설킨 시간들…… 그 어떤 것에도 마음을 녹이지 않던, 그의 앞에서 결코 고개를 숙이지 않는 사위를 싫어하다 미워하다 모른 척하며 살았지, 싶었다.

우선, 자네 병을 돌보는 게 급하지. 그는 무언가 다른 말을 해주고 싶었다. 병을 앓는 사위에게 어울리는 다정한 장인으로서의 태도를 보이고 싶었다. 이런 일이 올 줄 알았다는 듯 처연한 얼굴, 허리께에 손을 받치고도 꼿꼿한 자세를 유지하려 기를 쓰는 저 오만한 남자에게. 그는 피우다 만 시가에 불을 붙였다. 나는, 무서운 게 없는 사람일세. 그는 또 말을 끊었다. 자꾸만 말이 끊어져 짜증이 났지만 그럴 수 없다는 것이 더욱 그의 짜증을 돋우었다. 그는 안팎으로 거칠 것 없이, 어떤 문제든 맞부딪치며 살아온 사람이었다. 그렇게 회사를 만들고 일구고 아내와 다섯 아이를 다스렸다. 슬프고 답답하고 어처구니없으며 어디에도 길이 보이지 않는 상황을 수없이 겪었다고 믿었지만…… 나이 80에…… 처음으로 자신이 오래 살았다는 생각이 들었다. 그는 어렵게 말을 이었다. 나는…… 자네가…… 어려웠네. 그의 사위는 그를 바라보다 가만히 시선을 내렸다. 저도 그랬습니다, 아버님. 그 음성은 너무 낮아 잘 들리지 않았다. 그들은 서로를 물끄러미 바라보았다. 시가의 짙은 향내가 감도는 실내, 나지막한 음악이 흐르는 방에서 두 남자는 한동안 조용히 앉아 있었다.

4. 만두 먹는 저녁

바쁜 사람이 웬일이냐. 어머니는 만두를 빚다 말고 황망히 그를 맞았다. 요즘은 이상하게 만두가 딸리는구나. 밀가루 묻은 손을 앞치마에 문지르는 어머니의 얼굴에 민망한 빛이 떠올랐다. 묵은 김치와 삭인 고추가 풍기는 냄새가 좁은 집 안 가득 차 있었다. 엄마 만두가 맛있잖아요. 찐 거 있으면 저 좀 주세요. 시장하네. 그는 벽 한쪽에 붙여놓은 식탁 앞으로 가고 그의 어머니는 냄비 뚜껑을 열었다. 곧 뜨거운 김이 오르는 만둣국이 그의 앞에 놓였다. 좀 맵지야? 이번에 삭인 고추가 좀 매워서 어떤 이는 좋다 하더라만. 어머니에게는 오랜 단골들이 있었다. 시장 통에서 30년을 보내는 동안 그들은 어머니에게서 만두와 썰어놓은 가래떡과 순대와 붉고 진득한 양념에 버무린 떡볶이를 사갔다. 명절이면 아이 목욕통만 한 함지 가득 만두 속을 만들고 그가 반죽을 미는 동안 두 동생과 어머니는 밤새워 만두를 빚었다. 세 남매가 대학을 마칠 때까지 어머니는 언제나 새벽에 일어났으며 자정을 넘기고서야 아픈 허리를 누일 수 있었다. 이제 그만 접으시라, 삼 남매가 번차례로 말했지만 그의 어머니는 들은 척도 하지 않았다. 그는 마주 앉은 어머니의 조그마한 얼굴을 바라보았다. 자식 셋을 의사로, 교사로, 기자로 길러낸 어머니는 시장 내 전설이었다.

이 집 전세, 다음 달로 끝이죠? 만두를 씹느라 그의 말이 입 안에서 우물거렸다. 전세? 그런 것도 같다. 근데 그건 왜 물어야? 집 옮기시라고요. 여기 이제 좀 싫증 나지 않으세요? 그의 어머니는 찬찬히 그를 뜯어보았다. 니 댁이 뭐라 하더냐? 여기 오기 싫어한다는 건 내 안다만. 그 아파트가 팬디

원피스를 입고 루이뷔통 핸드백을 든 여자가 올 곳이 아니긴 했다. 날씬한 은빛 벤츠의 옆면에 깊은 흠집을 발견한 날 아내는 불같이 화를 냈다. 애들 장난이겠지, 하는 그에게 아내는 말했다. 애든 어른이든 없는 사람들 심술이 더 무서워.

그 사람이 뭐라던 제가 그런 거 신경 씁니까. 엘리베이터도 없고, 엄마 다리 아플까 봐 그러지요. 요 옆에 새로 생긴 아파트 보셨죠? 거기 비슷한 평수로 알아볼게요. 남향, 8층의 25평 아파트를 이미 어머니의 이름으로 계약한 사실을 그는 말하지 않았다. 3년을 앓다 그의 아버지가 세상을 떴을 때 어머니는 서른일곱이었다. 곧은 등이 굽고 희던 얼굴에 검버섯이 돋은 어머니, 고작 작은 아파트 한 채가 어머니의 서른 해에 대한 보답이라니…… 마음이 아팠지만 지금 그가 할 수 있는 일은 그것뿐이었다.

너 어디 안 좋으냐? 안색이 영 그렇다. 가보겠다, 며 일어서는 M을 그의 어머니가 잡았다. 잠깐 있어봐라, 한 어머니가 냉장고를 열고 비닐 봉투를 꺼냈다. 홍삼 엑기스란다. 그저께 막내가 가져왔더라. 나야 지어준 보약 먹은 지 얼마 됐냐. 늙은이가 약 달아놓고 먹는 것도 흉이다. 어머니는 찡그리듯 웃었다. 집이고 내 일이고 너무 신경 쓰지 마라. 마음만으로 됐다. 네 건강이나 챙겨, 의사 선생님이 어련할까마는. 어머니의 어조가 조심스러웠다.

갑니다, 하고 현관문을 밀던 그가 돌아서서 어머니를 안았다. 그의 손에 들렸던 비닐 봉투가 툭, 소리 내며 떨어졌다. 아니, 야가, 어쩨…… 하며 어머니가 그의 등을 가만가만 두드렸다. 포옹이 풀리고 나자 어색한 침묵이 흘렀다. 무슨 일이냐, 얘야, 어머니는 묻지 않았다. 일이 있어요, 어머니, 그는 말하지 않았다. 과묵한 어머니는 슬픈 눈으로 아들의 얼굴을, 그 얼굴에 슬픔이, 분노가, 회한이 차례로 지나는 것을 보았다. 이윽고 그 얼굴에 미소 비슷한 것이 떠올랐다. 어머니의 가슴속에 무언가 쿵, 소리를 냈다. 눈가에 물기가 비치는가 하는 순간 아들은 눈을 찡긋해 보이고 문을 닫았다.

5. 고통

수술은 싱겁게 끝났다. 회복실에서 M이 눈을 떴을 때 벽시계는 10시를 가리키고 있었다. 두 시간, 예정의 절반을 넘지 않은 짧은 수술이었다. 손을 댈 수 없었구나…… 그냥 덮었구나…… 몽롱한 의식 속에서 그는 생각했다. 이제 끝이구나…… 하얀 손 하나가 다가와 M의 어깨를 두드렸다. 깼구나. 잘 끝났다고 하더라. 보조 의사로 참석한 그의 동기였다. M은 그의 눈을 깊숙이 들여다보았다. 기진한 몸으로도 M은 그의 생각을 읽고 싶었다. 조직을 떼냈고, 아마 벌써 배양에 들어갔을 거고 며칠 내로 결과가 나올 거야. M의 생각대로였다. 혹은 제거되지 않았다. 몇 차례 더 수술을 해야 할지도 모르는 일이었다. 그것들이, 단단하더냐, 흐물거리더냐, 희더냐, 붉더냐 묻고 싶었지만 입이 열리지 않았다. 오한이 일어 M은 흐득, 몸을 떨었다.

닷새 후 기역 자로 봉한 상처를 안고 M은 퇴원을 했다. 사나흘 더 걸릴 텐데, 결과 보러 다시 오지 뭐, 누워 있기 갑갑하잖아. 주치의의 말투는 맹장 수술한 환자 대하듯 가벼웠다. M의 아내가 먼저 반색을 했다. 며칠 새 해쓱해진 M의 아내는 깊은 병을 앓는 환자처럼 보였다. 간병인 여자가 짐을 챙기는 사이 아내는 휴대폰을 열고 몇 군데 전화를 걸었다. 채 5분이 지나지 않아 양복 차림의 건장한 남자 두 사람이 그의 병실로 들어섰다. 그들 중 한 사람이 창가를 빼곡히 메운 난초 화분을 하나씩 들어내고 시든 꽃이 담긴 바구니를 버렸다. 다른 남자가 휠체어를 밀고 와서 그에게 정중하게 고개를 숙였다. 가시지요. 아니, 걷겠습니다. 그는 정중하게 사양했다.

갑자기 친절해진 모든 사람이 전화를 걸어왔지만 퇴원 후 이틀간 M은 아무도 만나지 않았다. 책을 읽지도 텔레비전을 보지도 않았다. 아무 일도 하지 않고 멍하니 앉아 몸 안의 모든 장기들과 그 역할을, 그것들의 나약함과 끈질김을 생각하며 M은 하루를 보냈다. 자신을 괴롭히는 통증과 싸우며 그 근원을 추적하려 애쓰는 동안 몸과 마음, 정신과 육체는 하나이다가 분리되기를 거듭했다. 아내가 건네주는 진통제를 그는 먹지 않았다. 통증은 그의 몸, 수술 부위, 그리고 고스란히 남아 있는 혹으로부터 비롯된 것이었지만 그는 보다 근본적인 것을 알고 싶었다. 어떤 유전자, 어떤 나쁜 피가 그의 심장을 돌아 몸 안을 흐르고 흐르는지도 모르는 일이었다. 그 사이, 어떤 일, 어떤 시간이 그것들에 충격을 가하고 있었을 터였다. 어느 순간 모든 것을 알 것 같다가 별안간 자신의 삶, 어느 갈피엔가 어떤 비밀이 있을지라도 자신은 결코 알아낼 수 없으리라는 느낌이 들기도 했다.

그사이, M은 어머니와 두 동생의 방문을 받았다. 병원에서 M의 말을 거역하지 못했던 아내가 기어이 전화를 한 것이었다. M의 어머니는 그날의 방문을 생각하며 눈물을 흘렸다. 내 며칠간 꿈자리가 사나웠더니라. 어머니는 떨며 말했다. 집 옮기고 장사도 그만두마. 인제 니 하자는 대로 할란다. 그의 여동생이 어머니의 주름진 얼굴에 흐르는 눈물을 닦아주었다. 울지 마세요, 엄마, 수술 잘 됐다잖아, 오빠 괜찮다잖아. 눈물을 글썽이며 동생이 말했다. 형은 무슨 사람이 그래? 형제 두고 언제 써먹을래? 형수가 혼자 얼마나 힘들었겠어? M의 막내 동생이 그를 타박했다. 아니, 삼촌 나는 뭐…… 뒤에 서 있던 M의 아내가 황망한 표정을 지었다. 형님이 본래 그렇잖아요, 아프다고 성격 어디 가나요. 뾰로통 입이 나온 M의 아내는 기어이 할 말을 했다. 저 모습이 저 여자다, M은 생각했다. 그의 마음이 가벼워졌다. 발병 이후 조신하고 침착한 아내 역할을 하느라 짓눌린 듯하던 아내의 얼굴이 밝아 보였다. 어머니와 형제들, 아내와 자식…… 나란히 앉아 차를 마시는 그들을 M은 가만히 바라보았다. 그들 모두와 연결된 자신, 그 사실을 확인하는 일이 고통스러웠다. 그들과 함께 살아 있다는 것이, 괴로워하며, 괴로움을 감추며 살아온 날들이…… 그의 가슴에 깊숙한 통증이 일었다. 아직은 그들의 세계에 속해 있다는 사실이 M은 행복했으며 행복하다는 느낌이 그를 새로운 고통에 빠트렸다.

참담한 기분일지라도 M의 표정은 담담했으므로 아내는 그를 두고 간간이 외출을 하기도 했다. 어느 오후 집에 혼자 남겨진 M은 어디론가 전화를 걸었다. 번호를 받아 적고 다시 송수화기를 들기까지 M은 한참을 굳은 듯 서 있었다. 물이 거슬러 흐르지 않듯 지나간 시간을 돌이킬 수는 없다고 그는 믿었다. 돌이키고 싶은 순간이 있다고도 믿지 않았으며 관심조차 가지지 않았다. 그는 천천히 하나씩 힘주어 번호를 눌렀다. 병이, 사람을 못쓰게 하는 구나, 싶으면서도 그의 가슴이 사납게 뛰었다.

6. 그리고 물이 흘러가는 곳

 그 여자는 그가 태어나고 자란 도시에 아직껏 머물러 있었다. M의 전화를 받은 그 여자는 어머, 라고 했다. M은 갑자기 전화를 걸어서 미안하다, 상황이 허락한다면 한번 만났으면 한다……고 천천히 말했다. 어떤 상황이더라도 만나고 싶다는 말은 하지 않았다. 그가 기억하는 여자는 조심스럽고 수줍음이 많았다. 여자의 대답을 듣기 위해서 M은 말을 지어내야 했다. 학회 참석차 이곳에 왔다, 우연히 네 이야기를 들었다, 지금 멀리 있지 않다. 그냥 차 한 잔할 수 없겠는가. 말을 잇는 동안 목이 메는 느낌이었다. 거절한다면 그 여자의 주소를 찾아 여자의 창 아래에 서 있기라도 하고 싶었다. 그래야 할 것 같았다. K야. 그가 여자의 이름을 불렀다. 저편에서 긴 한숨이 들렸다. 그의 입에서도 깊은 숨이 흘러나왔다. 한숨과 한숨 사이 그 여자가 손에 잡힐 듯 가까이 있다는 느낌이 들었다. 6시에 진료가 끝나. 그 후에 한 시간 쯤, 아니, 두 시간 정도 시간을 낼 수 있어. 그리고 여자는 덧붙였다. 저녁이나 먹자.

 6시까지 도착하려면 서둘러야 했다. M은 드레싱을 막 끝낸 상처 위에 한 겹 더 붕대를 감았다. 옷을 갈아입고 진통제를 챙기고 현관을 나서면서 그는 벽에 걸린 거울에 비친 자신을 보았다. 창백한 얼굴, 귀 밑에 서너 가닥의 흰 머리카락이 돋은 남자를 그는 마주 쳐다보았다. 미처 깎지 못한 수염을 쓸어보았다. 어쩐지 쿰쿰한 냄새가 나는 것도 같았다. 그 여자, K를 마지막으로 본 것이 언제였는지 M은 기억할 수 없었다. 변한 모습에 여자가 우울해한다면 어쩔 수 없는 일이었다. 그가 변했듯 여자도 변했을 것이었다.

외곽 도로에 접어들자마자 M은 차선을 바꾸어가며 빠른 속도로 차를 몰았다. 간간이 나타나는 속도 감시 카메라가 그의 차를 향해 몇 차례 빛을 뿜었다. 강을 옆에 두고 달리던 길은 댐을 지나자 내륙으로 접어들었다. 도의 경계를 넘자 구불구불해진 길을 따라 따라오는 산세들이 달라지기 시작했다. 창을 열고 바람을 맞으며 M은 달렸다. 함께 기차를 타고 통학을 하던 시절, 어느 하루 K가 들어봐, 하며 이어폰 한쪽을 그의 귀에 꽂아주었다. 베토벤이었다. 피아노 소나타를 처음 듣는다는 것, 그건 하나의 사건이었다. 조그만 카세트 플레이어를 사이에 두고 그들의 귀가 나란히 이어폰으로 연결된 것 또한 그랬다. 「월광」이 귀에 익을 즈음 K는 「열정」을 녹음해주었다. 섬세한 손의 움직임이 눈에 보이는 듯 한 라흐마니노프와 발랄한 모차르트를 알려준 것도 헤세와 괴테를 함께 읽은 것도 K였다. M의 기억 속에는 비 그친 오후, 젖은 풀잎들을 밟고 온통 흙투성이인 채 집으로 가던 K도 있었다.

어쩌면 K는 하나의 환상, 실체가 아닌 기억으로만 존재하는 대상일지도 모르는 일이었다. 어쩌면 K는 R과 S와 O와 같은, 그가 알았던 어느 여자와도 같을 것이었다. 언제, 어느 순간 K가 그의 뇌리에 환상이 되었는지 그는 알 수 없었다. K와 어느 때, 어떤 이유로 헤어졌는지 또한 알 수 없듯이.

파도를 타는 두 척의 배처럼, 그들은 빙 맴을 돌다 멀어져 갔다. 다시 만나리라는 기대는 하지 않았다. 멀어져간 K는 잊혀지고 M의 뇌리에서 사라졌다. 아니, 사실이 아니었다. M의 기억, M의 몸과 M의 온 신경이 과거로 치달렸다. 그는 거의 무의식적으로 핸들을 꺾고 브레이크를 밟고 속도를 조절하며 차를 몰았다. 오후, 진료실 창으로 보이는 길을 따라 걸어가는 여학생들, 햇빛을 따라 빛처럼 반짝이며 셋씩, 둘씩, 더러는 홀로 걸어가는 흰 교복을 보는 그의 속에서 가만히 일어서던 얼굴…… 늦은 시간, 혼잡한 거리에서 택시를 잡기 위해 서 있는 긴 머리의 여자…… 귀에 익은 음조가 들리는 스피커 앞에서 잠깐 발길이 붙잡혔을 때 들리던 나직한 목소리…… K는 단 한순간도 그를 떠난 적이 없었던 것 같았다.

그것을 영원이라 할 수 있었을까, M은 초인적인 노력으로 그 여자를 잊고, 잊었으며, 잊었다는 사실조차 잊었다고 믿었다. 자신의 의지로, 뜻대로, 아니 자신의 뜻이라 믿는 대로 모든 일을, 모든 사람을 대하는 M에게 아직까지 남아 있는 K의 존재는 경이롭고 한편 무상했다. 만나면 무슨 말을 할 것인지, K를 만난다고 해서 달라질 것이 무엇인지…… 그는 알 수 없었다. 자신이 원하는 것이 무엇인지도 알지 못했다. M은 단 몇 주 사이 자신에게 일어난 일에 대해 생각했다. 두렵고 슬프고 화가 나고…… 그리고 그 모든 것들이 지나간 자리에 남던 통증을 생각했다. 기우는 햇살이 차창으로 그의 눈을 찔렀다. 있는 그대로 받아들이자, M은 가만히 자신을 타일렀다. 현상액에 담겨 서서히 실루엣이 드리나는 필름처럼 무언가 차츰 윤곽이 나타나는 느낌이었다.

그 도시로 막 진입했을 때 M의 휴대폰이 울렸다. 그의 주치의였다. 그는 이렇게 말했다. 결과 지금 막 나왔어. 양성이란다, 축하한다. 멍청히 듣고 있던 M이 내일 나온다 하셨잖아요? 했다. 글쎄, 조직이 빨리 배양됐어. 다들 너무 놀라고 있어, 양성일 확률은 거의 제로에 가까웠거든. 사실 말은 안 했지만 최악을 예상했었어. 주치의가 흥분할수록 그의 기분은 가라앉았다. 얼른 와이프한테 알려줘, 니네 장인이 우리 병원장한테까지 전화하는 모양이더라. 알았다, 고맙다고 M은 말했다. 짜아식, 안 믿어지는 모양이구나, 나도 그랬다. 저편의 목소리가 다정해졌다. 내일 나와서 결과 정식으로 보고, 치료 일정 잡자. 양성이라도 혹은 혹이니까.

M은 갓길에 차를 세웠다. 속도를 받았던 몸에서 서서히 긴장이 빠져나가고 머릿속이 멍해졌다. 그는 배 위에 손을 대고

상처 부위를 만졌다. M은 문을 열고 차 밖으로 나왔다. 배 속의 혹은, 그러니까 물 풍선 같은 거라는 말이었다. 빠르게 달리는 차들이 먼지바람을 일으켰다. 바람을 맞으면서 그는 천천히 걸었다. 모두들 어디로 가는 것일까. M은 그것이 궁금했다.

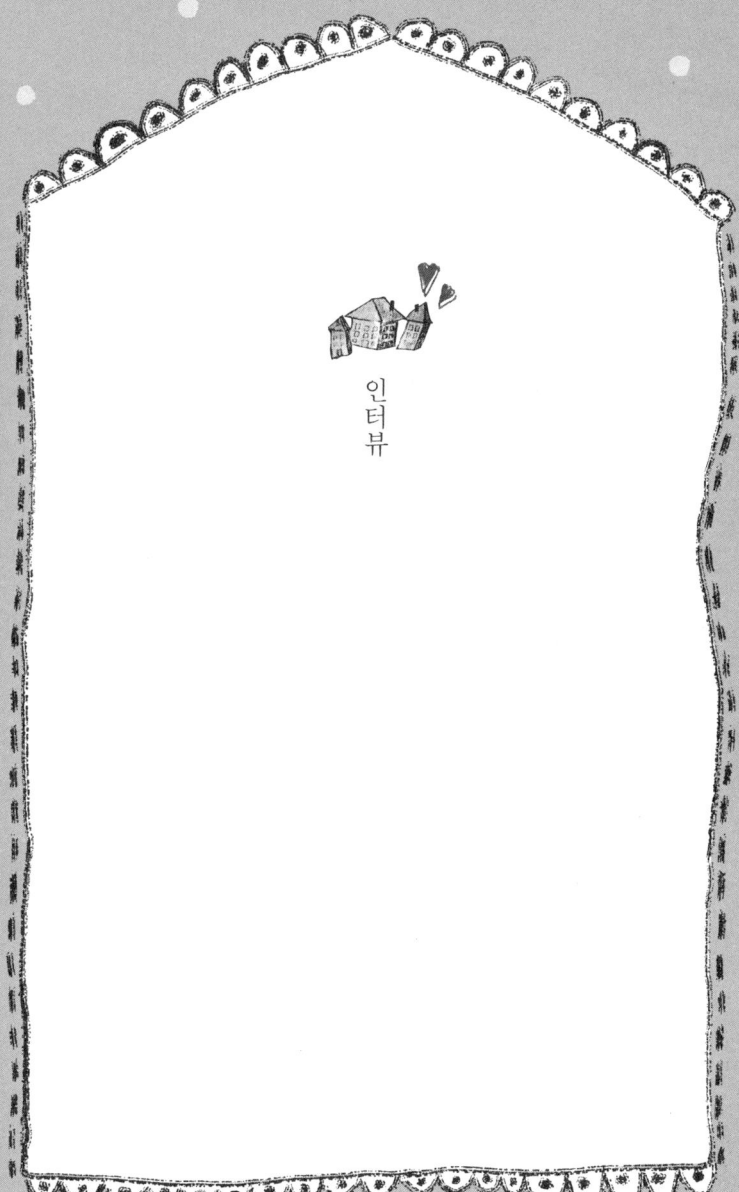

인터뷰

그날 아침 만자는 몹시 들떠 있었다. 9시 정각 집을 나서기까지 만자는 벽에 걸린 시계를 일곱 번 쳐다보았다. 그 사이사이 만자는 거실 벽의 거울을 보고 이마와 콧등에 몇 차례 분첩을 두드리고 목에 감은 분홍 스카프를 풀었다 다시 감기를 거듭했다. 우아해 보이기는 한데, 자칫 촌스러울 수도 있지 않을까. 어젯밤, 디카로 찍어 확인한 바로는 은은한 빛이었지만 화면에는 어떻게 비칠는지, 결정하기가 쉽지 않았다. 결국 만자는 언제든 쓸 수 있도록 스카프를 핸드백에 넣기로 했다. 여느 때와 다른 느낌을 감지한 듯 강아지 미르가 꼬리를 흔들다 말끄러미 만자를 쳐다보았다.

바람은 살랑이고 하늘은 청명한, 전형적인 가을날이었다.

저 구름은 흡사 마차 같구나, 생각하며 만자는 구름 마차, 끌고 갑니다, 하는, 언제 불렀던 건지 알 수 없는 동요를 흥얼거리며 큰길 쪽으로 걸어갔다. 어머, 만자 씨, 어디 가? 골목 입구에서 보풀 인 검은 트레이닝복 바지를 입은 여자가 그녀를 보고 반색을 했다. 건너 동의 미나 엄마였다. 만자의 표정이 샐쭉해졌다. 만자가 소설가가 되었을 때, 이혜영이라는 아리따운 이름을 얻었다는 것을 알려준 날 미나 엄마는 이혜영? 자기가? 와하하, 소리 내어 웃었다. 이후 미나 엄마는 10년 내 부르던 인영 엄마라는 호칭을 버리고 꼬박꼬박 만자 씨라고 불렀다. 세탁물을 찾아오는 길인 듯 비닐 커버를 씌운 옷 두어 벌을 어깨에 걸치고 있는 미나 엄마의 머리가 부스스했다. 자기, 그렇게 입으니까 아가씨 같다, 무슨 좋은 일 있어? 미나 엄마가 웃으며 다가왔지만, 만자는 나중에 얘기해줄게, 하고 피하듯 걸음을 빨리했다. 미나 엄마와는 이따금 차를 마시고 아파트 상가의 양품점에서 철 지난 싸구려 스웨터나 재고로 남은 구두를 두고 수다를 떠는 사이였지만 이제 그런 일도 끝이다, 라고 만자는 생각했다. 지난달 두번째 창작집이 나왔을 때, 제법 큰 사진과 함께 인터뷰 기사가 실렸을 때 이제나저제나 인사를 건네주기를 기다렸지만 미나 엄마는 종내 아는 척하지 않았다. 대한민국에서 가장 발행 부수가 많은 신문이었는데도 그랬다. 게다가 만자가 정성껏 오려서 말끔히 코팅한 기사를 보여주었을 때의 반응이라는 것이 으응, 우리는 스포츠 신문밖에 안 보니까, 였다. 그러고는 돌아서 가다 생각났다는 듯이 아 참, 만자 씨, 우리 미나 논술 좀 봐주면 되겠다, 무슨 요일이 좋을까, 하고 덧붙이는 거였다. 만자로서는 그 일로 미나 엄마를 나무랄 생각은 아니었다. 워낙 비문화적인 인간이라는 것은 익히 알고 있었으니까.

5분쯤 늦게 도착하리는 것이 그녀의 계획이었지만 그날따라 택시가 금방 잡혔으며 길은 한적했고 교차로의 신호조차 초록 일색이었으므로 운전수는 신이 난 듯 앞차를 마구 추월하며 달려나갔다. 그녀는 어쩔 수 없이 10분이나 이른 시각에 약속 장소인 구민회관 앞에 도착했다. 짐작대로 그곳에는 아무도 나와 있지 않았다. 타는 이도 내리는 이도 없는 마을버스가 서너 차례 만자의 앞에 섰다 떠나고 시간이 흘러갔다. 시계를 확인하기에도 지친 만자는 수첩을 꺼내들고 마지막 점검을 하기로 했다. 질문 1은 아무리 봐도 너무 평범했다. 어떤 일이 선생님을 작가의 길로 들어서게 했는지요?라니. 그지없이 상투적이다, 싶었지만 달리 적절한 말이 떠올라주지 않았다. 엄숙한 분위기로 갈 것인지, 아님, 잔잔한 편이 좋을지. 지난 며칠간 그랬듯 질문지를 앞에 놓고 만자는 다시금 고민에 빠졌다. 분위기야말로 만자가 가장 중시하는 것이었다. 소설이든 인간관계든 분위기가 모든 것을 결정한다고 그녀는 믿었다. 가볍게, 경쾌하게 시작하는 것이 나을지 몰

라. 김연숙 선생처럼 이마에 '진지함'이라 써 붙이고 있는 이에게는 어쩌면 그편이 어울릴 것도 같았다. 그녀는 3번 항목의 질문에 1,이라는 숫자를 다시 붙였다. 최근 소설을 비롯해서 선생님의 주인공들은 전혀 연애를 하지 않는데요, 혹 사랑을 믿지 않으시나요? 좀 유치하지만 재미있다고 그녀는 생각한다. 예술위원회의 김 뭐라는 사람은 김연숙 선생이 콕 찍어 만자를 대담 상대로 원하더라고 했다. 고작 책 두 권을 펴낸, 문단의 어떤 자리에 가나 모르는 이가 대부분인 만자로서는 정말이지 예상하지 못한 일이었다. 웹진이라니까, 동영상으로 올리는 것이라니 아무래도 비디오가 좀 되는 작가를 고른 것일까, 내 음성이 낭랑하다는 것을 어떻게 알았을까, 실없다 싶으면서도 쉽사리 흥분을 가라앉힐 수가 없던 며칠이었다.

이 선생님이시죠? 일찍 나오셨네요. 텁텁한 목소리가 들렸다. 뒤를 돌아본 만자는 저도 모르게 눈살을 찌푸렸다. 김 모일 것으로 짐작되는 그 남자는 한 사흘 내리 자다 일어난 듯 부스스한 몰골이었다. 구깃구깃한 바바리코트에 헝클어진 머리카락, 구색을 갖추듯 심한 담뱃진 내를 풍기는 남자가 소독하니 부은 눈을 찌푸리며 웃었다. 아, 예. 집이 가까우니까요. 자연스럽게 보이기를 바라면서 만자는 입꼬리를 올리고 마주 웃어주었다. 카메라 팀이 좀 늦는다고 해서요, 좀더 기다리셔야겠는데요. 남자는 미안한 기색 없이 담배를 피워 물더니 아 참, 하고는 명함을 내밀었다. 문학전문위원 김학술이라는 글자가 깨알같이 적혀있었다. 학술이라니, 이름에 대해서라면 몇 날 며칠로도 모자라는 애깃거리를 갖고 있는 그녀로서도 독특하다 할밖에 없는 이름이었다. 전문위원은, 그러니까…… 어떤 분들인가요? 만자의 질문에 남자가 애매한 표정을 지었다. 그저 심심해서, 무어라도 이야기를 할 요량이었던 만자는 이런 것을 물으면 안 되는 것인가 싶어 조금 조심스러워졌다. 그게…… 별 뜻은 없고요, 자리에 따라서 달라지는 거예요. 예술위원회에서 미술부로 가면 미술전문위원이고 문학부로 옮기면 문학전문위원이 되고…… 남자는 지나치게 솔직했다. 날씨가…… 정말 좋지요? 만자는 만인에 통용되는 화제, 날씨를 입에 올렸다. 정말 그래요, 강촌은 끝내주겠는데요? 남자가 기세 좋게 맞받았다.

우선 북쪽으로 가야 하는 거죠? 운전대를 잡은 남자는 동서남북을 가늠하듯 네거리에서 머뭇거리고 있었다. 오늘의 운전기사 역할을 맡은 그 남자는 아무래도 운전전문위원은 아닌 듯싶었다. 그럴 필요가 없다는 듯 만자와는 눈도 마주치지 않은 그는 군인처럼 바짝 치켜 깎은 머리에 군인처럼 딱딱한 말씨를 썼다. 일단 올림픽대로를 타고 가다가 미사리에서, 그 왜 있잖아. 구리 방향으로 틀어서 오른쪽으로 가면…… 아니, 아니 저기서 유턴해야 되는데, 아유 지나쳤다. 조수석에 앉은 김학술이 참견을 하다 이 선생님, 강촌 가보셨죠? 혹시 빠른 길 아세요? 하고 물었다. 강변북로를 이용하는 게 좋은데요, 바로 빠지는 길이 있거든요. 뒷좌석의 만자에게서 지체 없는 답변이 나왔다. 길이라면, 더구나 강원도로 가는 길이라면 만자는 알 만큼 알고 있다고 생각했다. 주말마다, 주중에도 틈만 나면 차를 몰고 다닌 덕분이었다. 모름지기 작가라면 그래야 한다고 그녀는 믿었다. 낯선 길을 따라 차를 몰고 가다 저만치 나무 아래 차를 세우고 들판을 걸어보는 일, 그 흙냄새, 숨어 있는 찻집에서 홀로 앉아 마시는 차, 돌아오는 길의 환상적이고도 쓸쓸한 저녁노을, 그 모든 것이 만자의 상상력을 자극하고 일깨워주었다. 그런 어느 날 저기다, 싶게 눈에 들어오던 들판, 낡고 허물어진 집을 안은 홍천의 농림지 700여 평을 발견한 것은 실로 가외의 소득이라 할 수 있었다. 언젠가는 예쁜 목조 주택을 짓고 서재를 마련하고 따사로운 햇살을 받으며 소설을, 소설만을 쓰리라 생각하며 장만한 그 땅을 떠올리면 만자는 자다가도 웃음이 나왔다.

카메라 팀 두 명과 나란히 웅크리고 앉은 만자는 조금 긴장한 상태였다. 교통편을 물었을 때 우리 직원이 좋은 차가 있습니다, 저희가 모십니다, 했을 때 6인승, 혹은 9인승 정도의 승합차를 예상했던 것이 잘못이었을까. 만자는 그 좋은 차, 제대로 굴러갈까 싶은 낡은 소형차에 적응하는 중이었다. 바닥에 버려진, 무언지 알 수 없는 포장 봉지들, 함부로 쩔러 넣은 휴지 뭉치, 찌든 담뱃진 내와 오래 묵은 먼지 냄새를 견디기 위해 만자는 숨을 참고 조심스레 호흡을 뱉었다. 가까스로 반포대교를 넘어선 차가 강변북로로 들어설 때까지 카메라 팀의 남자는 내내 통화 중이었다. 아니, 아니, 그게 아니고, 나 출근은 어떻게 하라는 거야. 꼭 그렇게 해야겠어? 엄마는 체면이 그렇게 중요해요? 귀 기울이지 않아도 들리는 대화에 따르면 그는 아마도 결혼을 앞두고 있는 모양이었다. 상계동, 중계동, 광명, 이런 지명이 몇 차례 등장하고 퇴장했다. 바야흐로 그 남자는 신산스러운 삶의 길목에 접어드는 중이었다.

만자에게는 죽자고 결혼을 미루는 여동생이 있다. 만자가 3년 동안 사귀어온 남자를 떠나 맞선으로 남편을 만났을 때, 그 맞선 상대와 한 달 만에 결혼식을 올렸을 때, 동생은 뭐, 교제 기간으로 결혼을 결정하라는 법 같은 건 없지, 하면서도 식장의 만자를 신기한 듯 쳐다보았다. 동생의 남자는 만자가 버린 애인처럼 연극하는 사람이었다. 이따금 만자는 동생이 준 초대권을 들고 동숭동이나 신촌으로 갔다. 최소한의 문화생활을 해야 한다는 자각 때문이었을 뿐, 다른 의도가 있었던 것은 결코 아니라고 만자는 자신 있게 말할 수 있었다. 동생의 그 남자는 형의 그늘에서 애정 결핍으로 뒤틀린 둘째 아들, 턱없이 유식한 자장면 배달부, 월남전의 상처를 간직한 시인 따위의 역할로 등장했다. 무대 위에서도 그는 지극히 촌스럽고 진지했다. 만자는 자주 생각했다. 어째서 동생이 그 남자를 떠나지 못하는지, 않는지. 촌스러움은 타고난 것이며 결코 버려지지 않는다는 걸 깨닫기에 아직도 더한 세월이 필요한 것인지. 막상 버리고 나면 버리기까지의 망설임이 하릴없이 느껴지는 걸 동생은 아직 알지 못하는 것 같았다. 어쩌다 근방에서 얼쩡거리는 옛 애인을 보기도 했지만, 으응, 잘 지내지? 어색한 인사를 나누기도 했지만, 돌아오는 길에 아, 그이는 아직 눈이 맑구나 놀라기도 했지만 그뿐이었다. 그 맑은 눈빛은 만자에게 아련한 슬픔, 알지 못하는 어떤 것을 향한 그리움을 일깨워주었고 그의 역할은 그것으로 충분하다고 만자는 생각했다. 만자는 그러나, 어쩌면 어느 시기에 그를 다시 만날 수도 있을 듯한 느낌을 완전히 몰아내지 않았다. 그럴 이유가 있을까, 만자는 그 남자를 저장이랄까, 그런 상태로 남겨두고 저장 상태의 남자가 이따금 마음에 상처나 흥분을 일깨워주기를 기대했다. 아직까지 만자에게 그런 일은 일어나지 않았지만 누가 아는가. 만자는 그가 언제고 연락이 닿는 장소에서, 언제까지나 촌스럽고 진지한, 우수 어린 눈빛을 간직한 독신 남자로 남아 있기를 바랐다.

오전의 강변로는 다행히도 한산했다. 강에 부서지는 햇살이 그지없이 아름다웠다. 야, 햇살 죽인다. 김학술이 호들갑스레 감탄을 뱉었다. 길은 알지 못하나 속도는 즐기는 편인지, 차는 빠른 속도로 달려가는 차들을 더 빠른 속도로 추월해 나아갔다. 그제 밤에 오래 있었어요? 김학술이 운전하는 이에게 물었다. 아니, 저는 일찍 갔어요, 1시쯤에. 운전하는 이의 대답이 짧았다. 야, 그날 인사동에 뭔 이름 붙은 이들은 다 나왔더만. 몰려다니는 거 재미있나 봐? 나는 오붓한 자리가 좋던데. 김학술의 입에서 시인 누구, 작가 누구, 평론하는 누구의 이름이 줄지어 나왔다. 거느리고 다니는 맛이 있나 보죠. 역시 간명한 대답이었다. 어제도 늦었는데, 사실 나는 아직 술이 안 깼어. 역시 그랬구나, 참 힘들게들 사는구나, 싶어 만자는 김학술의 뒤통수를 조금 측은한 눈으로 쳐다보았다. 다음 순간 이름을 알지 못하는 운전하는 남자가 말했다. 실은 저도 그래요. 만자의 얼굴이 해쓱해졌다.

아차, 하는 사이 차가 청담대교 위로 접어든 것은 만자가 막 휴대폰을 꺼냈을 때였다. 미르의 아침을 주지 않은 것을 그제야 생각해낸 것이었다. 제일 먼저 돌아오는 막내에게 문자라도 남길까, 싫지만 미나 엄마에게 부탁할까. 현관 비밀번호를 알고 있는 이가 누가 또 있을까, 궁리하던 만자의 눈이 휘둥그레졌다. 어머, 비명이 새어나왔지만 때는 늦어 차는 이미 청담대교 위로 접어들어 있었다. 정말 술이 덜 깬 것인지, 아 참, 이리 가면 안 되는데, 하면서도 운전하는 이는 조금도 속력을 늦추지 않았다. 이제 눈을 부릅뜨고 있어야겠구나, 아연 긴장하며 만자는 결심했다. 자칫 해지기 전에 강촌에 갈 수 없을지도 모르는 일이었다. 김연숙 선생을 만날 수 없을는지도 몰랐다. 얼마나 설레었는데, 얼마나 기다렸는데 그럴 수는 없다, 이런 하찮은 일로 씨름하게 되리라고는 꿈에도 생각지 않았지만 만자는 흥분하지 않았다. 정신을 차려야 한다, 저 두 사람은 아직 취중이라지 않은가. 어떻든 카메라를 맨 남자와 그 조수인 여자, 그리고 나는 강촌에, 김연숙 선생에게 가야만 한다, 만자는 자신을 다독였다. 통화에 바빴던 남자는 어느새 고개를 박고 잠들어 있었다. 이 길로 가면 분당까지 가요. 저기, 저 진출로로 내려야 해요. 만자의 목소리가 차분했다.

아, 이쪽으로는 정말 오고 싶지 않았는데. 진출로를 빠져나와 성남,이라는 간판이 보였을 때 운전하는 이가 자탄을 뱉었다. 어, 예전 그 일 때문이구나? 그 여자랑은 그래, 왜 깨졌어요? 김학술이 물었다. 뭘 물으세요? 아시면서. 교차로를 건너고 성남과 가락동의 갈림길이 나타날 때까지 운전하는 이와 김학술은 그때 그 여자의 추억을 이어가느라 여념이 없는 듯 보였다. 저기, 어떻게 가실 건데요? 참지 못한 만자가 끼어들었다. 아, 어떻게 가면 좋겠습니까? 다시 빠져나가야 되는데. 지금은 반대로 가고 있잖아요? 김학술이 물었다. 최소한 방향은 알고 있으니 별일 있겠냐는 듯 심상한 음성이었다. 저기서 좌회전하시고요, 양재대로로 올라가서 가락동 지나서 다시 올림픽대교를 넘어서…… 만자가 줄줄이 길을 읊는 동안 차가 급격히 속도를 줄이며 양재대로에 올라서고 그 후에도 만자는 아, 지하 도로로, 아니요, 직진이요. 계속 직진이에요. 저기서 좌회전이요, 네, 왼쪽이요, 이젠 오른쪽으로 붙으셔야 되요, 1차선 말고 2차선으로. 아니, 아니, 아니……를 거듭한 끝에 올림픽대교 위에서 공항 방면으로 다시 빠져나갈 뻔한 최대의 위기를 포함하여 몇 차례 길을 잘못 들 고비를 넘기고 차를 강변북로로 되돌리는 데 성공했다. 저기, 운전, 제가 하면 안 될까요? 묻지 못한 것은 그 차가 클러치를 사용하는, 만자가 몰아본 적이 없는 기종이었던 탓이었다.

김연숙 선생은 눈부신 보랏빛 투피스 차림이었다. 선생은 군대 간 아들, 혹은 멀리서 온 손자를 맞듯 온 얼굴에 반가움을 표시하며 두 팔을 벌리고 일행에게 다가왔다. 김학술과 악수를 나누고 이어 만자의 손을 잡았다. 아, 이혜영 작가, 정말 반가워요. 꼭 만나보고 싶었어요. 길이 밀리지는 않았어요? 선생은 다정한 눈으로 만자를 보고 잡은 손에 힘을 주었다. 따뜻하고 부드러운 손이었다. 만자의 가슴에 잔물결 같은 흥분이 지나갔다. 지난번 보내준 책은 잘 받았어요, 아직 다 읽지는 못했고…… 만자의 얼굴이 발그레해졌다. 책을 보낸 직후 김 선생이 부쳐준 엽서, 그 섬세한 필체와 두고두고 읽겠습니다, 하는 짧은 문장이 준 감동이 새삼스레 떠올랐다.

여기, 참 좋죠? 촌장님은 어디 출타 중이신가 봐, 미리 전화를 안 드렸더니. 김연숙 선생은 앞장서서 일행을 문학관 안으로 이끌었다. 지역 출신 문인들의 기념관인 듯했다. 한 떼의 학생들이 전시실 안을 서성이고 있었다. 유리 상자에 담긴 작고 문인의 육필 원고, 어떤 문학회장의 기념사진, 어떤 작가의 어릴 적 모습, 누군가의 연필 드로잉, 그런 것들을 진지한 눈으로 들여다보는 학생들 사이에 서 있던, 인솔 교사인 듯한 남자가 화들짝 놀란 얼굴로 선생에게 다가왔다. 김연숙 선생님 아니세요? 여기 사신다는 건 알았지만 여기서 뵙게 되다니, 정말 영광입니다. 저는 저, 지난번 문학의 밤에서 잠깐 뵙고 인사 올렸는데, 기억하실는지요? 시 쓰는 아무개라고 자신을 소개한 남자가 아이들을 향해 소리쳤다. 얘들아, 여기 좀 봐라. 20명 남짓한 아이들이 일제히 고개를 들어 김 선생과 만자를 쳐다보았다. 이분은 소설가 김연숙 선생이시다. 교과서에 실린 「이별의 시간」이라는 소설, 기억하지? 와서 인사들드려라. 무어라 소곤거리던 아이들이 하나 둘씩 선생에게 다가와 고개를 숙였다. 한 여학생이 쭈뼛쭈뼛 들고 있던 공책을 내밀었다. 사인 좀 해주세요. 우리 엄마가 선생님 광팬이세요. 선생은 쑥스러운 듯 웃으며 펜을 잡았다. 곧 아이들이 저마다 종이를 들고 줄을 서는 바람에 선생은 한동안 아이들에게 붙잡혀 있어야 했다.

그런데…… 낯이 익은데, 혹 작가세요? 인솔 교사가 만자에게 물었다. 만자로서는 익숙한 장면이었다. 시상식, 송년회, 출판기념회 등의 모임에서 자주 사람들은 만자에게 물었다. 죄송합니다, 성함이? 저는 소설 쓰는 이혜영이라고 합니다,라고 하면, 열 사람 중 아홉은 만자의 등단 작품을 들먹였다. 아, 그 「석모도」 쓰신 분이군요, 참 좋은 소설이었지요. 「석모도」 이후 만자는 스물두 편의 소설을 발표했지만 사람들은 「석모도」만을 이야기했다. 「석모도」의 문장, 「석모도」의 구성, 바닷가를 떠도는 주인공 여자의 슬픈 운명, 수채화 같은 풍경을 이야기했다. 섭섭했지만, 만자는 섭섭한 표정을 감추기에도 익숙해졌다. 이따금 만자는 생각했다. 그것들을 읽기에, 혹은 기억하기에는 사람들은 너무 바쁜 모양이다, 세상은 어쩌면 이리도 물질 중심적으로 돌아가는 것일까…… 저는 이혜영이라고 합니다. 소설을 쓰고 있습니다. 만자의 대답이 공손했다. 아, 그러시군요. 제가 미처 몰라뵀었네요, 고맙게도 남자는 「석모도」를 이야기하지 않았다. 저는 이런 사람입니다. 남자가 자디잔 글자가 가득 적힌 명함을 내밀었다. 시인, 수필가, 금강정보고등학교 국어과 주임, 진학부장, 바르게살기 강서위원회 위원장, 거기까지 읽고 만자는 명함을 주머니에 넣었다. 그런데, 정말 미인이십니다. 요즘은 작가를 인물로 뽑나 보죠? 은근한 음성 뒤에 남자가 껄껄 웃음을 터뜨렸다. 그런 태도, 그 대사까지도 낯설지 않았지만 남자가 어느 정도 노골적이어서 만자는 약간 불쾌한 느낌이었다. 그러나 예의에 어긋나지 않을 만큼의 미소를 지을 여유는 있었으므로 남자는 자신의 찬사가 만자의 마음을 움직인 것으로 믿는 것 같았다. 거기, 명함에 전화번호 찍혀 있습니다. 언제 강촌에 오시면 연락 주세요, 제가 글 쓰는 데 도움될 좋은 장소 안내해드리지요. 남자의 음성이 조금 더 낮아졌다. 거기 주소도 있습니다. 소설책 나오면 한 권 부쳐주세요. 제 책도 보내드리겠습니다. 지난번 수필집은 2만여 권 나갔어요, 이 지역에서는 알아주는 편이거든요, 여기 출신 문인이 적잖아요. 시인 누구, 소설가 누구…… 알 듯 모를 듯한 이름들이 만자의 귀를 스쳐갔다. 소설 쓰는 이상우 있잖아요? 걔가 제 고등학교 동기예요. 중요한 비밀을 알려준다는 듯 남자는 이제 거의 속삭이는 어조였다. 백일장 가면 내가 장원하고 저는 차상이나 참방 정도였는데, 많이 컸죠. 이번 코리아문학상 수상하는 거, 아시죠? 남자에게서는 심한 입 냄새가 났다. 아 참, 주소가? 수첩을 꺼내든 남자가 펜을 쥐고 만자를 쳐다보았다. 이런 경우는 처음이었으므로 만자는 당황스러웠다. 주소를 일러주어야 하나 고민하는 만자에게 김연숙 선생이 다가왔다. 아, 우리 이 작가도 학생들에게 인사 좀 하시지? 애들도 한창 뜨는 작가 사인 받고 싶을 텐데. 만자의 얼굴이 붉게 물들었다. 학생들 몇이 뜨악한 얼굴로 만자를 쳐다보았다.

 이제 내 서재로 갈까요? 이 작가는 내 차 타고 갑시다. 전시실을 나온 선생이 주차장으로 걸어갔다. 오래전 모델의 검은 중형 자동차 안에는 아쿠아 향이 났다. 차가 정말 깨끗하네요, 연식이 제법 되어 보이는데요. 만자가 감탄을 했다. 아, 나는 뭐든 바꾸는 걸 좋아하지 않아요. 얼마 전에 만난 여성 작가, 그 이름이? 아유, 요즘은 늘 가물가물한다니까. 어디 세미나 간다고 그이가 데리러왔는데 번쩍거리는 외제차를 몰고 왔더라고요. 뭐, 작가에게 맞는 차종이 있는 건 아니지만 별로 예뻐 보이질 않았어요. 만자는 입을 꼭 다물었다. 만자는 독일제 승용차를 몰고 있었다. 서너 해 전 장만한 그 차는 그 먼 길을, 그토록 오래 다녔어도 햇빛 맑은 날이면 아직 번쩍거렸다. 하기야 우리도 재벌 작가가 나올 때가 되지 않았나 싶기는 해요. 드라마로도, 영화로도 만들어지고 원작료 많이 받고…… 이 동네도 좀 풍성해지면 좋겠다 싶은 생각도 들어요. 우리 때는 작가들 모임이라고 나오는 아저씨들, 정말 꾀죄죄했거든. 요즘 젊은 작가들은 키도 크고 잘생긴 사람 많더라. 기억을 더듬었지만 키 크고 잘생긴 작가를 떠올릴 수 없었으므로 만자는 드라마로 화제를 돌렸다. 예전에 선생님 소설, 『소녀 시대』였죠? 삼부작인가 했었잖아요. 그거 정말 좋았어요. 아유, 그걸 다 기억하네? 이 작가 어릴 적 일이었을 텐데. 김연숙 선생이 반색을 했다. 그걸 다 기억하는 것, 이 아니라 그것을 기억하는 것이었지만 만자는 조용히 웃음을 지었다. 어떻게 그걸 모를 수 있겠는가. 그 작품을 기점으로 선생의 이름은 세간에 알려지기 시작했으며 선생의 소설은 방학 과제, 혹은 논술 준비용 서가를 떠나 스테디셀러 코너로 자리를 옮겼다. 그거 각색한 이는 드라마 작가 됐잖아. 알죠? 내 소설 중에는 그나마 좀 스토리가 있는 편이기는 했어도 그이가 고생 많았지. 요즘도 만나면 선생님 때문에 소설가 못 됐다고 투정이지. 그이가 작가 지망생이었거든. 영화로 만들자는 제의도 없지 않았을 텐데, 그쪽으로는 전혀 신경을 안 쓰시나 봐요? 김 선생이 조금 흥분한 듯 보였으므로 만자는 분위기를 좀더 띄워보기로 했다. 글쎄, 뭐. 아주 없었던 건 아니지만 이 작가 알다시피 내 소설이 대개 알콩달콩한 이야기가 아니잖아. 그런 걸 느낌 살려서 제대로 연출해줄 사람을 만나기가 쉽질 않을 것 같아서 말이죠. 만자가 고개를 끄덕였다. 딴은 옳은 말이었지만 혹 느낌은 살리더라도 제작비가 살까, 싶은 생각이 들었으나 워낙 자신만만한 선생의 태도는 만자에게서도 쉽사리 동화를 일으켰다. 유명 작가의 힘이 아닐까, 선생을 향한 존경심이 만자의 가슴속에서 한 뼘쯤 더 자라났다.

시내로 접어든 차가 서서히 속력을 줄였다. 서재가 시내에 있나 봐요? 어디 외곽 농가에 있을 줄 알았는데…… 김 선생이 힐끗 만자를 돌아보았다. 왜? 내가 좀 촌스러운가? 아니, 그게 아니라…… 만자가 얼버무렸다. 어쩐지 선생님께는 전원풍이랄까, 그런 분위기가 있어요. 하얀 목조 주택 같은 그런 집

있잖아요. 현관 앞에 그네도 매어 있고…… 글쎄, 그 뭐…… 어쩐 일인지 김연숙 선생은 말을 더듬었다. 그러잖아도 밭이 딸린 집을 한 채 찾고 있기는 한데…… 참, 이 작가는 고향이 어디예요? 애들은? 초등학생? 말머리를 돌리며 김 선생이 물었다. 예, 초등학생도 있고요, 중학생도 있고요, 김연숙 선생의 눈이 휘둥그레지는 바람에 만자는 고등학생도 있다는 말까지 미처 하지 못했다. 요즘 젊은이들은 도무지 나이를 짐작할 수가 없어. 이렇게 애기 같은 얼굴에 중학생 아이가 있단 말이야? 애기? 그런 표현은 처음이었다. 눈을 내리까는 만자의 볼이 부끄럼 타는 애기처럼 붉어졌다.

저기, 선생이 온통 유리로 둘러싸인 건물을 가리켰다. 유리창에 쏘인 빛이 눈을 찔렀다. 텅 빈 지하주차장에는 덜 굳은 시멘트 냄새가 났다. 새로 분양한 건물이에요, 이 일대가 강촌에서는 신시가지인 셈이거든. 좀 붐비긴 하지만 위층은 전망이 괜찮아요. 엘리베이터에도, 복도에도 알 수 없는 냄새가 짙게 풍겼다. 페인트와 접착제, 방향제가 섞인 듯한 냄새 때문인지 만자는 조금 현기증이 이는 느낌이었다.

와우, 김학술의 입에서 먼저 감탄이 새어나왔다. 새로 짜 넣은 듯 벽을 빙 돌아 서 있는 서가에 수천 권의 책들이 질서정연하게 꽂혀 있었다. 진짜 무슨 도서관 같네요. 카메라 감독이 뒤를 이었다. 작가별로, 가나다순으로 정리된 책들은 과연 그런 느낌을 갖게 하기 충분했다. 중앙에 놓인 커다란 탁자, 그 위에는 최근 받은 듯싶은 책들이 가지런히 진열되어 있었다. 만자는 어쩐지 허무한 기분이었다. 낡은 책상, 함부로 흩어진 책들, 고색창연까지는 아니더라도 작가의 냄새를 맡을 것을 기대했지만 코끝에 닿는 것은 가시지 않은 페인트 냄새였다. 이거, 몇 평이나 될까? 강촌이니까 이런 서재가 가능하겠지요? 차를 준비하는지 김 선생이 안쪽으로 사라진 사이 카메라 감독이 물었다. 아니, 뭐 50평 정도 아파트면 되지 않을까요? 거실이나 큰 방이면 이런 공간이 나오지 않을까? 김학술의 말이었다. 50평으로는 힘들다고 봐야죠. 만자가 말했다. 만자로서는 그의 공간 감각을 나무랄 생각은 없었지만 50평이라 해도 이런 방은 불가능하다는, 자신이 알고 있는 정보를 알려주고 싶었다. 그래요? 그럼 한 80평쯤 되어야 할까요? 카메라 감독이 다시 물었다. 52평 아파트에 살고 있고, 고작 수백 권에 지나지 않은 책을 둘 곳조차 만만치 않다는 사실을 말할 만큼 만자가 어리석지는 않았으므로 공간에 대한 이야기는 그쯤 마무리가 지어졌다.

이거, 이 선생님 책이네요? 김학술이 탁자 위의 책 한 권을 들어 보였다. 만자가 부쳤던, 선생이 두고두고 읽겠노라한 그 책이었다. 아, 선생님이 이 책 쓰셨구나. 언젠가 읽기는 한 거 같은데. 사진 잘 나왔네요, 배경이 눈에 익은데, 이거 어디서 찍으셨어요? 만자가 김학술을 물끄러미 쳐다보았다. 언젠가가 언제예요? 그 책 나온 지 이제 한 달 됐거든요. 물론 만자는 그렇게 말할 만큼 용감하지 않았다. 경복궁 근천데요, 하자마자 김학술이 반색을 했다. 아, 그 북까페 맞죠? 어쩐지 가본 데 같더라니. 이 피디, 그때 시인 황지성 선생 찍을 때 거기였지? 맞지? 그날 황 선생이랑, 그 누구였더라? 새끼 작가가 싸우듯이 대담했잖아. 나 원 참, 그런 경우는 또 처음이었어요. 말해놓고 웃던 김학술이 너무 멀리 갔다 싶은지 제풀에 웃음을 거두었다. 김연숙 선생이 어디 강의하세요? 무슨 리포트가 많네. 김학술은 이제 탁자 위를 고루 섭렵하는 중이었다. 강서대학 전임이시잖아요, 20년째. 혹 김 선생이 들을까 만자의 음성이 낮았다. 아하, 그렇군요. 김학술이 고개를 주억거렸다. 문학전문위원이란 아무래도 몹시 바쁜 직책인 모양이었다.

바쁜 사람은 김학술 만이 아니었다. 2대의 카메라 설치가 끝나고 녹음 상태를 위해 열린 창을 닫고 모든 준비를 마친 피디가 이제 시작하겠습니다, 말한 찰나, 김연숙 선생의 휴대폰이 울렸다. 아, 미안해요, 하고 폴더를 연 김연숙 선생의 어조가 달라졌다. 어머나, 선생님. 선생의 낭랑한 음성은 10여 분이 넘도록 길게 이어졌다. 지난번 북한 갔을 때 이야기야, 참, 이런 분 우리 본받아야 돼요. 통화가 끝나고 본받아야 될 분에 대한 이야기가 끝날 즈음 선생의 휴대폰이 다시 울렸다. 아, 김 기자. 마침 전화 잘했어요, 지난번 회의 건 말이야. 그

세미나는 도에서 지원을 받는 걸로 하는 게 좋지 않을까? 그게 모양새가 나을 거 같아요. 선생의 음성에 다시 활기가 실렸다. 오늘은 아무래도 혼돈 분위기로 갈 모양인가, 만자는 생각했다. 그것대로 재미있을 수도 있을 테지, 만자는 그렇게 믿고 싶었다. 스카프를 꺼낼까 말까 고민하다 결국 매지 않기로 한 것은 잘한 결정 같았다. 아니, 어쩌면 매는 편이 더 혼돈스러울까? 선생의 통화가 좀처럼 끝나지 않았으므로 만자의 고민도 길었다.

긴 시간이었지만 그때가 내게 약이 되었다 생각해요, 요즘은. 김연숙 선생은 역시 논리 정연했다. 등단 이후 어떤 회사에서 보낸 10여 년에 대해 물었을 때였다. 제약회사, 홍보팀, 과장이라는 직함, 그 후 실업자로 지낸 3년…… 며칠간 인터넷을 뒤지고 인명사전을 훑었으므로 만자는 선생의 이력을 외우듯 알고 있었다. 재능이 없다는 걸 확인한 기간이랄까, 김 선생이 숙연한 표정을 지었다. 그가 재기 넘치는 작가가 아니라는 사실은 만자도 인정했다. 누가 읽거나 말거나 책이 팔리거나 말거나 상을 주거나 말거나 아랑곳없이 선생은 썼다. 만자가 가장 존경하는 부분이었다. 어느 시기를 기점으로 선생의 작품은 집중적인 조명을 받았고 소설가가 받을 수 있는 대부분의 상을 선생에게 안겨주었다. 만자가 가장 닮고 싶은 부분이었다. 분위기가 좀 차분해졌다,고 만자는 판단했다.

이제 좀 띄워볼까. 만자는 쌩끗 웃으며 네번째 항목으로 넘어갔다. 최근 젊은 작가들의 발랄함이랄까, 가벼움에 대해서는 어떻게 생각하세요? 인터넷 소설도 혹시 읽으시나요? 아, 물론 그런 것들도 찾아 읽고 있어요. 『여우의 유혹』이나 『바람 소년』, 그런 것들. 선생은 의기양양했다. 카메라 뒤에 선 피디의 눈이 동그래졌고 헉, 하는 신음인지 감탄인지는 팔짱을 끼고 서 있던 김학술의 입에서 나왔다. 아, 잠깐만요. 피디가 손짓으로 만자를 막았다. 아까 김 선생님 기척이 들어갔어요. 그 부분만 다시 딸게요. 그거 따로 지울 수 있지 않나? 요즘은 기술이 좋아서 다 되는 모양이던데. 김연숙 선생의 표정이 언짢아 보였다. 아직 소리만 지울 수가 없어서요, 피디가 테이프를 돌리는 사이 김학술이 끼어들었다. 선생님 정말 그 소설을 읽으셨어요? 못내 신기한 듯 그의 눈이 반짝였다. 그럼, 거짓말을 할까. 별걸 다 읽어야 해요, 그래야 이런 대담도 하고 애들 가르치지. 선생의 눈길이 왜 하필 만자에게 쏠렸을까, 만자의 낯이 살짝 붉어졌다. 다시 갑니다. 피디의 다섯 손가락이 차례로 펴지고 검지가 동그라미를 그렸다.

등단 이후 40년이신데, 그 긴 시간 끊임없이 소설을 써오시고 책을 내신 그 원동력이 궁금합니다. 선생님. 만자는 존경을 듬뿍 담아 선생을 바라보았다. 만자가 가장 알고 싶은 대목이었다. 나는, 글쎄, 남들은 어떨지 모르겠지만 콤플렉스가 많아요. 어릴 적에도 열등감 덩어리였어요. 왜 그런 애들 있잖아요? 선생님들께 인사도 못하고 도망가는 애들, 열심히 공부하는데 왜 1등을 못하나, 쟤는 노래를 잘하는데, 쟤는 얼굴이 예쁜데, 저 애는 마음씨가 착한데…… 그런 사소한 것들이 다 부러움의 대상이었죠. 선생의 얼굴이 아이처럼 무구해졌다. 아마도 1등은 아니었어도 2등이었을, 더 예쁘지 않은 것이 안타까웠을 어린 여자 아이였을 때의 선생이 그러했을 것이라 만자는 생각했다. 어른이 되어서는 비교에서 오는 것이 아닌, 뭐랄까, 원론적인 외로움 같은 것이 나를 괴롭혔죠. 선생은 소녀처럼 고개를 갸웃하며 웃음을 지었다. 거의 슬픔이 느껴지는 고즈넉한 미소였다. 외로움은 선천적이었어요. 형제가 적지 않았는데, 늘 북적거리는 집안이었는데 나는 항상 외톨이였거든요. 그런 성향은 사라지지 않는 거라 생각해요. 만자로서는 뜻밖의 대답이었다. 서너 차례, 만자는 김연숙 선생을 본 적이 있었다. 그때마다 선생의 좌석은 젊고 나이든 남자들로 가득 차 있었던 것으로 만자는 기억했다. 열정적으로 이야기를 하면서도 쉴 새 없이 전해오는 잔을 받고 그 잔에 따라오는 찬사를 받는, 선생은 여왕처럼 당당하고 우아한 모습이었다. 제자도, 동료도, 추종자도 많은 편이신데…… 적절한 어휘가 생각나지 않아 만자는 잠깐 말을 끊었다. 말하자면 군중 속의 고독 같은 건가요? 선생이 빙긋 웃었다.

그건 문학하는 사람들의 숙명이라 할 수 있지 않을까요? 작가란 자기 속에 집을 갖고 있는 사람이죠. 그 안에 사는 이들과 소통하고 웃고 울지만 기본적으로 외로운 존재이고 또한 외로워야 한다고 봐요. 김연숙 선생의 어조가 처연해졌다. 그 대목에서 만자는 선생의 두 번에 걸친 결혼을 떠올렸다. 젊은 한때 문단의 대표적 미인이었으므로 선생에게는 그에 걸맞은 염문이 따라다녔다. 알려진 대로, 또한 알려지지 않은 부분을 포함하여 선생의 결혼 생활이 평탄하지 않았을 거라 만자는 짐작했다. 외로울 때는, 그럼 무얼 하세요? 글 쓰는 거 말고. 만자는 조금 멀리 가보기로 했다. 사적인 질문이었지만 선생은 피하지 않았다. 아, 나는 가드닝이 취미예요, 특기이기도 하고. 가드닝? 그런 취미에 대해서는 들어본 적이 없어 어리둥절했지만 곧 선생이 보충설명을 했다. 정원 가꾸기 말이죠. 내 집에 마당이, 한 20평 되는데 거기 언제 와 보세요, 철마다 꽃이 피죠. 지금은 국화가 한창이에요. 꽃을 가꾸는 건 글쓰기와 일면 닮았어요, 그건 말하자면…… 노동이죠. 소설 쓰기도 사실 중노동이잖아요? 나는 노동을 좋아해요. 노동의 의미, 그 깊이를 잃으면서 현대인의 불행이 시작된 것이 아닌가, 나는 이따금 생각합니다. 챙 넓은 모자를 쓰고 흰 장갑을 끼고 주저앉아서 정원을 가꾸다 보면 몸에 땀이 축축이 배고, 그러면 세상사가 다 편안해지는 걸 느껴요. 나는 소국을 특히 좋아하는데 그 향기가 기가 막혀요. 선생의 눈빛이 아련해졌다. 너른 작업실에 너른 마당에 소국이라…… 만자의 눈빛이 선생을 닮아가는 사이 선생이 물었다. 이 작가는 어때요, 외로울 때 뭘 하세요?

대담 형식이었으므로 만자로서도 몇 가지, 모범 답안을 준비해오기는 하였으나 그 질문은 기습적이었다. 가령 만자가 준비한 답은, 글쓰기는 어릴 적부터의 꿈이었어요. 고등학교 때 어느 대학 신문사 주최의 공모에서 대상을 받았죠. 그때 선생님께서 심사를 하셨어요, 기억 못하시겠지만 선생님은 눈빛으로 제게 깊은 인상을 심어주셨죠. 시상식이 끝나고 지도 선생님이 자장면을 사주셨는데 그 맛도 잊을 수가 없어요. 좋아하는 작가, 영향 받은 이로는 토마스 만을 들 수 있어요. 저는 좀 지루한 작가를 선호하는 편이에요, 어쩐지 인생을 닮았잖아요…… 같은 것들이었다. 선생이 말한바, 작가의 숙명이라는 외로움에 대해 깊이 생각해본 바가 없었으므로 역시 나는 숙명적인 작가는 아닌 모양인가 싶어 만자는 조금 우울해졌다. 저는…… 뭐, 글쎄요, 정원도 없고…… 만자는 더듬거렸다. 초등학생, 중학생, 고등학생인 세 아이와 남편, 짬짬이 메워야 하는 원고, 빼먹을 수 없는 문화생활로 기실 외로울 틈도, 외로움을 느낄 겨를도 없다고 할 수 있었지만 만자는 그런 맥없는 대답을 하고 싶지는 않았다. 하기야 이 작가 나이에는 즐거운 일이 많지요? 아직 세상이 아름다울 때죠. 김연숙 선생은 너그러운 웃음을 지었다.

세상의 아름다움에 대해서라면 만자도 어느 만큼은 이야기를 이어나갈 수 있었지만 그 역시 준비한 질문지에는 없는 항목이었으므로 만자는 선생의 미소에 충분한 대응이 되었다 싶은 애교 섞인 미소를 지어 보이고 5번 질문으로 넘어갔다. 시상식의 계절이잖아요, 이런저런 문학상을 많이 받으셨는데 어떤 상이 특별히 기쁘셨는지요? 수상 전과 후가 혹 달라졌는지요? 김연숙 선생은 순차적으로 자신이 받은 상을 손가락을 꼽으며 열거해나갔다. 참 많이도 받으셨구나, 만자는 새삼 감탄스러웠다. 다섯 개의 손가락이 접혔다 펴지고 두 개의 손가락이 남았을 때 선생이 말했다. 사실, 상을 받으면 기쁘죠. 하지만 상에 연연해서는 안 된다고 생각해요. 상이 작가를 따라와야지, 작가가 상을 따라다니면 추해지거든요. 일종의 운동이랄까, 그런 것을 하는 이들도 있다고 하는데 그건 어리석다고 봐요. 만자는 고개를 끄덕이며 미소를 짓는 것으로 선생의 말에 동의를 표했다. 상을 받기 위해서 운동을 어떻게 하는가. 상을 따라다니면, 상이 잡히기도 하는가. 어리석다 하더라도 그렇게 해서 성공한 경우가 있는가, 묻고 싶었지만 아무래도 녹화용은 아닌 것 같아 만자는 입을 다물었다. 선생의 대답은 지극히 형식적이었으나 또한 극히 원론적이었으며 흠 잡을 데 없이 깔끔했다. 마치 작업실 분위기와 흡사하다, 만자는 생각했다.

 저것들은 다 선생님이 쓰시던 건 가 봐요? 만자가 선반을 가리켰다. 수동식 타자기, 르모라는 상표가 붙은 워드프로세서, 286, 386 컴퓨터가 나란히 선반에 얹혀 있었다. 아, 저건 원고지에 쓰는 걸 그만둔 이후로 내 도구가 된 것들이죠. 우리 세대는 역사적으로만이 아니라 글쓰기의 도구에서도 많은 변화를 겪었다고 할 수 있죠. 처음 작가가 되었을 때는 이름 박은 원고지를 주문해서 쓰기도 했는데 하단에 조그맣게 찍힌 이름이 그렇게 정겨울 수가 없었어요. 그때나 지금이나 소설 한편을 쓰는 데 드는 노고가 다를 리야 없겠지만 뭐랄까, 재봉틀을 사용하지 않고 손바느질로 지은 옷을 입은 기분 같은 거, 그런 소설로 독자와 만나면 얼굴도 성도 모르는데도 더 다정할 것 같았고…… 펜티엄급 컴퓨터로 소설 쓰기를 시작한 만자로서는 알 수 없는 부분이었다. 그보다 만자는 '다정'이라는 단어에 주목했다. 만자는 최대한 조심스럽게 물었다. 선생님의 소설은 독자에게 결코 친절한 편이라 할 수는 없잖아요. 따라올 테면 따라오라, 그런 어조가 아닌가 저는 보고 있거든요. 소설 쓰시면서 독자를 상정하시는지요? 선생이 작게 소리 내어 웃었다.

내 소설이 잘 안 팔리는 거, 나도 알아요. 가끔은 출판사에 미안한 생각도 들어요. 그렇지만 작가라면 당대보다는 다음 세대를 보고 써야 한다고 생각해요. 지금 마음에 들고 지금 귀에 솔깃한 이야기가 후대에까지 읽힐지, 그때 통용되는 진정성이 있는지, 그런 것에 대해서 한 번쯤 생각해볼 필요가 있죠. 고개를 끄덕이고는 있었으나 만자는 진심으로 동의하지는 않았다. 후대의 그 누가 당대에도 읽히지 않았던 작가를 찾는단 말인가. 그건 아날로그 시대에나 가능한 이야기였다. 물론 한두 명, 손에 꼽을 천재가 있을 테지만 만자는 자신이 그 범주에 들지 않는다는 자각 정도는 가지고 있는 사람이었다. 김연숙 선생이 거기에 들어갈 수 있을지? 그건 알 수 없는 일이었다. 독자란 변덕스러운 존재이니까. 제가 아는 어떤 사람이 제게 그러더군요. 소설 그렇게 열심히 쓰지 마라, 50년 내 박물관에 들어갈 장르다. 말하자면 소설이, 문학이 석양에 서 있다는 뜻일 텐데요, 선생님은 어떻게 생각하세요? 김연숙 선생의 얼굴에 예의 빙그레, 미소가 떠올랐다. 내 짐작에, 그 사람도 문학하는 이죠? 만자가 고개를 끄덕였다. 그는 팔리지 않은 2권의 시집을 낸 시인이었다. 그 사람 말이 일리가 있어요. 순수문학은 이제 양념처럼 되어버렸어요. 중심에 있지 않죠. 하지만 사실 중심이었던 적이 언제 있었나, 문학이란 숙명적으로 주변을 담당하는 기제가 아닐까, 나는 그렇게 생각해요. 그러면 마음이 편하죠.

그 말은 쓸쓸하게 들렸다. 줄기차게 안 팔리는 소설을 써온, 그럼에도 급기야 소설만으로 모든 것을 거머쥔 김연숙 선생 정도라면 좀더 패기 있는 답을 해주리라 기대했던 만자는 맥이 빠졌다. 만자로 말하자면 유리 상자 안의 육필 원고처럼 남을 때를 위해 소설가가 된 것은 아니었으며 유리 상자 안에 남으리라는 보장 또한 없다는 사실은 정말이지 쓸쓸하기 짝이 없는 일이었다. 그렇더라도 열심히 쓰는 작가, 작가 지망생들을 위해서 선생님, 한 말씀해주세요. 만자는 마지막 질문을 디밀었다. 문학은, 글쎄요, 사실 아무것도 해주지 않습니다. 구원이라거나 안식처라는, 뭐 그런 말들을 하지만 나는 동의하지 않아요. 그보다는 오히려 고통이죠. 밥이 되지도, 생활을 책임져주지도 않지요. 아무것도 아님, 그것이 사실 문학의 존재 이유가 아닌가, 나는 생각합니다. 마치 짝사랑 같다고 할까, 보상을 바라지 않는 행위이고 실제로 보상이 없더라도 결코 그만둘 수 없는 노동이지요…… 만자를 더 깊은 쓸쓸함으로 몰아넣는 김연숙 선생의 마지막 답변, 그 나지막한 음성이 넓고 쾌적한 서재에 울려 퍼졌다.

이 작가, 나랑 저녁이라도 하고 가요, 바쁜가? 짐을 챙기는 피디와 김학술의 뒤에서 김연숙 선생이 만자를 불렀다. 아니, 이분들하고 차를 같이 타고 와서요, 대답하면서도 만자는 그 차를, 그 운전을 견뎌야 한다는 사실이 조금 걱정스러웠다. 이따가 기차 타고 가지 뭐, 그것대로 운치가 있어요. 금방 옷을 갈아입겠노라며 김 선생이 안쪽으로 사라진 사이 만자는 서가를 훑고 김 선생의 책상 위의 책들을 하나씩 들어보았다. 만자가 아는 모든 작가, 만자가 아는 모든 잡지, 만자가 모르는 수많은 출판물들이 만자의 눈을 어지럽혔다. 아,

대작가가 되려면 이 정도의 독서량이 있어야 하는구나. 깊은 반성으로 만자의 가슴이 저렸다. 저희는 그럼 먼저 가겠습니다, 선생님. 수고하셨습니다. 김학술이 인사를 건네고 문밖으로 사라지고 널따란 실내에는 비스듬한 오후의 햇살만이 남았다. 보이지 않던 먼지들이 햇살을 타고 만자가 있는 곳으로 둥둥 떠밀리듯 건너왔다.

책상 한쪽에 놓인 엽서, 카드, 편지 묶음 가운데 펼쳐진 것들을 눈으로 훑으면서 만자는 꺼놓았던 휴대폰의 전원을 넣었다. 기다렸다는 듯 수신호가 깜박거렸다. 엄마, 어디예요? 막내였다. 만자는 부드럽고 따뜻한 목소리로 엄마가 지금 몹시 바쁘며 네게 저녁을 챙겨주러 들어갈 수 없을 듯하다, 고 말했다. 이따금 혼자 남겨진 적이 있었으므로 아이는 그다지 화가 나지도 당황하지도 않은 것 같았다. 언제 올 건데? 아이가 심드렁한 어조로 물었다. 학원 시간과 학습지와 바이올린 선생이 올 시간을 꼼꼼히 일러주고 만자가 전화를 끊었을 때까지도 선생은 나오지 않았다. 땀을 좀 흘리시던데, 샤워라도 하시는 걸까. 무료해진 만자가 엽서 한 장을 들어보았을 때 안쪽에서 선생의 목소리가 들렸다. 이 작가, 금방 나가요, 통화가 좀 길어져서요. 만자는 대답하지 못했다. 엽서 더미 밑에 깔려 있다 딸려 나온 종이 한 장. 홍천군 내촌면…… 복사된 용지에 작은 지적도가 있었다. 관리 지역, 준농림지, 흘려 쓴 메모가 있었다. 빨간 펜으로 표시된 마름모꼴의 땅. 만자는 어리둥절했다. 소유자,라는 칸 옆에 적힌 이만자,라는 이름을 보았을 때 만자의 그 어리둥절은 혼돈으로 바뀌었다. 요 몇 주 그 땅을 팔지 않겠느냐 전화를 받았지만, 그건 특별한 일이랄 수 없는, 재작년 이래 잊을 만하면 걸려오는 전화와 다르지 않았다. 전화를 걸어온 그 사람은 꼭 필요하다는 분이 있는데,라고 말했지만 그 역시 드문 경우가 아니었다. 전화를 받을 때마다 땅은 조금씩 가치가 올라갔지만 땅을 팔 생각을 하지 않았으므로 당장의 만자에게는 중요한 일이 아니었다.

종이를 원래대로 얌전히 숨겨놓고 만자가 막 휴대폰을 열었을 때 선생이 모습을 나타냈다. 어머, 미안해요, 이 작가. 어찌나 의논거리들이 많은지 전화를 끊질 않네. 김연숙 선생의 어조가 높았다. 저기, 선생님. 만자는 머뭇거리며 김연숙 선생을 불렀다. 왜? 무슨 일이 생겼어요? 가야 하나? 깊고 그윽한 눈빛, 친절한 눈이 만자를 보고 웃고 있었다. 밭이 딸린 농가를 보고 있는데…… 차 안에서의 대화가 떠오르고 내가 무슨 생각을 하나 싶으면서도 만자는 떠듬떠듬 말했다. 아이가, 막내가 아직 어리거든요. 혼자 있기 무섭다고 계속 보채네요. 아무래도 가야 할까 봐요.

안타까워하는 김연숙 선생을 뒤로 하고 주차장으로 내려온 만자는 김학술의 휴대폰으로 전화를 걸었다. 김학술과 그 일행을 태운 차는 그 사이 이미 시내를 벗어나 국도로 접어들고 있다 했다. 왜요, 선생님. 뭐 잊으셨나요? 김학술이 물었다. 아뇨, 고생하셨다고요. 길 놓치지 말고 가시라고요. 김학술의 웃음소리가 들렸다. 만자는 상냥한 인사를 남기고 전화를 끊었다. 높다란 오피스텔의 빛나는 유리가 보이지 않을 때까지 만자는 천천히 걸어갔다. 강촌 역에서 만자는 청량리행 기차를 탔다. 기차는 찰칵찰칵 바퀴 구르는 소리를 내며 더디게, 운치 있게, 달렸다. 종착역에 도착하기 직전 만자의 휴대폰이 울렸다. 나야, 잘 지내지? 아직까지도 나야, 라고 말하는 옛 남자. 잘 지내지?라고밖에 말하지 못하는 남자. 만자의 가슴에 그리움이 왈칵 밀려들었다. 그럼, 강촌 갔다 오는 길이야. 인터뷰가 있었거든. 만자의 목소리가 낭랑했다. 강촌이나? 멀리도 갔네. 정말 멀리도 갔다는 느낌이 일었다. 오늘은 이상한 날이다, 줄곧 혼돈 분위기가 아닌가, 만자는 생각했다. 그냥 전화했어, 낙엽이 예쁘길래. 그의 깊은 숨소리가 손에 닿을 듯 가깝게 들렸다. 만자는 그쯤 전화를 끊었다. 더 이상의 혼돈은 감당하기가 힘에 겨웠다.

  돌아온 만자는 버릇대로 아침, 집에서 나갈 때부터 돌아오기까지 그날의 일을 꼼꼼히 적었다. 선생의 책상 위에서 본 서류에 대해서는 기록하지 않았다. 혼돈스러웠던 그 일이 혼돈 속으로 사라지기를 만자는 바랬다. 선생과의 대담이 많은 것을, 참으로 소중한 것들을 일깨워주었다고 만자는 적었다. 그 대단한 열정, 끊임없는 노력을 배워야 한다고 적었다. 긴 하루였다, 만자는 생각했다. 마땅히 들어야 할 뿌듯한 느낌이 좀처럼 일어주지 않아 글을 마치고도 만자는 한참 책상 앞에 우두커니 앉아 있었다.

아이들이 잠든 방을 차례로 돌아보고 잠자리에 든 만자는 얼마 지나 다시 일어났다. 무언가 알 수 없는 느낌이 있었다. 무얼 잊었을까, 생각하며 방을 나오던 만자는 강아지 미르가 끼깅거리는 소리를 들었다. 여느 때처럼 미르는 만자의 귀가를 반기고 꼬리를 흔들었을 터였지만 여느 때처럼 미르를 안아준 기억이 나지 않았다. 미르, 이리 온. 만자는 다정하게 강아지를 불렀다. 미르는 꼼짝하지 않았다. 왜 그러니, 어디 아프니? 묻다 말고 만자는 화들짝 놀라 부엌으로 갔다. 세상에나, 너를 종일 굶겼구나. 엄마가 정신이 나갔구나. 미르의 옆에 앉아 만자는 미르를 쓰다듬었다. 미안해, 엄마가 이런저런 일로 좀 바빴단다. 바삭바삭, 그릇에 담긴 사료를 씹는 소리가 어둠 속에서 울렸다. 평화로운 소리였다. 뭔가 걸린다 했더니 너였구나. 만자는 벽에 기대앉아 물을 핥는 미르를 바라보았다. 졸음이, 조수처럼 밀려왔다.

슈거, 혹은 솔트

"H야, 나를 기억하니?"

전화 저편에서 남자가 물었다. 기억할 리 없다는 듯, 기억해주기 바라는 듯 남자의 말투가 조심스러웠다. 그의 음성이 낯설지 않다는 것을 느끼는 순간 내 안에서 불쑥 무언가 솟아올랐다. 어두운 터널 저편에서 맹렬한 속도로 달려오는 자동차의 불빛 같은 기억…… H라니…… 온몸으로 차를 막아서듯 나는 기억을 가로막았다. 날카로운 빛이 관통한 듯 머릿속이 텅 빈 느낌이 일었지만 빛은 천천히 사위고 이윽고 사라져갔다.

"어제, 우연히 들었어, 여기 있다는 걸."

남자가 거기까지 말했을 때 나는 말했다.

"미안합니다만 H라는 이름은 모르겠군요."

평정을 회복한 내 목소리는 차분했고 어조는 단호했다. 가느다란 숨소리와 긴 한숨이 들렸다. 남자가 무어라 하건 나는 H가 아니었다. 어떤 이야기로 H를 살려내더라도 부인할 수 있었지만 그는 한동안 침묵을 지키고 있었다. 전파를 타고 슬금슬금 뱀 한 마리가 기어오는 듯한 기분이었다. 그 느낌은 아주 고약했다.

"이 호텔, 가까운 곳에 있어. 잠깐이면 돼."

마침내 입을 연 남자가 말했지만 나는 아무런 대꾸도 하지 않았으며 전화를 끊지도 않았다. 송수화기를 귀에 댄 채 나는 머리에 말았던 클립을 풀기 시작했다. 한 손만으로 풀어내는 클립이 자꾸만 머리카락에 엉켜들었다.

"뭔가 잘못 아신 것 같아요, 저는 H가 아닙니다."

나는 단정하고 상냥한 목소리를 냈다. 남자가 더 무어라 말을 이을 듯한 즈음이었다. 세 개의 클립이 남았을 때 남자는 체념한 듯 전화를 끊었다.

클립을 풀어낸 자리들이 봉긋 솟아올라 막 미용실에서 빠져나온 듯한 나이 든 여자가 거울 속에 있었다. 드라이어로 머리를 풀어 내리자 여자의 얼굴은 지친 노처녀처럼 보였다. 나는 프런트에 전화를 걸었다. Good evening, 살가운 음성이 들리자마자 나는 앞으로는 외부 전화를 연결하지 말아달라고 말했다.

"Anything wrong, Miss?"

직원이 조심스레 물었다.

"Nothing wrong. I just want some rest."

내 어투는 퉁명스러웠다. 불쑥 치미는 짜증을 누르며 나는 분홍빛 립스틱과 카키색의 아이섀도, 복숭앗빛 볼터치를 차례로 얼굴 곳곳에 발랐다. 비로소 약간의 생기가 거울 속 여자의 얼굴에 떠올랐다. 아이라인을 그리고 눈썹을 한 올 한 올 밀어 올리며 정성껏 마스카라를 칠하는 동안 눈매가 살아나고 가슴이 조금씩 뛰기 시작했다. K를 만날 때면 언제나 그러했던 것처럼.

옷을 입고 방문을 닫을 때까지도 그 남자의 이름은 생각나지 않았다. 그가 불렀던 H라는 이름조차 그러했다. 오래전 20대 시절 사용했던, 버려지고 잊힌 이름이었다. J, O, E와 같은 이름들, 한때 내 것이었던 이름들이 차례로 떠올랐다. 이름들은 대개 일정 기간 이후 폐기되었는데 곤충이 허물 벗듯 그 일은 자연스러웠다. 드물게는 비슷한 시기의 다른 장소에서 쓰이는 경우도 없지 않았지만 이름들을 헷갈리는 일은 발생하지 않았다. 집중력이라면 나는 누구에게도 뒤지지 않는 편이었으며 그때의 내게 집중력은 소중한 무기 중의 하나였다.

찰칵, 소리 내며 방문이 닫혔다. 나는 방문 앞에 걸린 표지판을 확인했다. 방해하지 마시오. 복도 저편에서 룸 메이드가 수건과 침대 시트가 가득 담긴 수레를 끌며 내 쪽으로 다가왔다.

"Good evening, Madame."

메이드가 상냥하게 웃었다. 오늘도 룸 메이드는 고개를 갸웃하며 이 방을 지나쳐갈 것이었다. 일주일, 이곳에 머무는 동안 나는 한 차례도 룸 클리닝을 하지 않았지만 방은 처음 들어설 때처럼 말끔했다. 시트를 갈지 않았어도 머리카락 하나 떨어져 있지 않았고 주름 없이 반듯하게 정리되어 있었다. 밤사이 히터 위에 널어 말린 수건은 새것처럼 뽀송했고 처음 그러했듯 화장실 걸이 위에 얌전히 얹혀 있었다. 흔적을 남기지 않는 일이라면 나는 누구보다 자신 있었다.

밖에는 비가 내리고 있었다. 도착하던 날부터 하루도 빠짐없이 비, 비, 비였다. 바람도 소리도 없이, 비는 늘 그래왔다는 듯 조용히 도시를 적셨다. 겨울의 이 도시는 정말 지겨워. 난로를 켜놓아도 조금도 따뜻해지지 않는 것 같아. K가 청첩장에 적어 보냈던 글귀였다. 겨우내 비 내리는 도시의 작은 성당에서 K는 결혼식을 올렸다. 그 남자, K의 남편은 큰 키에 마른 사람이었다. 길고 짙은 속눈썹이 조금 우울해 보이는 얼굴의 남자 옆에서 하얀 면사포를 쓴 파리한 낯의 K는 줄곧 웃고 웃었다. 한국에서 급히 날아온 K의 아버지 또한 그러했다. 유학 보낸 딸의 느닷없는 결혼에 대한 서운함 같은 것은 전혀 보이지 않는 그 아버지가 나는 정말이지 의아해서 야속할 지경이었다. 언제나 1등이었던 K. 아름답고 영리하던 K.

세상 그 무엇도 부러울 것 없는, 유학을 마치고 돌아가면 그 할머니로부터 아버지로 이어졌던, 유수의 대학 총장이 되어야 할 K. 세탁소집 이민 2세 때문에 그 모든 것을 포기하는 K를 나는 이해할 수 없었으며 결혼식 내내 나는 어린 동생을 먼저 결혼시키는 심술 사나운 언니처럼 굴었다. 짙은 눈썹을 조금 일그러뜨리며 내게 손을 내밀던 K의 남편, 마주 웃는 내 속에 무언가 치밀어 올랐다. 그것이 강렬한 적의였다는 것을, 그때의 나는 알지 못했다.

저만치 가로에 서 있던 차에서 내리는 긴 머리의 여자, K였다. K는 한달음에 내게로 달려왔다.

"얘, 롱 타임 노 씨구나. 이게 대체 얼마만이니? 우리 미국식으로 인사하자."

K가 나를 안았다. 두툼한 코트 안으로도 느껴질 만큼 K의 어깨가 앙상했다. 포옹을 풀고 나는 한 걸음 물러서서 K를 바라보았다.

"너 좀 마른 것 같다."

공연히 가슴이 찡하니 아파왔다.

"마르긴, 배가 나와서 죽겠고만."

들어본 적 없는 아줌마의 말투였다.

"너야말로 말랐네, 요즘 골드 미스라더니, 네가 그렇구나? 어째 하나도 안 늙었냐?"

K의 눈이 친절하게 웃었다. 네가 전학 온 애로구나, 하며

손을 내밀던 어린 날 이후 K는 언제나 친절하고 상냥했다. 단 한 번 K를 제치고 1등을 했던 때, 이야, 축하한다,며 등을 치던 K의 음성, 거기에도 친절은 넘쳐나고 있었다. 누구에게나, 어떤 상황에서나 친절한 얼굴을 잃지 않을 수도 있다는 것, 그 얼굴이 자연스럽기 그지없다는 것, 그런 사람이 존재한다는 건 정말이지 의아한 일이었다.

어머니는 내게 친절하지 않았다. 어머니는 누구에게도 친절하지 않았으므로 그 사실이 내게 상처를 주지는 않았다. 그 집안사람들은 언제나 무슨 일엔가 화가 난 듯 굴었다. 아침이면 저마다의 방에서 나와 밥을 먹고 학교로 가기까지 그들이 나누는 말은 지극히 간단하고도 명료한 것들이었다. 오늘 저 늦어요, 동아리 모임이 있어요, 큰언니가 말하면 어머니는 잠자코 고개를 끄덕였다. 어제 중간고사 꼬리표 나왔다, 약간 올랐다, 할 때도 둘째언니의 표정은 심드렁했고 어머니의 반응 역시 그러했다. 큰소리도, 웃음소리도 나지 않는 집. 때로 어린 내게 그들 모두는 연극을 하는 듯 보였다. 알맞은 내 역할을 찾는 일이 쉽지 않았지만 오래지 않아 나는 깨달았다. 아무도 내게 관심을 두지 않는다는 것을.

무슨 날이었을까, 어머니는 내게 흰 원피스를 건네주며 입으라고 말했다. 머리를 단정하게 빗어 묶어라,고도 말했다. 원피스에는 검은 칼라가 달려 있었다. 그건 언니의 옷이었다.

그 옷을 입고 머리를 올리면 나는 옛 성의 하녀처럼, 고급 식당의 점원처럼 보일 것이었다. 이건, 싫어요, 저는. 나는 기어이 그렇게 말하고야 말았다. 어머니의 손이 허공에서 멈칫했다. 이건 대체 무슨 소리인가, 하는 표정이었다. 그냥 교복을 입을게요, 그 옷은 싫어요. 가슴이 조금 뛰었지만 내 말투는 또렷하고 공손했다. 어머니는 물끄러미 나를 바라보았다. 입으라면 입어라. 옷 한 벌 안 사주는 에미라는 말 듣고 싶지 않아 그런다. 어머니는 조용조용 나를 달래듯 말했다. 어린아이였으므로, 입기 싫은 옷을 입기 싫었으므로, 옷 한 벌 사주지 않은 것에 대한 원망이라고 여기게 하고 싶지는 않았으므로, 여름새 훌쩍 커버린 내가, 가방 속의 바지, 어느 것이나 발목이 달랑 드러나게 길어진 다리가 원망스러웠으므로 나는 너무나 화가 났다. 저는 그런 옷은 안 입어요, 여기 보세요, 제가 가져온 것들, 나는 벽장을 열고 서랍을 열고 옷들을 꺼내기 시작했다. 연분홍이거나 상앗빛, 연한 보랏빛의 바지, 앙증맞은 주머니가 달린 청바지와 흰 셔츠들이 차례로 빠져나왔다. 백화점에서, 친절한 여직원이 차례로 입혀주고 벗겨주었던 옷들이었다. 나를 소공자처럼, 어느 고귀한 집의 외동아들처럼 보이게 하던 옷들이었다. 그것들 중 하나를 골라 들었을 때 여직원의 얼굴이 환해지던 것, 그보다 더 밝았던 엄마의 얼굴이 떠올랐다.

울지 않기 위해 나는 혀를 깨물었지만 눈물이 비죽비죽 비어져 나왔다. 엄마는 내게 울음을 참는 법을 가르쳐주지 않았다. 엄마는 언제나 내가 원하기도 전에 내 바라는 바를 눈치 챘으며 나는 원해도 좋은 것과 그렇지 않은 것을 알고 있는 예의 바른 아이였다. 누가 가르쳐주어서가 아니었다. 철들기 전, 나는 이미 엄마와 아버지, 그들의 이상한 관계에 대해서도 알고 있었으며 마치 태어날 때부터 알았다는 듯 그 일이 자연스러웠다. 엄마는 내게 동화책을 읽어주었으며 내가 좋아하는 노래를 함께 불렀다. 노래를 부를 때, 내 어깨를 감싸 안은 엄마는 애교를 부리듯 내 얼굴을 들여다보곤 했다. 너는 잘 울지 않는 아이였다고 엄마는 말했다. 말을 배우기 전부터 그랬다고 했다. 이상했어, 너는. 어쩐지 배가 고프다고 기저귀가 젖었다고 우는 것을 유치하다고 생각하는 아기 같았어. 그 말을 할 때 엄마의 표정은 몹시 어색했다. 이따금 어린 날의 나를 이야기할 때 엄마의 표정은 늘 그랬다. 어쩐지 지어낸 듯한 엄마의 이야기를 듣노라면 배 안에 담았다 보고 만지고 길러낸 아이가 아니라 어느 날 문득 다 자란 아이를 데려온 것이 아니었을까, 싶은 야릇한 느낌이 일었다.

그날 교복을 입고 나갔던가, 기억이 나지 않는 일이었다. 다만 그날 이후 어머니는 내게 아무런 일도 강요하지 않았다. 나는 원하는 것을 참지 않고 말했으며 어머니는 거의, 대단히 어려운 것이 아니라면 내가 원하는 것을 들어주었다. 그럴 때 어머니의 표정은 단지 성가신 일을 피하고 싶을 뿐이란다, 라고 말하는 것 같았다. 세 언니는 그런 나를 신기하게 바라보았지만 그에 대해 별다른 불만을 표시하지 않았다. 표현하지 않는 사람들…… 그들은 내 엄마와는 너무나 다른 사람들이었다. 하나의 세상을 건너 다른 세계로 가야 했던, 그해 봄과 여름, 가을이 지나기까지 고작 열세 살의 여자아이에게 그 시간은 길고 지루하고 무서운 날들이었지만 나는 알았다. 피할 수 없는 시간이라는 것. 살아남기 위해서, 내가 나이기 위해 이겨내야 하는 날들이라는 것을.

"우리, 어디 가서 밥 먹자, 너 배고프지? 한식 먹어야 하니?"
차에 오르며 K가 물었다.
"아니, 꼭 그러지 않아도 괜찮아."
나는 사실 전혀 배가 고프지 않았다. 시간이 얽히면서 몸 안의 기관들도 혼란을 겪는 것인가. 이 도시에 닿은 이래 시장기를 느낀 적이 없는 것 같았다. K는 러시아워의 혼란 속으로 차를 몰았다. 운전대를 잡은 K의 하얀 손가락 위로 푸른 핏줄이 도드라졌다.
"그러니까, 출장이라고 했지? 일은 다 본거야? 언제 가는 거야?"
이것저것 물으면서도 K는 빠른 속도로 차들 사이를 빠져나가고 있었다.
"좀 멀어도 괜찮겠지? 이 동네는 한국 사람이 너무 많거든."

변명처럼 K가 말했다. 나는 K를 이해했다. 하객이 많았던 K의 결혼식, K의 이혼은 이곳에서도 화제였을 터였다.

"참, 너 무슨 출판 일 때문에 왔다고 했지? 아직 예전 거기서 일하는 거야?"

K가 말하는 예전 거기,는 이미 오래전에 사라졌다는 말을 나는 하지 않았다. 잠언 투의, 수필집을 주로 내던 그곳에서 내 직함은 편집장이었다. 세기말의 어지러운 분위기 속에서 사람들은 주식과 아파트를 찾아 눈을 굴리면서도 착한 사람들의 이야기가 실린 책을 손에 들고 다녔다. 지하철에서 고개를 돌리기만 하면 내 손이 간 책을 만나던 시절이었지만 좋은 시절은 오래가지 않았다. 건물을 올릴 만큼, 잡지를 창간할 만큼 떼돈을 벌었다는 풍문이 돌던 그 가을의 어느 아침, 사장이 몰래, 달랑 핸드백만 든 차림으로 캐나다로 달아난 때문이었다. 아내의 부재를 알게 된 그 남편이 바보처럼 순진한 얼굴을 나타냈을 때 사장이 떠난 사무실에는 돈과 욕망이 얽힌 지루한 소문만이 남아 있었다. 그들 부부가 막 이혼 소송에 돌입할 단계였다거나 그 모든 일이 누군가 남편에게 전한 이메일, 거기 담긴 낯선 남자와 그 아내의 오래고도 역겨운 관계 때문이었다는 사실을 사람들은 알지 못했다. 그 남편의 멍한 얼굴을 나는 오래토록 똑바로 바라보았다. 나는 조금도 죄의식을 느끼지 않았다. 코앞에 디밀어도 보지 못하는 사람들, 길을 알려주어도 가지 못하는 이들, 그런 사람들이 나는

싫었다. 그런 이들이 불행을 맞는 것은 당연한 일이었다.

K가 차를 세운 곳은 부둣가였다. 주차장 저 끝 쪽으로 바다가 펼쳐져 있었다. 인디언 마을을 통째로 옮겨온 듯 한 장소였다.

"전망이 괜찮지? 미리 말하는데 음식은 좀 그래."

자리에 앉은 K가 장난스러운 표정을 지었다. 탁자 위의 양초에 불을 붙여준 웨이트리스가 Good evening, young ladies, 날아갈 듯 맑은 목소리로 물었다. K의 얼굴이 환해졌다.

"여기 굴튀김은 먹을 만해. 너 굴 좋아하잖아. 응, 또…… 우리 술 마시자. 너, 와인 할래?"

메뉴판을 들고 진지한 표정으로 묻던 K의 목소리가 갑자기 은근해졌다.

"얘네들은 동양 여자들 나이 영 짐작 못하겠나 봐. 술 시킬 때 아이디 보자는 경우도 있어. 미성년인가 확인하려다 깜짝 놀라는 시늉들을 해. 한국에 있으면 애, 마흔 줄 들어서는 아줌마를 누가 여자로 보기나 하니?"

K가 쌩끗 귀여운 웃음을 지었다. 일렁이는 촛불 탓이었을까, 긴 머리의, 서른일곱의 K는 정말 영 레이디처럼 보였다. 와인과 맥주가 날라져오고 음식이 담긴 접시가 나왔다.

"우리 건배하자. 반갑고, 고마워, 이렇게 와줘서."

K의 와인 잔과 내 맥주잔이 부딪혔다. 검은 빛의 맥주는

진하고 쓴 맛이 났다. K와 마주 술잔을 나누었던 것이 언제였을까. 대학 시절, 여윈 몸에 어울리지 않게 K는 술꾼이었다. 함께 마신 이들이 취하고 울고 싸움을 벌여도 K는 말짱한 얼굴로 잔을 기울이다 눈물을 닦아주고 택시를 불러 누군가를 태워 보내고 지갑을 열어 술값을 계산했다. 와인 잔을 기울이는 K의 손목에서 가느다란 팔찌가 찰랑, 소리를 냈다. 그녀는 여전히 우아하고 아름다웠다.

"어제, 엄마랑 통화하면서 네 얘길 했어. 엄마가…… 그러시더라, 너보다 낫다."

출국 전 공항에서 걸었던 전화를 두고 하는 말인가, 했지만 그게 아니었다.

"나는 사실 잘 몰랐어. 우리 엄마, 너도 알잖아. 나한테 시시콜콜 이야길 잘 안 해. 네가 온다더라 하니깐 그제야 그동안 이랬네, 저랬네…… 하는 거야. 노친네, 참."

한껏 비아냥거리듯 말했지만 K의 엄마, 그녀는 결코 노친네라 불릴 수 있는 여인이 아니었다.

"솔직히 말하면, 나는 정말 우리 엄마한테 콤플렉스가 많았어. 도대체 그 나이에 그렇게 간드러지는 목소리는 뭐니? 에고, 닭살이야."

몸을 떠는 시늉을 해보인 K가 헤헤, 아이처럼 웃었다.

K의 집에 처음 갔던 때 우리는 중학교 1학년이었다. 헐렁한 교복 치마 아래, 껑충한 K의 다리를 보며 종종걸음으로

따라 올라간 언덕 높다란 곳에 K의 집이 있었다. K의 엄마는 유학 중이었다. 그건 침엽수가 촘촘한 멋진 정원보다 세련된 할머니보다 영화에서 본 듯한 커다랗고 검은 개보다 더욱 놀라운 사실이었다. 해외여행이 자랑거리이던 시절, 엄마가, 삼남매를 둔 아낙이, 남편과 시모를 모시는 여자가 유학이라니…… 그런 얼마 후 만난 K의 어머니는 유학 중,에 어울리게끔 날씬하고 아름답고 지성적인 여자였다.

"우리 엄마가, 공부도 잘하고 유학 갔다 와서 금방 교수되고 그러고도, 얘, 아버지 동무한다고 배운 골프는 또 얼마나 잘 치는 줄 아니? 도대체 무슨 그런 사람이 있냐?"

"너도 공부 잘했잖아. 교수는 뭐, 하기 싫어서 안 한 쪽이고. 골프도 시작만 해봐, 너 굉장히 잘할 거 같은데?"

나는 짐짓 위로하는 척 말을 건넸다. 사실 나도 좀 치긴 한다,며 배시시 웃던 K가 눈을 동그랗게 떴다.

"그것뿐 아니고, 너 우리 엄마 조각하는 건 아니?"

두 번의 전시회, 오프닝 때마다 꽃을 안고 찾아갔지만 나는 그에 대해 말하지 않았다. 전시회 내내 K의 어머니는 나를 옆에 두고 누군가 물으면 아, 우리 딸이에요, 하고는 나를 보고 찡긋 눈짓을 했다.

"그냥 취미로 시작했다는데, 정년 후 대비해서 말이야. 그런데 무슨 미전이라나 상도 타고 어디 신문에도 나고 그랬다는 거야. 서울 집에 가면 정원에 그 있잖아, 벌거벗은 소녀나 물통 머리에 이고 가는 아줌마 비슷한 거, 그런 게 쫙 깔렸어."

 벌거벗은 소녀는 없었지만 나는 모르는 척 K의 이야기를 들었다. K의 어머니는 여인들만을 빚었다. 저고리, 혹은 유럽 농노의 아내가 입었을 법한 소박한 드레스의 여인들은 순수하고 푸근해 보였다. 설날이었던가, K의 집을 방문했을 때, 잎을 다 떨어낸 낙엽송과 소나무 사이에서 전날 내린 눈을 이고 서 있던 그 여인들은 한결같이 아름다웠다.

 "애들만 해도 그렇지, 내 동생 둘이, 하나는 교수되고 하나는 의사하고…… 거의 완벽하잖아. 무슨 사람이…… 나는 정말 우리 엄마 정이 안 가."

 K의 눈망울이 반짝, 빛을 냈다. 그 빛이 그리움인지 미움인지 나는 잘 알 수 없었다. 교수인 동생이 곧 그 대학의 총장이 되리라는 것은 K도 알고 있을 터였다. 원했다면 K는 그 자리에 앉을 수 있었다.

 "그러니……"

 K의 입에서 깊은 한숨이 흘러나왔다.

 "우리 엄마한테는…… 내가 유일한 흠일 거야."

 그렇지 않아, 라고 내가 말했다.

 "너희 엄마, 그런 내색하시는 거, 한번도 뵌 적 없어. 너 하는 일, 대단히 자랑스러워하시던걸."

 "그러니까,"

 K가 돌연 소리를 질렀다. 옆 자리의 남자가 우리를 돌아보

았다. K는 고개를 까딱해 보이고는 쌩끗 웃었다. 남자가 마주 미소를 지어 보였다. K의 목소리가 낮아졌다.

"그러니까 내가 싫다는 거지, 무슨 엄마가 딸 이혼하겠다는데 이유가 뭐니? 딱 한마디 묻고는 그렇구나…… 한 다음엔 끝인 거야. 시늉으로라도 말려야 하는 거 아니니? 엄마는 말이지, 사랑해서 결혼한 사람이랑 어떻게 헤어질 수 있는지, 도무지 이해를 못하는 거야. 그러니까…… 그거 있잖아, 사랑이 어떻게 변하니, 그런 거지. 내가 하는 일, 동남아 여자들이나 홈리스들, 매 맞는 사람들 상담하고 케어하는 거, 그게 뭐 대단히 거룩한 일이라고 전화하면 일 얘기만 묻는 거지. 내가 여기서 웬 금발이랑 사귀기라도 할까 봐 노심초사 줄 다 아는데, 그런 말은 뻥끗도 안 해요, 글쎄."

이혼이 그렇게 만든 것일까, 이처럼 흥분한 K는 처음이었다. 누군가에 대한 험담을 하는 K를 본 기억 역시 내게는 없었다.

"와인 두 잔에 벌써 취했을 것 같진 않고…… 너 재미있는 모양이구나?"

글쎄…… 하던 K는 마침 지나던 웨이트리스를 불러 냉수 한 잔을 부탁했다.

"이런 얘기, 누구한테 할 수도 없고, 하려고 마음먹은 적도 없어. 그냥…… 너 보니까 반가워서 하는 말이야. 어쨌거나…… 내가 여기서 기타를 좀 배웠거든. 나 그룹으로 발표

회도 하고 그랬어. 그러면서 은근히, 요건 내가 좀 앞서간다, 생각했는데 떡 하니 우리 엄마가 조각을 한다지 뭐야. 그래서…… 내가 포기했지. 에고 모르겠다, 생긴 대로 살란다, 하고."

조금 쓸쓸해진 K의 얼굴을 가리며 웨이트리스가 물 잔을 내려놓았다. K는 천천히, 쓴 약을 삼키듯 물 한 잔을 다 비웠다.

"여긴 서울처럼 대리운전 그런 거 없잖아. 한 시간에 와인 한 잔, 그게 정량이야. 음주 단속 안 걸리려면."

와인 두 잔 이상 마셨을 때는 어떻게 하는가, 내가 물었다.

"친구를 부르거나, 뭐 그러는 거지."

"친구? 남자?"

K가 키키, 소리 내어 웃었다.

"너도 궁금하구나? 이혼 5년차 여자가 애인이 있는가, 있다면 누굴까…… 그래도 너 그 참을성은 여전하다, 애. 그걸 인제 물어보냐?"

K의 표정, K의 눈빛, 그 찰랑이는 머릿결…… 누군가 보아주고 만져주는 이가 있다는 것을 왜 그제야 눈치 챈 것일까. 나는 등을 곧추세우고 몸을 바로 했다. 긴장감이 목을 타고 몰라왔다. 모르는 사이 숨이 가빠지는 것 같았다.

"여기 사람이구나?"

내가 물었다.

"어떻게 알았어?"

K의 눈에 장난기가 실렸다.

"한국 남자들 중에 네 상대가 있겠니? 본토에서도 찾기 힘든데."

K가 까르르 웃음을 터뜨렸다. 그뿐, K는 그 상대에 대해서 더 이상 말하지 않았다. 금발일까, 흑인일까, 어쩌면 스페니시일 것도 같았다. 가슴이 아팠다. 이곳에서, 이곳의 남자와 어울리는 것이 당연하다 싶으면서도 한 번 일어난 통증은 쉽사리 가시지 않았다.

"내 얘기만 했잖아. 너는? 니네 엄만 잘 계시지? 너더러 결혼하라고 성화 안 하셔?"

나는 가만히 K를 바라보았다. 가슴에는 여전히 하릴없는 통증이 남아 있었다.

"돌아가셨어, 작년 겨울에."

황황한 표정이 K의 얼굴에 떠올랐다. 유방암이었다, 수술했지만 재발했다, 고 내가 말했다. 재발 후 어머니는 투약을 거부했다. 언니들도 나도 그런 어머니를 말릴 수 없었으며 치매 전문 병동에 있던 아버지는 어머니를 보고 허허, 웃기만 했다. 내 생모는…… 집을 떠나온 이래 소식을 들은 바가 없었지만 나는 그녀가 죽었다고 믿었다. 엄마가 어딘가에, 그 누군가와 함께 살아 있다는 생각은 나를 고통스럽게 했다. 죽지 않았다면…… 그처럼 발랄한 사람이, 속의 것을 잠시도 담아두지 못하는 사람이 그토록 오래, 그처럼 긴 시간 내 시야에서 사라진다는 것, 그건 결코 있을 수 없는 일이었다.

"몰랐어, 그런 일이 있었구나……"

K의 표정이 처연해졌다. 어머니는 추운 날 새벽 잠자듯 눈을 감았다. 나는 홀로 어머니의 임종을 지켰다. 죽은 어머니의 얼굴은 생전에 그랬듯 엄숙해 보였다. 따뜻하게 적신 수건으로 나는 숨을 거둔 어머니의 얼굴을 닦았다. 두 손을 닦고 발을 닦았다. 말끔해진 어머니는 한결 편안해 보였다. 어린 나를 받아들이고 내게 울지 않는 법을 가르쳐준 여자의 이른 죽음이 나는 다행스러웠다. 아들을 얻기 위해, 그 눈먼 욕심으로 사방에 여자를 두고 다녔던 남편, 그 버릇으로 병동에서도 자주 아랫도리를 드러내곤 하는 남자를 더 이상 보지 않을 수 있게 된 것, 나는 어머니를 대신해 그 사실을 기뻐했다. 잠옷 아래 두 다리를 반듯하게 모은 후 나는 언니들에게 전화를 걸었다.

"누구나 죽잖아. 편안하게 가셨어."

"그 말투, 여전하구나."

K가 비스듬히 나를 바라보았다.

"가끔 궁금할 때가 있었어. 저 애는 어떻게 저리 초연할까. 너 진짜 조숙했잖아. 요즘 말로 쿨하다는 거, 꼭 그랬어."

너 때문이었다, 너의 그 친절함 때문이었다, 라고 말한다면 K가 어떤 표정을 지을지, 궁금했지만 나는 그러지 않았다.

"내가 원래 표현이 서툴잖아."

"너 순발력 좀 떨어지는 건 내가 알지만, 표현은 아냐."

아, 그렇지. 하는 듯 K의 눈이 반짝 빛났다.

"너는 말 대신 표정으로, 아니면 눈빛으로 말하는 거 같애. 말하고 나니깐 무지 근사하다."

어느 결에 밝은 얼굴을 회복한 K가 말했다.

변화하는 순간, 어떤 사실을 인지한 그 찰나 감정을 드러내는 것이 순발력이라면 K의 말은 옳았다. 어린 내게는 K의 그 친절이 거의 경이로웠으므로 K를 대할 때면 나는 늘 어색하고 서먹했지만 K의 태도는 조금도 달라지지 않았다. 어느 오후 하굣길이었다. 눈이 쌓인 학교 앞 언덕, 저만치 앞서 가던 K가 돌아서는가 하는 순간 하얀 눈 뭉치가 내 얼굴을 향해 날아왔다. 나는 멀거니 서서 눈 뭉치를 맞았다. 머리를 적신 눈이 얼굴 위로 흘러내렸다. 그건 조금도 차갑지 않았다. 나는 천천히 K를 향해 걸어갔다. 너도 내게 던져야지, 바보야, 라고 K는 말했다. 나는 정말 바보처럼 웃었다. 가만히 내게 다가온 그 애의 손이 느닷없이 교복 앞섶으로 쑥 들어오고 꺄악 소리가 날 만큼 차가운 손이 목덜미를 스치던 그 순간, 소리를 지른 것이 내가 아닌 K였다. 그 애는 까르르 웃음을 터뜨리며 언덕 저편으로 달아났다. K를 바라보며 나는 멀거니 서 있었다. K의 손에 묻었던 눈이 가슴골을 타고 녹아내렸다. 달아나는 K는 아름다웠다. 서러운 듯 슬픈 듯 내 가슴에 바람이 불었다. 온몸이 흐득 떨리게 차가운가 하면, 아득하니 정신을 놓을 듯 어지러웠다. 그것은 전혀 경험한 적 없는 종류의 낯선 감정이었다. 나는 혼란스럽고 두려웠다.

"너는? 니 얘기 좀 해. 결혼은 안 했어도 남자 친구는 있을 거 아냐."

갑작스러운 질문이었다.

"얘, 너는 무슨, 숫처녀 같은 표정이니? 너 학교 다닐 때 따라다니는 남자들 많았잖아."

K는 잘못 알고 있었다. 그 남자들이 따라다닌 것은 내가 아니었다. 그들은 언제나 나와 함께 있는 K를 알고 싶어 했다.

"나는 일찍 결혼했잖아. 사실 결혼하고 나니까 연애다운 연애 한번 못해봤다, 싶더라니까."

"너 그거 연애였잖아. 아니었어?"

나도 모르게 심술궂은 음성이 튀어나왔다. 함께 유학 길에 올랐지만 나는 홀로 돌아가야 했다. 그 남자를 만나기 전, K와 나는 자주, 10시간 거리의 길을 번갈아 차를 달려 서로가 있는 도시를 향했다.

"아니, 그렇게 결혼으로 골인하는 거 말고 말이야. 애잔한 사랑, 그런 거."

K의 얼굴이 쓸쓸해졌다. 어쩌면 K의 남자는 유부남인 것일까. 사람들은, 어째서 남자와 여자는 사랑에 빠지고 헤어날 수 없는 구덩이로 스스로를 몰고 가는 것일까. 애잔한 사랑을 하는 이들, 만나지 않았어야 할 사람들의 이야기라면 나는 알

만큼 알고 있었다.

가령 아버지에 관한 일을 이야기 할 때, 엄마는 말했다. 세상에는, 그저 좋아서 함께 사는 사람들도 있단다. 어떤 사람이 먼저 결혼을 해버렸는데, 그건 물릴 수가 없거든. 슬픈 표정이었지만 엄마는 당당했다. 나를 그 집으로 보낼 때도 그랬다. 너는 잘할 수 있을 거야, 엄마는 몇 번이고 같은 말을, 몇 날이고 거듭하면서 내 옷가지를 챙기고 내 책을 골라내며 짐을 꾸렸다. 왜 계속 엄마와 함께 살 수 없는가, 나는 묻지 않았다. 아무도 가르쳐주지 않았지만 묻지 않아야 한다는 걸 나는 알았다. 청승맞은 표정을 보고 싶지 않아서 나는 엄마가 무슨 말인가 할라치면 앞서 말을 자르곤 했다. 거기 가면 언니가 셋 있단다, 하면 나는 말했다. 사이좋게 지낼게. 그 언니들의 어머니가 계시는데…… 걱정 마, 엄마라고 부를게, 하는 식이었다. 엄마는 명랑하고 낙천적인 사람이었다. 예쁜 얼굴에 어울리는 미소와 애교를 부릴 줄 아는 귀여운 사람이었다. 엄마에게도 무언가 남은 것이 있어야 하지 않겠는가, 어린 나는 생각했다. 나를 보내고 명랑함마저 잃는다면 엄마가 너무 가엾었다. 명랑하고 사랑스러운 엄마를, 하굣길의 나를 숨죽여 기다리는 엄마를 몰래 만나는 상상은 슬프고도 달콤했다.

"연애, 하면 좋지. 너 예뻐진 거 보니 알겠다, 뭐."

나는 다시 화살을 K에게로 돌렸지만 K는 받지 않았다. K도

나도 한동안 입을 열지 않았다. 몇 개의 이름들, H와 J와 O로 만났던 S였거나 Y였던 남자들, 혹은 여자들이 떠올랐다 사라져갔다. 그들 모두에게 나는 사랑한다고 말했다. 악의가 있었던 건 아니었다. 지루하고 평범한 나날, 단조로운 일상을 견디는 작은 게임, 그런 것도 사랑일 수 있다고 나는 믿었다.

"너는…… 같이 살고 싶다, 그런 남자 정말 없었어? 아니면 안 살아도 좋으니까 그냥 얽히고 싶었던 사람도? 이 나이 되도록?"

K가 물었다. 진정 궁금하다는 표정이었다. 같이 살고 싶었던 남자…… 그냥 얽히고 싶었던 사람…… 나는 K를 따라 중얼거렸다.

"그런 적이…… 있었어. 꼭 한 번."

내 목소리가 갈라져 나왔다. 불쑥 대못이 솟기라도 한 듯 목이 아팠다.

"얘, 너 울겠다. 그렇게 심각했었니?"

그랬다. 그를 만나면 안고 싶고 만지고 싶었다. 현숙한 아내와 아이들의 사진을 사무실 책상 위에 올려놓은 걸 보고도 그랬다. 나는 생각했다, 이 남자를 얻을 수 있다면, 무슨 일이든, 어떤 아픔이든 견디리라…… 그를 만나는 동안, 나는 그토록 어리석었다.

"전혀. 그냥 차 마시고 밥 먹고 그런 사이였어."

K에게 그와의 일을 털어놓고 싶은 갈망이 나를 괴롭혔다.

"정말 차만 마셨단 말이야? 다 큰 어른들이?"

가슴 한가운데 찌르듯 통증이 일었다. 그를 유혹하고, 마침내 교외의 모텔에 들었을 때의 긴장이 되살아났다. 나는 이야기를 시작할 수 없었다. 가까스로 나는 말할 수 있었다.

"아니, 밥도 먹었다니까. 자주."

허탈한 듯 K가 웃었다.

그날 그는 조금 취해 있었고 나 역시 그러했다. 그 후의 일들을 어떻게 설명할 수 있을까. 입을 맞추고 옷을 벗고 그가 내 몸 곳곳을 어루만졌지만 이상하게도 내 몸은 점차 식어갔다. 어느 순간, 그가 푸, 웃음을 터뜨렸다. 단단하던 그의 성기가 아이처럼 작아져 있었다.

네가 거부하는 거야, 나는 그렇게 생각해. 그의 목소리는 나지막했다. 이런, 곤란하잖아, 할 때의 난처함은 어느 결에 사라져 있었다. 나란히 누운 채, 문화 다큐멘터리라도 보는 듯한 담담한 표정의 그를 나는 그저 바라보고 있었다. 내가 거부한 것일까. 아니라고 하고 싶었지만 나로서도 알 수 없는 일이었다. 아니라고 했다면 나는 슬펐을까. 그것 역시 나는 잘 알 수 없었다. 그를 원했던 그 많은 순간들, 내 잠을 앗아가고 꿈에서도 나를 뜨겁게 했던 욕망이 거짓이었다고, 착각이었다고 한다면…… 손에 잡힐 듯 생생하던 욕망이 거짓이라면 나는 대체 누구란 말인가. 나는 살아 있는가, 나는 허깨비인가. 혼란스러웠지만, 그걸 표현할 수 있는 어떤 말도 찾아지지 않았다. 손가락과 발가락 끝에서 천천히 힘이 빠져나 갔다. 혈관이 열리고 내 몸 안의 피가, 마지막 한 방울까지 흘러나가는 듯 한 기분이었다. 스스로가 몹시 타락한 여인이 된 듯 한 느낌이 들었다.

 나는 조금 울었던가, 그가 몸을 돌려 나를 안았다. 미안해, 라고 그가 말했다. 무엇이 미안했을까. 그에게 죄가 있다고 할 수는 없는 일이었다. 그저, 지나가는 말처럼 귀엽다, 했던 것, 운전대를 잡은 손이 예쁘다,고 했던 그 사소한 일, 술에 취해 내 등을 쓸어내렸던 그의 손이 따뜻했던 것이 그의 잘못 은 아니었다. 피하고 피해도 만나지게 만들고 당신을 원한다 고 온몸으로 소리쳤던 것은 나였으니까…… 그건 정말 나였 을까. 그의 품 안은 따뜻했지만 내 가슴은 더 이상 뛰지 않았 다. 나는 그와 처음 만났던 날로 돌아가고 싶었다. 천천히, 다시 시작하고 싶었다. 매 시간, 매 순간을 다시 메우고 싶었 다. 그의 마음을 얻지 못하더라도, 그 맹렬하고 선명하던 욕 망을 만나고 싶었다. 허무하고 안타까운 내 마음과는 상관없 이 등을 쓸어내리는 그의 손길은 무심하고 부드러웠다. 그것 은 오누이처럼 조용하고 따뜻한 포옹이었다. 앞뒤 맞지 않는, 전혀 이해할 수 없는 꿈속 같은 장면이었다.

"Anything you need more?"
 웨이트리스가 다가왔다. 가득하던 홀이 어느새 비어 있었다. 계산서를 부탁하는 것과 동시에 K의 휴대폰이 부르르, 떨리는 기척을 냈다.

"어째 오늘은 잠잠하다 했어."

K의 아들이었다. 응, 응, 아니야, 엄마 친구. 쉬 저스트 케임 프롬 코리아, 노, 쉬즈 마이 베스트프렌드. 돈 워리, 아이 원트 비 레이트, K의 영어 발음에는 약간의 비음이 섞여 있었다. 그 남자, K의 남편과의 대화를 듣는 듯 한 착각이 일었다. 통화를 마친 K가 피식, 김빠지는 소리를 내며 웃었다.

"우리 아들, 가장 노릇하려 들어. 개가 열한 살이잖아. 나 이혼할 때, 철모르는 것 같았는데 그렇지도 않았나 봐. 잠이 안 와서, 도무지 잠이 들지 않아서 방을 나서면 그 애가 오도카니 앉아 있는 거야, 거실 소파에. 왜 안 자고 그러고 있어, 물으면 애가 그래. 엄마가 안 자면 나도 안 자요. 그러면……저랑 나랑 한침대에서, 꼭 끌어안고 잤어. 한참 클 때까지 그랬어. 지금도 이따금 내 방으로 와, 배게 안고."

마지막 보았을 때 몇 살이었을까. K의 아들은 기저귀를 차고 뒤뚱뒤뚱 걸음을 옮기며 내게로 다가왔다. 아이에게서는 K의 냄새가 났다.

"지가 맨 오브 더 하우스라는 거야. 만날 그러지, 유 돈 니드 보이프렌드라고."

사진을 가지고 있는가, 내가 물었다. K가 지갑을 펼쳐 보였다. 하얀 얼굴의 남자 아이였다. K를 닮은 것은 그뿐인 듯 아이의 얼굴은 낯설었다.

"뭐든 다 알아야 하는 아이야. 아빠랑 많이 닮았어. 그 사람이 그랬거든. 스스로에 대해서도 뭔가 모호한 것을 참지 못했어. 나는 그렇잖아. 나는 뭐 이럴 수도 있고 저런 사람도 있고…… 쓸데없는 일 하면서 시간 죽일 수도 있고……"

어떤 이들에게는 그런 방식으로 살아가는 일이 불가능하다는 것을 K는 아직 모르고 있었다.

"그 사람은 글쎄, 처음에 그게 멋져 보였던 것 같아. 완벽해 보였어, 아니 실제로 완벽했어. 에이, 엑스 허즈 얘기는 안 하는 게 이혼녀 철칙인데, 너 땜에 오늘 깼다."

K가 모르는 사실은 더 있었다. 완벽했다는 남자, 그 완벽함이 그를 망가뜨렸다는 것.

그날 우리는 호숫가에 있었다. K의 집 근처였다. K와 나, K의 남편의 손에는 저마다 낚싯대가 들려 있었지만 호수는 고요하기만 했다. 새소리, 이따금 몸을 뒤채는 나무들 소리가 적막한 숲을 흔들었다 사라지고 우리는 조금씩 지쳐갔다. 먼저 낚싯대를 내려놓은 것은 K였다. 풀밭의 바구니를 뒤적이던 K가 에휴, 한숨을 쉬었다. 고기를 잡아 한국식 매운탕을 끓여보겠다는 계획이었으므로 바구니에 담긴 것은 김치 몇 조각이 전부였다. 나는 아사 직전이야, 집에 가서 뭐 먹을 것 좀 가져올게. K의 모습이 길 저편으로 사라지자 주위가 순간

정적에 싸인 느낌이 들었다. 낚싯대를 놓고 돌아선 그가 보온병을 열고 물었다. 커피 마실래요? 묻는 순간 그의 표정이 기묘하게 일그러졌다.

그날 아침, 그의 커피에 나는 설탕 대신 소금을 넣었다. 소금과 설탕은 똑같은 코르크 마개의, 똑같은 병에 들어 있었다. sugar, salt,라고 적힌 K의 동글동글한 글씨를 보면서 나는 소금 쪽의 병을 집었다. 오믈렛을 만들고 있던 K는 마침 다가온 고양이를 어르느라 내 쪽을 보지 않았다. 살짝 입에 대어본 커피는 짜고 쓰고, 뭐라 말할 수 없는 야릇한 맛이 났지만 나는 잠자코 그의 앞에 잔을 내려놓았다. 한 모금, 커피를 마신 그의 얼굴에 기묘한 표정이 떠올랐다. 기름이 덜 달궈졌나? 오믈렛이 좀 느끼하지 않니? K가 물었다. 아니, 괜찮은 걸, 수프도 훌륭하고. 너 젬병인 줄 알았더니 제법 살림을 하는구나. 나는 태연한 표정으로 말했다. 냉동 야채와 닭고기를 넣은 수프에서는 비릿한 맛이 났다. 숟가락을 움직이면서도 나는 그의 얼굴에서 눈을 떼지 않았다. 소금을 넣으셨나 봐요, 커피 맛이 이상하네요, 그렇게 말하면, 어쩌나, 병이 같아서 헷갈렸나 봐, 하면 그뿐이었다. 슬쩍, 내 눈을 비껴간 그는 식탁 위의 신문을 집어 들었다. 아무렇지 않은 표정으로, 아무런 말없이 그는 천천히 조금씩 커피를 마셨다. 소시지를 자르고 베이컨 조각을 입에 넣으면서 나는 그를 노려보았다. 한 모금씩 커피가 그의 목울대를 넘어갈 때마다 내

속에서도 무언가 꼴깍 소리가 나게 넘어가는 것 같았다. 저이는 한식을 좋아하지만, 내가 끓인 국이나, 뭐 그런 걸 잘 안 먹어. 자기 누나 솜씨랑 비교돼서 그런가 봐, K가 식단에 대해 무어라 더 말을 이었지만 그저 슬쩍 웃어 보였을 뿐, 그는 말이 없었다. 어쩌면 그는 미각 따위는 무시하는 환경에서 자라났을 터였다. 아몬드 농장의 노동자였던 그의 아버지, 세탁소를 차리기까지 새벽부터 한밤까지 잠시도 쉬지 않았다는 검은 얼굴의 노인과 그 아내라 해도 좋을 주름 가득한 누나의 얼굴이 떠올랐다. 늘 수석을 놓치지 않았다는, 생활비까지 받으면서 학업을 마쳤다는, 졸업과 동시에 보잉사에 특채되었다는, 그 말 없는 남자가, 소금 넣은 커피 따위에는 눈 하나 깜짝 않는 그가 나는 두려웠다. 그의 곁에서 K가 그와 똑같이 마르고 창백해져 갈 것만 같았다.

그의 기척 때문에 내 등이 꼿꼿해졌다. 그가 나를 보고 있다는 것을, 일부러 그랬음을 알고 있다는 사실을 나는 알았다. 그때 막막하던 물 위에 일렁임이 일었다. 물 위에 떠 있던 찌가 쑥 들어가고 내 손끝에 묵직한 느낌이 전해졌다. 물었나 봐요, 그가 말하는 순간 릴이 빠른 속도로 풀리기 시작했다. 일단 좀 놓아주어요, 내 쪽으로 다가오며 그가 소리쳤다. 잉어였는지, 베스였는지, 미끼를 문 그 알 수 없는 물고기는 맹렬한 힘으로 물 깊은 곳으로 달아나고 있었다. 물 위로 긴 너울이 생겨났다. 이제 감아봐요, 천천히, 라고 그가 말했다. 한 번 두 번 릴을 감았을 때 저만치 검은 물체가 풀쩍 뛰어오르는 것이 보였다. 저도 모르게 나는 소리를 질렀다. 낚시는 처음이었으며 그런 느낌 또한 처음이었다. 물고기가 다시금 곤두박질치고 그 서슬에 릴이 호르르, 소리 내며 풀려 나갔다. 천천히, 천천히, 그가 소리를 질렀지만 릴은 더 이상 꿈쩍도 하지 않았다. 어디 걸렸나. 등 뒤에 다가온 그가 팔을 뻗어 낚싯대를 잡았다. 애들이 바위틈으로 끌고 들어가거든요. 이렇게, 그의 팔을 따라 낚싯대가 살짝 올려졌다. 무겁죠? 큰 놈이에요, 그는 자못 흥분한 기색이었다. 숨소리조차 거칠어져 있었다. 내 옆에 바짝 다가온 그의 눈썹, 짙은 그 눈썹이 일그러져 있었다. 탁, 소리 내며 낚싯대가 부러지고 뒤로 넘어가는 나를 안았던 그가 넘어지고…… 그 모든 일은 동시에, 마치 예정된 일인 듯 일어났다. 나는 그의 셔츠를 헤집고 허리띠의 버클을 풀었다. 그의 깊숙이 나는 손을 집어넣었다.

알 수 없는 잔인함이 나를 이끌었다. 풀숲에서는 차가운 바람이 불었다. 그의 마른 등을 안고 올려다보았던 하늘은 가없이 푸르고 아름다웠다. 저만치, 나무 아래를 지나던 사슴이 물끄러미 우리를 보고 있었다. 나는 K가 사라진 길 쪽을 보며 K가 나타나기를, 혹은 나타나지 않기를 기다렸다. 노여운 듯, 화가 난 듯 사납던 그의 움직임이 멎고 그는 막막한 눈으로 나를 내려다보았다. 그가 내 머리 위로 손을 뻗어 머리카락에 붙어 있던 낙엽을 떼어냈다. 피처럼 붉은 단풍잎이었다.

"저기, 물가에 잠깐 갈래? 나 담배 한 대 피우게."

나는 K를 따라 길을 걸었다. 바bar의 불빛이 꺼진 길은 어두웠다. 거센 바람 때문에 라이터의 불길이 좀처럼 붙지 않았다. 나는 K의 옆에 바짝 붙어 서서 외투를 벌렸다. 내 외투 안에서 고개를 숙이고 K는 신중하고도 조심스럽게 불을 붙였다. 내 것도, 라고 내가 말했다.

"언제부터야? 너, 담배 피우는 여자 싫어했잖아."

K가 반색을 했다. 언제부터였을까, 나는 기억할 수 없었다. 호숫가에서의 오후가 지나고 다음 날 나는 이 나라를 떠났다. 그 후로도 몇 해인가 K의 곁에 머물렀던 K의 남편은 결국 그녀의 곁을 떠났다.

"말보로 라이트, 나는 이 담배가 좋아."

강하고 독한 맛이 나는 담배였다. K의 남편 역시 그것을 피웠다.

"집 뒤뜰에서 아이 몰래 담배를 피워. 머리에 샤워 캡 쓰고, 손에는 장갑 끼고. 처절하지?"

맨 오브 더 하우스, 라 자칭하는 남자 아이가 나는 문득 그리웠다. 비는 그쳤지만 여전히 물기를 머금은 밤공기가 축축했다.

"그이는…… 금방 재혼했어. 아이도 있다지, 아마."

담담하게 말하는 K의 손이 떨리는 것을 나는 지켜보고 있었다.

"왜 그랬는지, 지금도 나는 알 수 없어."

갑자기 딴사람이 된 것 같았다는 K의 말을 나는 잠자코 들었다. 유일한 사치였던 낚싯대를 잡지 않았다는 이야기를 들었다. 아이 때문에 이따금 통화를 나눈다는 이야기를 들었다. K의 어조는 나지막하고 슬프고 단조로웠다. K에게 그는 엑스 허즈가 아닌 것 같았다. 애인이 있다는 것도 거짓이라는 느낌이 강하게 들었다. K는 영원히 알 수 없을 것이었다. 왜 그랬는지, 어째서 그런 일이 벌어졌는지.

"후회하는 건 아니야. 그이랑 안 살았으면 내가 어디서 그런 잘난 아들을 얻겠니. 이 나라에 안 왔으면 내가 언제 홈리스니 그런 사람들한테 관심이나 있었겠니."

다 타들어간 꽁초를 멀리 던지며 K가 말했다. 파팟 불꽃이 튀었다 사라져갔다. K의 남편, 작고 마르고 가엾어 보이던 그의 뒷모습이 떠올랐다 사라져갔다.

"내일 아침 비행기라 했지? 언제 또 보니?"

곧 또 올 일이 있겠지, 라고 내가 말했다. 다시 K를 찾게 되는지, 그때 나를 H라 부르던 그 남자를 또다시 만나게 되는지, K와 그 남자, 그 기억들을 다락방에 넣듯 잊게 되는지 나는 알 수 없었다. 나는 K를 따라 허공으로 꽁초를 던졌다. 바다 쪽에서 차가운 바람이 밀려들었다. 바람을 맞느라 K가 얼굴을 찡그렸다. 일그러진 얼굴의 K는 갑자기 나이 든 여인으로 보였다. 내 안에서도 바람이 불었다. 고통과 슬픔과 쾌감과 또 이름을 알 수 없는 것들이 회오리 속으로 빨려 들어갔다.
"참, 이름은 언제 바꿨니? 네 이름 대니까 프런트에서 모르더라."
돌아서 걷던 K가 물었다.
오래전에, 라고 나는 말했다.

너는 누구인가

그날 그 여자가 저녁 산책을 나갔던 것은 우연이었으며 그 책들을 발견한 것 또한 그러했다. 헌책방의 문을 밀자 책은 여자가 오기를 기다렸다는 듯 거기 놓여 있었다. 소설은, 특히 자신이 쓴 소설은 소모품이라는 것이 그 여자의 생각이었다. 12쇄, 7만 부가 팔린 책이니 이런 장소에서 만난다 해서 이상하다 할 일은 아니었다. 방전된 건전지를 버리듯, 누군가 그것을 버렸다 하더라도 놀랄 것도, 서운할 것도 없는 일이었다. 오랜만에 오셨네요. 어두컴컴한 복도 안쪽에서 선반 위의 책을 내리던 주인 남자가 알은척을 해왔을 때도 여자는 그저 눈인사를 건넸을 뿐 입을 열지 않았다. 필요하신 것 있으면 말씀하세요, 다음 주면 저희 문 닫습니다, 했을 때야 여자는 그 남자를 쳐다보았다. 이 건물, 헐리거든요. 철물점이랑 떡집이랑 다 나갔는데 모르셨나 봐요. 남자는 여느 때와 달리 말수가 많았다. 10년 단골이신데 서운하네요,라고도 했다. 서운한 건 사실이지만 머지않아 사라지리란 예감이 있었던 것 또한 사실이었다. 그 여자가 처음 이사를 왔을 때, 나지막한 집들이 나지막한 붉은 벽돌 담장 안에서 나무와 꽃들을 거느리고 있던 시절, 책방은 숨어 있는 놀이터처럼, 깔끔히 정돈된 방 많은 집의 다락방인 양 휴식을 부르는 공간이었지만 재건축과 리모델링의 바람이 지나고 이탈리아 식당과 와인바가 즐비해진 이즈음 책방이 있는 건물은 동네의 천덕꾸러기가 된 지 오래였다. 후미진 골목의 낡은 건물을 지나면서 어떤 이는 당연하다는 듯 담배꽁초를 버렸고 대부분의 사람들은 아무런 관심을 가지지 않았다. 책방을 드나들며 여자는 두어 권 책을 살 때도, 그렇지 않을 때도 있었다. 책값은 때로 터무니없이 싸거나 혹은 비쌌지만 그 여자는 군말 없이 돈을 지불하는 편이었다. 생계와는 무관한 듯, 경쟁과 보상의 원리에는 태무심한 장소, 먼지 나는 책들이 가득 쌓인, 책들의 무덤 같은 그 공간이 여자는 좋았으며 변변한 인사조차 하지 않는 주인 남자 또한 마음에 들었다. 여자는 친절한 사람, 말 많은 사람을 경원하는 편이었다.

손님 보실 만한 책은 그쪽에 아직 있구요, 여기도 보실 게 좀 있을라나. 두어 권의 책을 들었다 놓은 남자가 아 참, 손님 책이 몇 권 있어요, 사인 본이던데, 했다. 터덜터덜 여자에게로 걸어온 남자가 구석 쪽을 가리켰다. 처음 여자의 눈이 닿았던 그 책들이었다. 여자는 책을 보는 대신 남자를 바로 쳐다보았다. 챙 달린 모자 아래 긴 세모꼴의 눈이 여자를 향해 반짝이고 있었다. 늘 구석진 곳에서 무언가를 뒤적이고 있었던 남자가, 천 원이요, 3천 원만 주세요, 거기 두고 가세요, 하던 목소리만으로 알았던 그 남자가 짐작보다는 훨씬 젊은 청년이라는 사실이 여자는 약간 당황스러웠으며 손님 책, 사인 본, 이라는 단어는 정말이지 뜻밖이었다. 아, 모르고 있다 생각하셨군요, 저는 진작 알았는데요. 남자가 쑥스러운 듯 웃었다. 소설이라는 걸 쓰기 시작한 이후 간간이 그녀를 알아보는 사람이 있었지만 동네에서 만나기는 처음이었다. 처음 저희 집에 오셨을 때부터 알았어요. 그때 무슨 상을 받으셨잖아요, 신문에 난 사진 보았던 다음 날 오셨죠. 남자가 말했다. 선생님 책은 거의 읽었어요, 저는 사실 여성 작가들 소설은 안 읽는 편이지만. 칭찬인지 무언지 알 수 없는 말이었다. 여자는 짧은 호흡으로 숨을 가다듬고 등을 꼿꼿이 세웠다.

 자신의 책을 읽은 사람을 비공식적인 자리에서 만나는 일은 언제나 여자를 불편하게 했다. 이처럼 노골적인 관심을 보이는 경우는 더욱 그러했다. 마음 상하셨나요? 모르는 척해서? 10년이라지만 남자와 대화라는 것을 나눈 적이 거의 없었으므로. 그 남자를 이처럼 가까운 거리에서 바로 마주 본

적이 없었으므로 남자의 친근한 태도는 어색하고 불편했다. 딴 뜻이 있었던 건 아니고요, 알은체하면 안 오실 것 같아 그랬어요. 남자의 추측은 옳았다. 책방은 여자가 살고 있는 동네 한복판에 있었다. 선생님이라는 호칭은 주 1회 대학에서의 강의 시간, 독자와의 대화, 그리고 무슨무슨 시상식과 신간 사인회에서 듣는 것만으로도 지겨웠다. 그 마을에서 여자가 작가라는 사실을 맨 처음 알게 된 사람은 무더기로 배달되는 책들, 우편물들을 그 여자에게 전해주는 아파트 경비원이었고, 소문을 들은 이웃들은 때로 여자에게 물었다. 세상에, 작가시라면서요? 드라마 그거, 정말 골 패는 일이죠? 요즘은 뭘 쓰세요, 알려주세요, 모니터 해드릴게. 질문을 받으면 여자는 눈을 찡긋하며 지금은 방영 중인 작품이 없다, 하지만 고맙다,고 겸손하게 말했다. 작가라면 으레 연속극을 쓰는 사람일 거라 여기는, 일용할 양식 걱정 없고 긴장감 없는 이 마을의 분위기, 소설과는 전혀 상관없이 살아가는 이웃의 삶을 생각하면 여자는 편안하고 느긋해졌다. 남자는 여전히 눈을 빛내며 여자를 보고 있었다. 서툰 거짓말을 들킨 아이가 된 기분, 신분이 탄로 난 스파이라도 된 듯 난감했지만 책방이 내주에 사라진다는 사실이 떠오르고 여자는 곧 평정을 회복했다. 여자는 상냥하게 물었다. 아니, 말씀을 하시지 그랬어요, 내가 혹 이상한 짓 한 적 없었어요? 사납게 굴거나 욕을 했다거나. 남자가 쿡쿡 웃었다. 신기하네요, 금방 다 달라졌어요. 선생님 말투랑 눈빛이랑 또…… 거울 있으면 보여드리고 싶네요. 신기할 것도 많네, 여자는 생각했다. 헌책들 사이에서, 헌책을 읽고 헌책을 팔며 그것들을 베고 자는 남자로서는 그럴 수도 있겠다 싶었지만 여자는 조금 짜증이 났다. 사실 평소에도 신기하다 싶긴 했어요. 그렇게 안경 쓰시고, 레깅스 입고…… 그냥 동네 아주머니들이랑 똑같으신데…… 인터뷰 때 사진이나 방송 나오실 때는 모델 같으시잖아요…… 그쯤에서 여자는 남자의 말을 끊어야 했다. 바짝 다가선 남자에게서 풍겨오는 시척지근한 땀 냄새에 숨이 막힐 것만 같았다.

저것들인가요? 사인 본? 여자가 가리킨 책을 남자가 들어 올렸다. 책은 모두 7권이었다. 첫 창작집과 두 권의 장편, 그리고 최근 것까지. 누구인지 마음먹고 서가를 정리한 것 같았다. 책이 출간되면 여자는 출판사의 커다란 책상에 높다랗게 쌓아둔 책에, 팔이 저리도록 사인을 하곤 했다. 평론가, 선배 후배 소설가, 시인, 은사 들…… 그 수는 5백, 때로 6백을 헤아렸다. 수취인이 반겨할지, 그에게 혹은 그녀에게 이 책이 읽힐 것인가 따위는 생각해본 적도 그럴 겨를도 없었으므로 그중 누군가 책을 팔아넘기는 일이 있는 것도 당연하다 싶었다. 누구일지, 다음 명단에서 빼면 그뿐인 일이었다. 여자는 맨 위의 책을 받아들었다. 아시는 분일 텐데, 싶어 제가 치워둘까 하다가…… 남자의 이어지는 말을 여자는 듣지 못했다.

하드커버의 표지를 여는 여자의 얼굴이 창백해졌다. 자신의 서명, 작년 어느 가을의 날짜, 그 위에 K의 이름이 적혀 있었다. 그 여자는 숨을 멈추고 있었으며 다른 6권의 책을 넘길 때도 그러했다. 여자는 다른 날짜의 같은 이름, 같은 서명을 차례로 확인했다. 안쪽의 높은 선반 위에서 툭, 둔탁한 소리를 내며 책이 떨어졌다. 서슬에 바닥에 쌓여 있던 책들이 와르르 무너지고 순간적인 정적이 어두운 책방에 무겁게 내려앉았다. 먼지 냄새가 코를 찔렀다. 이윽고 여자의 입에서 깊은 숨소리가 흘러나왔다. 좀 아는 이였는데 이사라도 간 모양이네요. 챙겨주신 건 고맙지만 제가 다시 사가는 건 좀 그렇잖아요? 적당히 처분하셔야 할 것 같은데요. 여자는 차분한 음성으로 말했다.

오후가 지나고 해가 기울기 시작하는 시간, 여느 때처럼 여자는 조금씩 불안해져서 거실을 서성이다 결국 현관을 나섰던 거였다. 그즈음 여자는 몇 가지 사소한 일들로 시달리고 있었다. 고3인 아들, 부쩍 수다스러워진 남편, 그리고 불면증이 그것이었다. 남편이나 아들과 달리 불면증은, 싸울 수도 무시할 수도 달래지지도 않는 상대였다. 사람들은 어떻게 한결같이 밤이 되면 잠이 드는 것일까. 해가 지면 찾아오는 시간, 매일매일 되풀이 지치지도 않고 잠드는 것일까, 아니라면 지쳐서 잠드는 것일까. 4층, 이웃 빌라의 정원이 알맞게 내려다 보이는 거실에서 맞은편의 불 꺼진 창들을 바라보노라면 세상이 어느 순간 훌쩍 사라진 듯 착각이 일었다.

불면은 사실 여자에게는 오랜 친구 같은 것이었다. 어린 날, 철들기 전부터 그 여자는 잠이 없는 아이였다. 딸이 잠들기를 기다리다 지쳐 끄덕끄덕 조는 어머니가 있었다면 좀 나아졌을까. 여자에게는 그런 기억이 없었다. 어머니가 여자의 불면에 대해 전혀 관심을 두지 않은 것은 아니었다. 중학교 가정 선생이었던 그 여자의 어머니는 책임감이 강한 사람이었다. 학교에서 돌아오면 깨끗이 손을 씻고, 비록 맛을 알 수 없는 것일지라도 무언가 음식을 장만하는 일을 거르지 않았다. 저녁이 되고, 그 여자가 잠을 자지 못하는 기척이면 어머니는 데운 우유를 마시게 하거나 눈을 감고 수를 세거나 따뜻한 수건으로 발을 감싸는 따위, 기본적이고 상식적인 방법을 일러주었고 그보다 더 자주 딸의 일상에 무슨 일이 생긴 것은 아닌지 묻고 또 물었다. 잠이 오지 않는 데는 다 이유가 있지 않을까? 어머니의 음성은 은근하고 부드러웠지만 어린 여자는 자신이 뭔가 잘못을 저지른 듯 알 수 없는 죄책감이 들었다. 성적이 좀 떨어졌어요, 생리가 불규칙해요, 친구가 괴롭혀요…… 그런 것들이 여자의 답이었다. 어머니의 눈, 그 커다랗고 맑은 눈을 보면 무어라도 이유를 만들어내야만 했으므로. 곰곰이 생각하는 듯, 주의 깊게 여자의 말을 듣고 나면 어머니는 빙그레 웃으며 말했다. 소설을 써도 되겠다, 너는.

어쩜 그렇게 이야기를 잘 지어내니.

어머니 덕분에, 어머니에게 답을 하기 위해 지어내던 이야기들이 소설이 되었을까…… 그럴지도 모르는 일이지만 지금, 서가를 바라보는 그녀의 눈에 잡힌 7권의 책 속에는 어머니에 관한 어떤 이야기도 들어 있지 않았다. 가까운 사람들, 함께 밥을 먹고 잠을 자는 사람들의 이야기를 그 여자는 결코 쓰지 않았다. 여자는 맨 앞의 책을 뽑아 건성으로 책장을 넘겼다. 어느 장은 접혀 있었으며 굵은 펜으로 줄을 친 부분도 눈에 띄었다. 여자에게는 출간된 자신의 책을 꼼꼼하고도 냉정하게 읽는 습성이 있었다. 이야기들은 낯설고 어색했으며 사이사이, 휘이, 바람이 지나듯 문장들은 헐거웠다. 그 책은 책방의 남자가 알고 있던 대로 여자에게 유수의 문학상을 안겨준 장편이었다. 무섭고 우스운 이야기를 쓰고 싶었다…… 작가 후기에 여자의 시선이 멎었다. K는 말했었다. 네 소설은 사실 무섭지도 우습지도 않아. 인터뷰 기사 윗면에 커다랗게 실린 사진을 두고도 K는 마뜩찮은 표정을 지었다. 치마가 좀 짧지 않냐, 멋은 있더라만 나이 생각도 좀 하고 살지, 했던 것도 같았다. 그는 대체 어떤 이유로, 왜 책들을 팔았을까. 그에게 무슨 일이 생긴 것일까. 고작 헌책방에 책이 나왔다는 것만으로 마치 자신이 버려진 듯, 우두커니 앉아 있는 스스로가 한심하고 어리석게 여겨졌지만 어쩔 수 없이 여자는 휴대폰을 꺼내 들었다. 전화를 해야만 한다, 여자는 생각했다. 설마 네 소설이 소장 가치가 있다 생각하는 것은 아니겠지,라는 비아냥거림을 듣는다 할지라도.

11개의 버튼을 누르고 여자는 신호가 울리기를 기다렸다. K가 전화를 걸어온 것이 언제였을까. 그가 걸었을까, 혹은 그녀가 그를 찾았을까. 그 여자는 기억을 할 수가 없었다. 그런 일은 이제껏 기억한 적도 없었으며 기억할 이유도 없는 것이었다. K의 번호는 여자의 휴대폰 번호 목록에는 들어 있지 않았다. 그 여자는 그와의 약속을 일정표에 적지 않았으며 그를 만나 나눈 이야기, 그와 갔던 장소, 그와 함께 보았던 것들을 비망록이나 취재 수첩이나 메모지, 그 어떤 곳에도 남기지 않았다. 그것들을 여자는 머릿속, 기억 깊은 곳에 갈무리하고 숨겨두었다. K의 말투, 그가 들려준 에피소드들은 그 여자의 소설 속에, 문장 사이에, 장면의 끝에 퍼즐처럼 숨어 있었다. 말한 적은 없었지만 소설을 읽으면서 K가 그 그림들을 맞추어나간다는 것을 그 여자는 알고 있었다. 그 일들이 때로 그를 즐겁게, 그보다 자주 화나게 한다는 것 역시 알았지만 그 여자는 상관하지 않았다. K를 알게 된 것, 그를 만나는 이유는 소설 때문이었으며 K 또한 그 사실을 모르지 않을 거라 그 여자는 생각했다. 소설을 쓰지 않을 때, 소설과 상관없이 K를 만나는 일을 그 여자는 가능하면 삼가는 편이었다. 일상과 소설을 섞지 않는 것, 소설을 쓰기 시작한 이래 그 여자가 고수하고 있는 원칙이었다.

신호음이 거듭 울렸지만 전화는 연결되지 않았다. 몇 번 더 재발신을 시도하던 여자는 전화번호 목록을 뒤져 이름 하나를 찾아냈다. 그 여자의 동창이며 K의 오랜 친구인 그 남자는 말했다. K라고? 나도 본 지 좀 됐는걸. 작년 가을인가, 아니 여름이었나, 글쎄, 그 잡지사 그만뒀다는 말은 어디서 들었어. 걔가 원래 한군데 안 있잖아. 그런데 갑자기 그놈은 왜? 혹시 돈 빌려줬으면 잊어버려라, 걔는 빌릴 줄만 알지 갚는 인간이 아니거든. 여자에게서 아무 답을 듣지 못한 그가 재차 물었다. 너 진짜 돈 빌려준 모양이구나, 큰돈이야? 연이어 다른 세 사람과의 통화를 시도한 끝에 여자가 알아낸 사실은 분명하고도 단순한 것이었다. K는 서울에 있지 않다, 아무도 K의 행방을 알지 못한다……

그 사실을 인식하는 순간 그 여자는 충격을 받았다. 충격을 받았다는 사실이 여자를 화나게 했으며 실은 자신이 몇 시간 전부터 화가 나있다는 것을 뒤미처 깨달았고 그 때문에 여자는 더욱 화가 났다. 걷잡을 수 없이 화가 치밀어 올랐다. 어떻게 이럴 수가 있단 말인가. 내 책을 팔아먹고 잠적하다니. 도저히 있을 수 없고 이해할 수도 없는 일이 일어나는 것이 삶이라는 것쯤은 여자도 알고 있었지만, 이건 아니다,라고 여자는 생각했다. 찰나 그 여자의 기억 속에서 다른 전화번호 하나가 불쑥 떠올랐다. 여자는 충동적으로 그 번호를 눌렀다. 화나는 일, 화나는 상대를 앞에 두면 오히려 차분하고 냉정해지는 편이었으므로 그 행동은 극히 이례적인 것이었다. 여자는 이미 평정을 잃은 상태였다.

아빠는 안 계신데요, 라고 어린 여자 아이가 말했다. 어디 가셨는지 아니? 아줌마는 아빠의 동료란다. 동료, 라는 말이 거짓은 아니지 않은가, 생각할 즈음 다른 목소리가 저편에서 흘러나왔다. 누구신지요, 라고 묻는 그 음성을 여자는 이내 알아들었다. K의 아내, K의 결혼식에서, K의 옆자리에 서 있던 모습이 그지없이 어색해 보이던 그 여자였다. 아, 저는 A라고 합니다. K 선생께 연락할 일이 있는데 전화를 안 받으셔서요. 여자는 차분하고 정중하게 자신을 밝혔다. 그러지 못할 이유가 무어란 말인가. 아니더라도 그 여자는 거짓말을 하는 건 소설로도 충분하다 여기는 편이었다. 아, A 선생님이시군요, 하고 난 K의 아내는 한동안 침묵했다. 침묵은 무거웠으며 거북했다. K와 그의 아내가 행복한 부부인지 어떤지 그 여자는 알지 못했지만 아내는 아마도 착한 여자일 거라고 그 여자는 생각해왔다. 어떻든 K와 살아내고 있지 않은가 말이다. 그이는 글쎄, 좀…… 사실 어디 있는지 저도 몰라요. 몇 달 걸릴 거라고 했는데요…… 말끝을 흐리던 여자의 어투가 갑자기 단호해졌다. 무슨 일인지 모르겠지만 당분간 못 보실 거예요. 연락 오면 전해드릴게요. K의 아내가 먼저 전화를 끊었다. 수화기를 든 채 그 여자는 잠시 멍하니 앉아 있었다. K의 아내에게서 전해진 적의가 너무나 생생해서였다. 느닷없이 찬물을 뒤집어 쓴 듯, 터무니없는 모욕을 당한 기분이었다.

K는 나를 시험하고 있다, 그 여자는 생각했다. 우연히 책장을 정리했고 우연히 책을 팔았고 그리고 우연히 내가 그것들을 보게 되었다…… 그건 너무 비현실적인 상황이었다. 현실은 소설과는 달리 우연에 관대한 공간이 아니다, 어떤 우연이든 그에 합당한 계기가 있다고 그 여자는 믿고 있었다. K는 여자의 첫 소설을 읽어준 사람이었다. 엔딩이 약하니 고쳐보라, 이걸 보면 도움이 될 것이라며 어느 잡지에서 찢어낸 사진을 건네준 사람이었다. 다짜고짜 불러내서는 제주도 행 티켓을 건네주며 앉아 있다고 소설이 되는 게 아니다, 지금 눈꽃이 한창이란다, 하던 사람, 그것이 K였다. K는 본래 거기 있었던 사람이었고 언제나 거기, 그 자리에, 여자가 볼 수 있고 찾을 수 있는 곳에 있는 존재였다. 죽는 날까지 소설이라는 것을 쓰리라 한 것과 똑같이, 그건 단 한 차례도 의심한 적도, 심지어 의식한 적조차 없었던 사실이었다.

자정 직전 돌아온 그 여자의 남편은 조금 취해 있었다. 이야, 운동 열심히 하네, 실내 자전거 위에 앉은 여자를 보고 남편이 싱긋 웃었다. 내가 말이야, 요즘 당신한테 진짜 고마워. 왜요? 무슨 일이 있었어요? 땀이 차고 호흡이 가빠졌으므로 여자는 짧게 물었다. 그게 말이지, 자전거 옆 소파에 털썩 몸을 앉힌 남편이 말했다. 여자들이 말이지, 내 친구 마누

라들이 말이지. 결혼 20년 쯤 되니깐 뭐 무서운 게 없어지는 모양이야. 부끄러운 줄도 모르고 말이지. H 말이야, 그 친구 와이프가 오늘 나한테 전화를 해서는 대뜸 그러는 거야. 자기 남편 좀 만나지 말라고. 자그마치 30분을 자기 남편이 어떻게 속을 썩이네, 애를 먹이네, 얘기를 늘어놓는데 끊을 수도 없고, 아주…… 남편의 말을 끊지 못한 채 어머, 그랬어요? 아니 그건 너무 했네, 그래서 어쨌어요? 추임새를 넣다가 기어이 여자는 40분을 채우지 못하고 자전거에서 내려와야 했다. 그 여자도 오죽했으면 그런 전화를 했겠어요? 당신이 친절한 사람이라는 걸 알고 그러는 거잖아. 사람 좋은 게 당신 약점이라니깐. 여자의 어투에 애교가 어렸다. 등이 살짝 간지러운 기분이 들었지만 일상이라는 것은 언제나 사소한 인내, 사소한 굴욕, 사소한 연기를 요구하는 법이었다. 여자의 예상대로 여자의 남편은 흡족한 얼굴로 자리에서 일어났다.

어제처럼, 그제처럼 잠은 와주지 않았다. 오지 않는 잠을 기다리며 누워 있노라면 침대의 매트리스가 십자가인 듯 여겨지고 여자는 거기 못 박혀, 영원히 죽지 않고 언제까지라도 계속되는 형벌을 받을 것만 같았다. 잠을 자지 못하는 데는 다 이유가 있지 않겠는가…… 어린 날 어머니의 말이 떠올랐다. 굳이 원인을 찾자면 계절 탓이라 할 수는 있겠다, 싶었다. 계절이 바뀔 때면 유독 불면은 독한 바이러스처럼 여자를 괴롭혔다. 기온이 올라가거나 내려갈 때 몸 안으로 그 계절의 바람이 스윽, 지나가는 기분이 들고 곧 무언가가 빠져나가는 듯 야릇한 느낌이 일었다. 가만히 누워 있으면 머리끝부터 몸의 세포가 천천히 죽어가는 것이 느껴지고 작아지고 작아져서 푹 꺼진 자리만 남을 것 같은 공포에 시달렸다. 그 여자가 속한 세상, 그 여자가 살아가는 일상이 만드는 그림들을 생각한다면 여자의 불면은 이해하기 쉬운 요소는 아니었다. 모르는 사람들이 보기에, 아니 아는 사람이라 할지라도 여자의 생활에서 일상적인 걱정거리, 일상적인 부족함을 찾기는 쉽지 않았다.

여자는 우연히 소설을 썼고 소설가가 되었지만 많은 우연들처럼 그 여자의 삶에 소설을 쓰는 일이 특별한 영향을 끼친 것은 아니었다. 그 여자가 낸 소설 중 세 권의 책이 베스트셀러가 되었지만 부자 아버지를 둔 데다 부자 남자와 결혼하였으며 소설을 쓰는 사람으로서는 드물게 재테크에도 일가견이 있는 그 여자에게 그 경제적 이득이란 사소하고도 미미한 것이었다. 상당한 액수의 상금이 따라오는 상을 받았을 때도 그랬다. 수상 소감을 말하는 여자의 음성은 적당히 떨렸고 숨겨지지 않는 감동으로 눈물조차 흘렸지만 수상의 영예란 것, 그건 기사가 난 신문이 누렇게 바랠 즈음이면 효용을 다한다는 것이 그 여자의 생각이었다. 다만 행운이 따랐을 뿐이며 행운이란 그 불어오는 곳을 알 수 없는, 어느 순간 허공으로 흩어지는 바람 같은 것이라 여자는 믿었다. 여자가 사는 방식은 무척 현실적이라 할 수 있었다. 그 여자는 소설을 쓰다 지겨워지면 어딘가 땅을 보러 가고 개발 호재를 확인하고 그것을 사고 적절한 때 적절한 이윤을 남기고 팔았다. 운용 가능한 현금은 수 종류의 펀드에 분산 투자하고 알맞은 시기에 환매했다. 어떤 이들, 가령 그 여자의 남편은 소설을 쓰는 사람이 어찌 그런 일에 밝느냐, 의문을 표하기도 했지만 역사 서적과 문화 서적을 읽고 난 자투리 시간에 경제 서적 두어 권 읽기를 마다하지 않는다면, 월 2회 정도 피비 센터의 팀장과 만나 2시간쯤 주식과 세계 경제와 자본과 물류의 향후 전망을 듣는 일을 번거로워하지 않는다면 그다지 어려울 것도 없는 일이었다. 오늘 소설집 출간 사인회를 하고 내일 평택 나대지의 매매 계약서에 사인을 하고 다음 날 이머징 마켓 펀드의 환매를 결정하는, 그런 일들이 무어 그리 대단한 것이겠는가, 그 여자는 그렇게 생각했다. 때로 손해를 입는 경우도 없지 않았으나 그런 때에도 여자는 전혀 동요하지 않았다. 통장의 잔고가 약간 줄어들었다고 해도 별 다른 영향이 없는 때문이었지만 그보다는 여자의 성격이 그러했다. 이미 일어난 일에 대해 흥분하는 것은 극히 어리석다고 여자는 믿는 편이었다. 투자에서의 이윤이 높다 싶으면 여자는 몇 군데 나누어 보내는 기부금의 액수를 늘였다. 혹 생길지도 모르는 부채 의식을 잠재우기 위해서였다. 책임감이라면 여자는 어머니에 못지않게 강한 편이었다. 누구에게도, 어떤 일로도 아쉬운 소리, 신세 지는 일을 하지 않았다. K의 일이 다시금 여자의 머릿속을 헤집었다. 그의 잠적에는 음모의 냄새가 났다. 무얼 어떻게 해야 할는지, 자신이 치러야 할 대가가 무엇일지 여자는 곰곰이 생각했다.

다음 날 집을 나선 여자는 피트니스 클럽에서 40분간 땀을 흘리고 그 아래층의 미용실에서 1시간가량 피부 마사지를 받았다. 오일과 단백질의 보충을 받아 불면의 흔적이 어느 정도 가신 얼굴을 확인한 후 여자는 정성을 들여 오래오래 머리를 손질했다. 머리끝에서 발끝까지 우아한 단장을 마친 여자는 주유소에 들러 탱크를 가득 채우고 빠른 속도로 차를 몰아 시내를 빠져나갔다. 여자는 속도를 한껏 올려 차들을 빠르게 추월했다. 자동차의 엔진 소리, 가속기를 밟을 때 순간적으로 등에 닿아오는 묵직한 느낌을 즐기며 여자는 차를 몰았다. 네 개의 원이 그리는 엠블럼이 달린 자동차, 단정한 디자인의 차는 이제 마흔 중반의 소설가가 몰기에 적절한 차종은 아니었으나, 적절하다는 건 어디까지나 개인의 상황에 따라 달라지는 것이라는 게 그 여자의 생각이었다. 자신의 형편과 성향에는 그것이 적절하다고 여자는 믿었으며 그에 따르는 눈총 같은 것에는 관심을 두는 편이 아니었다. 시선을 두려워하는 것, 그건 그 차를 자랑 삼는 것과 똑같이 속물적인 일이 아닌가, 그 여자의 생각은 그러했다.

　천안-논산 간 고속도로에 접어들었을 때 빗방울이 떨어지기 시작했다. 이정표를 확인하고도 하마터면 나들목을 지나칠 뻔했으므로 급정거와 급회전을 해야 했지만 여자의 차는 큰 무리 없이 여자의 실수를 받아주었다. 1번 국도로 30분 가량, 그러고는 외길이었다. 10년 사이 넓어지고 반듯해진 길에는 차량이 많지 않았다. 곧 복사꽃이 흐드러진 벌판이 여자의 시야에 펼쳐지고 호수로 가는 이정표가 나타났다. 동네 밖에서 여자는 서서히 속도를 줄이고 주변을 살피고 있었다. 멀리, 그 여자가 가야 할 곳, 그 여자가 찾아야 할 집, 숨은 듯서 있는 집이 눈에 들어왔다. 마을에는 사람의 기척이 느껴지지 않았고 집은 외따로 떨어져 있었지만 그 여자는 그 근처에 너무 가까이 가서는 안 된다는 것을 알고 있었다. 그 집의 담장을 지나 한참을 더 차를 몰고 간 여자는 후미진 골목 한쪽, 나무 그늘 아래 차를 세웠다. 그저 인근에 왔다 경치에 반한 사람처럼 여자는 둘레둘레 주위를 돌아보며 천천히 걸음을 옮겼다. 비에 젖은 땅에 하이힐 굽이 박혀 여자의 걸음이 절로 느려졌다. 담장 아래 키 작은 꽃들이 비에 젖고 있었다. 누군가 심심해서 장난처럼 뿌린 씨에서 자라난 듯 꽃들은 서로 엉켜 있거나 저만치 홀로 시들어 있었다. 물고기 비늘처럼 칠이 벗겨진 철대문은 잠겨 있지 않았다. 끼익, 철이 긁히는 불쾌한 소리를 내며 문이 열렸다. 한 발 내디딘 여자를 맞은

너는 누구인가　251

것은 허리께에 올 듯 무성한 잡초의 밭이었다. 풀들 사이로 소리 없이 빗방울이 스며들었다. 얼핏 보아도 사람이 살지 않은 지 오랜 것 같았다. 한때 정원이었던 곳에서 홀로 무성한 초록 잎을 빛내는 키 큰 감나무가 때 아닌 방문객을 내려다보았다. 여자는 조심스레 발걸음을 옮겼다. 현관까지 가는 동안 아무도, 아무런 것도 여자를 막지 않았다.

유리 조각들, 부서진 나무의 파편들…… 현관을 들어서는 여자의 낯빛이 질린 듯 해쓱해졌다. 찢겨나간 벽지 사이로 거멓게 곰팡이가 슬어 있었다. 커다란 구멍이 뚫린 천장에서 금세라도 무언가 떨어져 내릴 것만 같았다. 거실로 올라서기 위해 여자는 바닥의 막대 하나로 눈앞의 거미줄들을 걷어내야 했다. 거미 두 마리가 서둘 것도 없다는 듯 느릿느릿 시야에서 사라졌다. 고운 흙처럼 쌓인 먼지들이 여자의 발에서 풀썩 요동을 치다 구두를 더럽혔지만 여자는 묵묵히 집 안쪽으로 걸어 들어갔다. 방이 하나 있었고 그리고 부엌처럼 생긴 공간이 있었더랬지…… 기억을 좇아 여자는 방이었던 공간을 들여다보았다. 리놀륨이 벗겨진 바닥 역시 곰팡이가 슬어 있었다. 작은 벌레 한 마리가 여자의 발치를 지나 벽 속으로 기어갔다. 책상이, 작은 옷장이, 그리고 침대가 놓여 있던 자리를 여자의 시선이 차례로 훑고 지나갔다. 친구의 집이라 했었지만 여자는 K의 그 말을 믿지 않았다. 작은 식탁과 소파, 책상, 두 개의 의자, 그리고 현관에 놓인 화분까지 그 집에 있는 모든 물건은 새것이었다. 서투른 솜씨로 바른 벽지조차 그러했다. 마치 며칠간의 촬영을 위해 급조된 세트 같았다. 그곳은 과거가 없는 공간이었다. 그 사실이 여자의 마음을 움직였다. 거기에서라면 새로운 이야기, 아무도 알지 못하고 들은 적 없는 주인공들을 그려낼 수 있을 것 같은 느낌이 들었다. 첫 소설을 쓰고, 막 시작한 장편이 벽에 부딪혔던 즈음이었다.

창가에 마른 화분이 놓여 있었다. 라벤더였다. 바짝 마른 채 실타래처럼 얽혀 있는 긴 가지들 위에도 먼지가 소복이 쌓여 있었다. 방을 나온 여자는 거실 한쪽에 여태 남아 있는 소파 한 귀퉁이의 먼지를 털어내고 조심스레 몸을 내려놓았다. 누군가 일부러 그런 듯 길게 찢겨 속을 내보이는 소파, 바닥을 구르는 2개의 빈 소주병, 중간 참이 늘어진 채 간신히 걸려 있는 플라스틱 블라인드…… 그것들을 여자는 천천히 일별했다. 한쪽 벽에 기대어 있던 책상에서 노트북과 씨름하던 그때, 여자가 썼던 소설, 남자와 여자가 분노하고 다투고 화해하고 다시금 갈등을 겪는, 거기까지는 세상 어디에나 있을 법한 이야기였다. 과거를 돌이키고 싶은 남자, 그 간절함이 어떤 존재를 움직이게 되고 남자에게는 시간을 거스르는 능력이 부여된다. 남자는 망설임 때문에 여자를 놓쳤던 과거의 공간으로 돌아가 다시 여자를 만나지만 소심한 남자는 여전히 주저하고 주저할 뿐, 행동을 하지 못한다. 남자의 마음을 모르지 않으면서도 어떤 고집, 어떤 불안이 여자의 마음을 닳아걸게 하고…… 마지막 순간, 기한이 다하기 직전, 시간의 벽 안으로 영원히 스며들기 직전 마침내 남자는 여자에게 고백한다는, 행복한 결말의 소설이었다. 다분히 만화적인, 어느 영화에서 본 듯한 이야기였지만 뜻밖에도 소설은 잘 팔려나갔다. 동화적이고 몽환적인 공간 때문이었을 것, 이라고 K는 말했다. 산골 마을의 외딴집, 창을 열면 복사꽃이 흐드러진 들판이 보이고 어느 곳에선가 염소 울음소리가 들리는 평화로운 곳, 나비와 벌과 새가 이웃처럼 무시로 드나드는 집을 그려내게 했던 집…… 그러나 집은 공포영화의 세트로나 어울릴 형세로 변해 있었다. 자신의 소설, 더 이상 팔리지 않고 아무도 기억하지 않는 소설이 떠오르고 아련함이 여자의 가슴에 피어올랐다. 폐가가 된 집, 이제 그 사실을 확인한 것으로 이미 절판된 그 소설이 마침내 잊히고 사라진 듯한 느낌이었다. 누구의 집이었을지, 어째서 버려졌을지, 궁금하지는 않았다. 집은 이제 서서히 삭아가고 어느 즈음 무너져 내릴 것이었다. 쳐진 블라인드 사이로 창을 때리는 빗줄기가 보였다. 그 밖 세상은 죽은 듯 고요했고 집 또한 그러했다. 절로 나른한 기분이 들었다. 문학사에 남을 작품을 쓰리라는 환상을 품을 정도로 순진하지는 않았으므로 그 맥이 빠지는 기분이 그 여자는 스스로도 의아했다.

 돌아오는 길, 추적추적 내리던 빗발이 사납게 변해 있었다.

이제 어찌할까…… 빗발에 주춤거리는 자동차들 사이를 빠른 속도로 빠져나가면서 여자는 K를 생각했다. 그 집에 간다고 해서 K를 만날 수 있을 거라 기대한 것은 아니었지만 그 철저한 부재는 허망하고 허망했다. K에게, 그 여자는 언제나 함부로 굴었으며 약속 시간에 2시간쯤 늦거나 심지어 잊기 일쑤였고 한밤에 무턱대고 전화를 걸어서 이 문장이, 이 장면이 이상하지 않은가 물었다. 그런 행동들이 무례한 것이라는 생각은 전혀 하지 않았다. K가 언제나 기다렸다는 듯 그 여자의 전화를 받아주었던 때문이었다. 그는 그건 이렇게, 저건 저렇게, 그 남자는 죽이는 게 좋겠어, 아, 그 장면은 빼버리는 게 어때? 등등의 답을 들려주었다. 늘 K의 충고를 따랐던 것은 아니었으며 K와 달리 그 여자가 언제나 K를 반겼던 것도 아니었다. 때로 그 여자는 K와의 이별, 영원한 결별을 꿈꾸었다. 꿈은 달콤하고 아쉽고도 고통스러웠다. K는 그 여자의 소설을, 그 배태와 생성과 소멸을 통째로 알고 있는 유일한 사람이었으므로. 판교 나들목 부근에서 차가 밀리기 시작했다. 두 대의 견인차가 요란한 사이렌을 울리며 갓길을 달려갔다. 아이를 데리러 가야 할 시각이 임박해 있었다. 가속기와 제동기를 번갈아 밟으면서 여자는 차들 사이를 사납게 빠져나갔다. 내일은 날이 개었으면, 여자는 바랐다. 그곳이 어디일지 알 수 없지만 어디론가 가야만 한다는 것을 여자는 알고 있었다.

다음 날 아들아이가 나가자마자 여자는 집을 나섰다. 챙 모자를 눌러쓰고 운동화를 신은 차림이었다. 터널을 지나고 고속도로와 국도를 바꾸어 달리면서 여자는 조금 긴장하고 있었다. 왜 이 길을 가는 것인지 스스로 설명할 수 없었으므로 여자는 그 물음을 깊이 감추어두었다. K와 함께 갔던 길이었지만 K를 만나리라 여겨 가는 길이 아니었다. 그저, 아무런 이유 없이 해야만 하는 일이 있듯 그 길을 가지 않으면 안 될 듯한 기분이 들었을 뿐. 비봉, 사강, 남양, 서신…… 이정표가 차례로 지나가고 마침내 바다가 보였다. 바다가 보이는 길에 선 포장마차에서 천 원 지폐를 건네고 여자는 커피 한 잔을 마셨다. 뜨거운 커피가 비어 있던 속을 가라앉히고 조금쯤 마음이 차분해진 여자는 고요한 봄 바다와 고요한 하늘을 바라보며 서 있었다. 군 초소가 있던 곳, 차 한 대가 간신히 빠져 지날 만큼 좁았던 길은 4차선으로 변해 있었다. 우람한 관광버스 2대가 멈추어 서고 이른 출발을 한 듯, 부스스한 머리의 아낙네들과 한 떼의 어린 아이들을 부려놓았다. 어린 남자 아이들이 환성을 지르며 바다 쪽으로 달려갔다.

바짓가랑이를 걷어붙이고 갯가를 헤집는 사람들을 보며 여자는 열린 물길을 따라 차를 몰았다. 물길이 열리는 시간은 오후 6시까지였다. 그사이 사람들은 뻘 속에 잠겨 있을 것이었다. 바지락을 캐고 굴을 따고 기다란 맛조개를 줍고 어쩌면 낙지를 발견했노라 탄성을 지를 것이었다. 황량하던 곳, 사람 그림자 없이 그저 살 같은 빛만이 떠 있던 바다는 이제 만날 수 없을 것이었다. 섬 안으로 들어서자 더욱 가팔라진 풍경이 여자를 맞았다. 바다를 끼고 난 해안도로 주변 하늘은 온통 현수막으로 가려져 있었다. 족구장, 세미나실, 바비큐 시설 완비, 단체 예약 환영…… 갯벌 체험, 일체의 장비를 드립니다. 추억을 담아 가세요…… 문구들을 여자는 하나씩 읽었다. 막 등단했던 무렵, 여자는 신문에서 오려낸 쪽지 한 장을 달랑 들고 섬을 찾았다. 구불구불 이어진 산길을 달리고 갯가를 지나 오래오래 가야 했던 길이었다. 춥고 쓸쓸하고 매운바람이 불던 날이었다. 세 차례 더 섬을 찾은 끝에 여자는 소설을 완성했고 그 작품으로 처음 주목을 받았다. 그 후 소설의 무대를 찾아가는 방송 프로그램의 촬영을 위해서 한 번, 그리고 또 다른 행사를 위해 한 차례…… 그때마다 섬은 매일 옷을 갈아입는 여자처럼 조금씩 모습을 바꾸었으며 어느 순간 관광지로 각광을 받은 이래 섬은 전혀 다른 곳으로 변해 있었다. 섬은 더 이상 쓸쓸하지도 호젓하지도 않았다. 조개 굽는 냄새와 연기를 피할 수 있는 곳은 섬 어디에도 남아 있지 않았다.

언덕 위에 새로이 생긴 건물들이 위압적인 눈으로 여자를 내려다보고 있었다. 일 마레, 백악관, 석양의 추억, 이름들도 다양한 펜션들이었다. 육중한 시멘트 건물의 집채만 한 간판에는 10리 밖에서도 보일 만큼 커다란 글자가 적혀 있었다. 해수탕, 게르마늄 성분...... 마을버스가 멈추고 여자와 남자들이 그 안으로 몰려 들어갔다. 해안도로가 끝나는 지점에 빠질 수 없다는 듯 꾸며져 있는 놀이동산, 괴물처럼 공중에 매달려 있는 바이킹과 조야한 색깔의 범퍼카들을, 귀를 때리는 스피커의 노랫가락을 지나치며 여자는 천천히 차를 몰았다. 이런 섬, 이런 장소를 이렇게 꾸며야만 했던 사람들에 대해 비난할 마음이 든 것은 아니었다. 갈 곳이 필요한 사람들, 몰려올 사람들을 필요로 하는 사람들이 있으니 당연한 일이었다. 일어날 일이 일어난 것일 뿐 변해야 하는 것이 변했을 뿐 잘못은 누구에게도 없는 것이 아닌가. 졸부의 정원처럼 조잡한 해안 공원을 지날 무렵 해가 하늘 한가운데로 떠올랐다.

매 바위로 가는 길, 열린 물길 위에도 이미 사람들이 가득 차 있었다. 옷소매를 걷어붙인 청년 하나가 매 바위 옆으로 성큼 올라가고 붉은 원피스를 입은 여자가 남자를 따라 올라갔다. 바위틈마다 켜 있는 촛불들, 그중 하나를 들어낸 여자가 새로운 초를 세우고 불을 켜는 것이 보였다. 남자가 활짝 웃으며 그 모습을 카메라에 담았다. 아줌마도 하나 켜고 가세요, 소원이 이루어진대요, 2천 원이에요. 여자의 옆으로 다가온 행상이 하얀 초를 불쑥 내밀었다. 그때도 초를 파는 사람이 있었던가, 그랬던 것도 같았다. 초를 켠다고 해서 소원이 이루어지리라 믿지 않았으므로, 그다지 빌고 싶은 무엇도 없었으므로, 무엇보다 이제 곧 밀물이면 물결에 쓸려 흔적도 없이 사라질 것이었으므로 여자는 그것을 사지 않았다. 너는 그게 문제야, K는 말했다. 원하는 게 없는 사람은 세상에 없어. 뭘 원하는지 늘 감추고 있을 뿐이지. 소설은 그렇게 시작되었다. 숨기고 숨기다 마침내 드러냈을 때 그것이 돌이킬 수 없는 상처로 돌아오는 이야기, 부정하면 얻을 수 없고 인정하면 비난받다 버려지는 이야기였다. 예측 가능한 삶, 그에 대한 인내를 키우고 키우다 어느 순간 경계를 넘고 그 피안으로 가는 길을 돌이키지 못한, 돌이키지 않은 여자 주인공…… 소설은 슬프고 아름다웠다. 처연한 느낌을 유지하기 위해 소설을 쓰는 내내 여자는 외출을 삼가며 비극적인 영화를 보고 우울한 음악을 들었다. 소설과 일상의 분리에 익숙하지 않았던 시절이었다. 쓰기에 대한 욕망으로 밤을 꼬박 새우던 시절이었다. 여자의 눈에서, 불꽃같은 열정이 피어올랐던 시절이었다.

물때가 바뀔 때까지 여자는 그 자리를 떠나지 않았다. 봄바람에 밀린 파도 소리가 차츰 높아지고 저 멀리서 물이 밀려들기 시작했다. 물은 가만히, 소리 없이 밀려왔다. 사람들이 물장난을 치며, 호들갑스런 소리를 지르며 해안으로 돌아오고 있었다. 매 바위가 완전히 잠기는 것을, 천천히 밑동부터 사라지는 것을 여자는 조용히 바라보았다. 촛대처럼 솟은 부분, 그 맨 꼭대기가 남았을 때 바닷길에서 나온 사람들은 저마다 어디론가 사라지고 일몰의 정경을 기대하는 새로운 사람들이 하나둘 모여들었다. 발목을 핥듯 다가온 물 속으로 여자는 천천히 걸어 들어갔다. 여자의 가슴속에도 물이 차올랐다. 바다를 보는 눈이 시려 여자는 자꾸만 눈을 깜박였다. 눈에 고인 눈물을 여자는 닦아내지 않았다.

막 차에 오르던 여자는 전화 한 통을 받았다. K의 오랜 친구인 그 남자는 K를 보았다고 말했다. 지인들과 낚시를 갔던 길이었다 했다. 통영 근처야. 욕지도라고 있어. 거기서 낚시를 하고 있더라고. 낚시하는 줄은 몰랐는데 제 말로는 가끔 다녔다던걸. 어디 묵고 있냐 물었는데 이놈이 말을 않는 거야. 정처가 있냐, 그러는데 제법 나그네의 풍모가 나던걸. 그쯤 알려준 남자가 K를 찾는 이유를 묻고 싶은 눈치였지만 여자는 전화를 끊었다. K는 본래 나그네의 냄새가 나는 남자였다. 며칠째 감지 않은 듯 부스스한 머리, 늘 같은 옷을 입고 다닌 때문이 아니었다. 그의 표정, 매인 데 없는 그 눈빛이 그랬다. 종잡을 수 없는 행적이 그랬다. 만날 때마다 매번 다른 주소, 다른 직함의 명함을 내밀었으며, 오래 있지는 않을 거야, 하도 사정을 해서 말야, 하고 뻔뻔한 표정을 지었다. 욕지도라면 여자도 알고 있었다. 세번째 장편을 쓸 때, 바다 낚시 장면을 위해 여자가 답사했던 곳이었다. K는 당연하다는 듯 여자와 동행했으며 욕지도 옆 작은 섬, 연꽃이 변해 섬이 되었다는 연화도에 대해서도 알려주었다. 그때 여자가 선택한 주인공은 고기를 잡다가, 얼핏 환시처럼 눈에 들어온 섬을 찾아가는 남자였다. 있는 듯 없는 공간, 존재 하나 잡히지 않는 사람, 환상과 현실을 오가는 이야기, 소설은 지루했다. 난해하다는 평을 받은 소설을 시장은 외면했지만 여자에게 다른 상을 안겨주었다. 새로운 시도로써 한국문학의 철학적 인식의 장을 확대했다, 는 그 심사평을 보고 K는 웃음을 터뜨렸다. 얘네들, 무슨 말인지나 알고 하는 걸까? 솔직히 너도 뭔지 모르고 쓴 거 아냐, 라고 말했다. 기분이 상했지만 여자는 K의 말을 부인하지는 않았다. K의 말처럼 소설을 쓰는 내내 여자는 혼란에 빠져 있었다. 대체 끝이 나기는 하려나, 의문조차 들었다. 뭔지 모르는 상태에서 뭔지 모른다고 쓴 것일 뿐인데, 어쩌면 그 솔직한 의문 부호가 공감을 준 것일 텐데 그렇게까지 신랄할 이유는 없는 것이 아닌가 싶었다. 생소한 느낌이 특이한 상상력을 낳은 것이라고 이해할 수도 있는 일이 아닌가 말이다. K의 반응은 지나치게 예민했다. 이제 K를 찾아 통영까지 가야 하는 것인가…… 그를 보게 되면 무어라 물을 것인가…… 그를 찾아 나서지 않는다면 지난 며칠간의 분노와 흥분은, 그건 절로 사라질 것인지…… 여자는 막막하고 우울했다.

그날 밤 여자는 K를 만났다. 아니 여자가 본 것은 K의 등이었다. 그는 갯바위에 서서 낚싯줄을 드리우고 있었다. 그에게로 다가가면서도 막상 그가 돌아본다면 무슨 말을 할 것인지, 여자는 알 수 없었다. 이런 곳에서 만나다니 정말 반갑다, 고기는 좀 잡히니? 묻고 나란히 그 곁에서 바다를 보고 있을 수만 있다면…… 돌연한 잠적과 그의 오만을 잊을 수 있을 것 같았다. 그에게 가까워질수록 여자의 가슴속에 알 수 없는 두려움이 일었다. 열 걸음쯤, 세 개쯤의 바위를 더 건너면 닿을 만한 거리에 이르렀을 때 K의 등이 그 여자에게 말했다. 가까이 오지 마. 파고가 높은 곳이었지만 여자는 K의 말을 알아들었다. 모욕을 느낀 여자가 소리를 질렀다. 그럴 수는 없어, 너는 내게서 떠날 수 없어. 가슴 한가운데, 그 깊은 곳에서 찌르듯 통증이 일었다. 이렇게 나를 버릴 수는 없어. 너는 그럴 수 없어. 네가 아무리 원한다 해도 어쩔 수 없어. 너는 절대로, 절대로 나를 벗어날 수 없어. 여자의 목소리가 사나운 바람처럼 바다 저편으로 퍼져나갔다. K의 등은 침묵했다. 무언가가 미끼를 물은 듯 그의 낚싯줄이 팽팽해졌다. 릴에 감긴 줄이 빠른 속도로 풀려나갔다. 파도가 높아지고 풀려나간 줄이 멀리, 더 멀리 너울을 따라 춤추듯 흔들리며 뻗어나갔다.

릴을 감아 들이는 K의 손길을 보며 여자는 천천히 K에게로 다가갔다. 마침내 지척에 이르렀을 때 K의 목소리를 그 여자는 들었다. 벗어날 수 없는 것, 그건 너야. 내가 아니야. 낮고 섬뜩한 음성이었다. 이제껏 들은 적 없는 낯선 음색이었다. K의 등이, 어깨의 근육들이 움직이는 것을 여자는 숨을 멈추고 지켜보았다. 대체 왜 그러는 거야. 왜 나를 괴롭히는 거야. 어째서 참아주지 않는 거야. 뭣 때문에 냉정하게 구는 거야. 내가 무얼, 무슨 그리 대단한 잘못을 했다는 거야. 그 여자는 묻지 않았다. 포기에 대한 갈망과 상실의 두려움이 똑같은 무게로 여자의 가슴을 짓눌렀다. 얽매이지 않았다고, K로 인해, 그의 말 한마디, 눈빛 하나에 상처받은 일 따위는 결코 없었노라 여겼던 그 모든 시간이 착각이었음을, 그 여자는 아프게 깨달았다. K의 표정 없는 등을 향해 여자는 물었다. 왜 나를 이렇게 흔드는 거니, 어쩌면 이렇게나 아프게 하는 것이니…… 너는 누구니, 너는 정말 누구였니…… K의 마음을 잡을 수 있다면, 그의 앞에 무릎을 꿇을 수 있다면, 그의 손을 잡을 수 있다면, 그의 눈을 들여다보며 나야,라고 말할 수 있다면…… K의 눈이 그녀를 알아보고 다시금 빛을 내게 할 수 있다면…… 그 모든 바람, 모든 갈망이 부질없다는 느낌이 들었다. 그 느낌은 손에 잡힐 듯 선명하고 날카로웠다. 아픔으로 목이 메어왔다. K야, 여자의 음성에 울음이 섞였지만 그의 등은 대답하지 않았다. K야, 여자는 다시 그를 불렀다. K의 등은 거대한 벽처럼 보였다. 이윽고 K가 말했다. 그 이름을 부르지 마, 나는 이제 K가 아니야.

 다음 순간 여자를 삼킨 것은 맹렬한 적의였다. 여자는 조심스레 K를 향해 발을 디뎠다. 갯바위는 이끼에 덮여 미끄러웠다. 높아진 파도가 바위 옆을 치고 지나갔다. 먼 바다와 가까운 곳에서 미친 듯 파도가 일었다. 숨소리가 들릴 만큼 그의 등 위에 바짝 다가섰을 때 여자의 손이 절로 K의 등을 향해 나아갔다. 검은 셔츠를 입은 K의 야윈 등이 여자의 눈앞에 있었다. 그와의 시간, 그와의 절망, 사악하고 냉소적인 그의 어투와 지긋지긋하던 그 애증이 여자의 숨을 막히게 했다. 그가 옳았다. 여자는 그를 벗어날 수 없다는 걸 알았다, 그가 존재하는 한. 그를 버려야만 한다, 여자는 입술을 앙다물었다. 아득해지는 느낌에 몸을 떨며 그 여자는 바다 쪽으로 힘주어 K를 밀었다. K는 지푸라기처럼, 끊어진 연처럼 비명조차 없이 허공으로 솟아올랐다. 서슬에 K의 낚싯대가 휘청 날았다. 줄의 끝에 매달려 있던 무언가가 휘이, 공중 돌기를 하며 여자의 앞으로 떨어졌다. 너덜거리는 물체들, 그건 헌책방에 버려진 여자의 책들이었다. 훼손된 검은 글자들이 여자의 눈앞에서 먼지처럼 흩어졌다……

여자를 깨운 것은 자신의 울음소리였다. 새벽이었다. 부지런한 새들이 모이를 찾는 시간이었다. 가까운 곳에서 뻐꾸기 울음소리가 들렸다. 욕실로 들어간 여자는 차가운 물을 틀고 진저리를 치며 샤워를 했다. 온몸에 비늘처럼 소름이 돋았다. 짧은 잠을 스친 생생한 꿈, 자신의 울음소리가 여전히 남아 귓가를 맴돌고 있었다.

날이 밝고 주차장과 골목길의 부산함이 잦아들 때를 기다려 여자는 집을 나섰다. 꿈이란 것이 무의식의 소산임을 여자는 별 거부감 없이 받아들이는 편이었지만 그에 대해 특별한 의미를 부여하는 건 여자의 생리에 맞지 않았다. K가 누구였는지, 대체 그가 어떤 존재였는지, 자신이 아는 K가 바로 그 K인지 여자는 이제 혼란스러웠다. K를 찾아가야 할지, 꿈속에서처럼 K에게 살의를 느끼게 되는지 그것 역시 알 수 없는 일이었다. 바람을 맞서고 있던 K, 그의 여윈 등의 실루엣을 여자는 가슴 저 아래로 밀어 넣었다. 여자에게는 그에 앞서 해야 할 일이 있었다. 꿈에서 본 책, 젖은 채 발치에 떨어지던 그 책들이 여자의 뇌리를 어지럽혔다. 젖어 너덜거리던 표지를 여자는 결코 잊을 수 없을 것 같았다. 가슴속에 젖은 휴지 뭉치가 가득 들어찬 기분이었다.

모퉁이를 돌던 여자의 발길이 멈칫, 절로 멈추어졌다. 여자는 그 자리에서 맞은편 거리를, 깨진 벽돌들, 비죽 비어져 나온 녹슨 철근들, 이제는 다만 골조만 남은 그 건물을 바라보았다. 인부 하나가 콘크리트 바닥을 쓸고 있었다. 책방이 있었던 곳은 유독 컴컴해 보였다. 얼기설기 엮은 철제 서가와 낡은 나무 사다리와 그 많던 책들이 대체 어디에 있었을까 싶게 좁은 공간이었다. 그 한쪽에 버려져 있던 자신의 책들, 그 책을 내려놓던 순간이 떠올랐다. 갈증인지 통증인지, 알 수 없는 느낌이 가슴 한가운데를 훑고 지나갔다. 여자는 막 새로 단장한 편의점으로 들어가 생수 한 병을 단숨에 들이켰다. 책방은 사라지고 책도 사라졌다. 여자는 깊이 숨을 들이마셨다. 신파극의 배우 같은 표정을 지을 일은 아니다, 여자는 생각했다.

 어, 일찍 나오셨네요, 무슨 볼일이 있으셨나 봐요? 계산대의 청년이 여자를 보고 반색을 했다. 모자를 쓴 청년, 헌책방의 주인남자였다. 뭘 할지, 아직 결정을 못해서요. 당분간 알바 뛰기로 했거든요. 징리해도 뭣 솜 남을까 걱정 안 한 건 아니지만 폐지 값이 생각보다 너무 싸더라고요. 어두운 책방에서, 오래된 요새의 병사처럼 무뚝뚝하던 그 남자, 밝은 불빛 아래 선 청년은 그러나 씩씩하고 친절했다. 가게 접었어도 선생님 책은 앞으로도 빼놓지 않고 볼게요. 청년에게 웃음을 지어주고 여자는 편의점을 나섰다. 하얀 꽃가루가 눈처럼 날리는 길을 그 여자는 천천히 걸었다. 며칠 사이, 동네는 전혀 달라진 것 같았다. 여자는 낯선 마을, 알지 못하는 사람들인 양 거리를 쳐다보았다. 폐지 값에 버려질 책, 허공에 흩어질 이야기들을 계속 쓰게 될는지…… K를 만나기 위한 길을 떠나야 하는지 여자는 잘 알 수 없었다.

사소한 일

1

 문건은 회사 인터넷 게시판에 올라 있었다고 했다. 사내(社內), 누구나 열람할 수 있는 자료였으므로 소문은 삽시간에 회사 전체로 퍼져 나갔다. 문건의 내용이 아니라 거기, 그 자리에 언급된 이름만으로도 사람들은 충격을 받았다.
 문건과 관련해서 가장 먼저 보고를 받은 사람은 감사팀의 민 팀장이었다. 출근해서 막 녹차 한 잔을 마시려던 그는 찻잔을 내려놓고 부팅된 컴퓨터의 마우스를 두 번 클릭했다. 그의 얼굴이 조금 창백해졌다. 단 20초 만에 자료를 열람하고 프린트아웃한 후 팀장은 기술팀에 전화를 걸어 삭제를 지시했다.
 그는 천천히 문서를 반복해서 읽었다. 차분하고 냉정한 어투, 보고서처럼 일목요연하고 군더더기 없는 문장이었다. 작성자는 실명을 밝히고 있었다. 이영주? 그의 기억에 없는 이름이었다. 문제를 일으킬 소지를 안고 있는 직원이 아니라는 뜻이었지만 문제는 항상 뜻밖의 인물이, 뜻밖의 장소에서 일으킨다는 것을 그는 경험으로 알았다. 마흔세 살, 감사실에서만 15년째 근무하는 동안 그에게는 더 이상 놀라운 일도 믿을 수 없는 일도 존재하지 않았다. 신민호 이사…… 문건의 이름 밑에 그는 밑줄을 그었다. 그의 이름을 이런 곳에서 만나다니…… 뜻밖이다, 민 팀장은 생각했다. 신 이사와 그는 대학 선후배 사이였으며 같은 동네, 같은 아파트의 거주민이기도 했다. 명문 K대가 아닌, 비명문 K대 출신. 민 팀장이 감사실에서 오래 근무한 것이 사내 임원 대다수를 차지하고 있는 명문 대학 출신이 아니었던 덕분이었다면, 신 이사의 기용은 하나의 상징이라 할 수 있었다. 신 이사는 사내 마이너리티들의 희망과도 같은 존재였다. 그가 아는 신 이사는 친절하고 성실하고 부지런한 사람이었다. 그날 산책길에서 만났던 신 이사의 얼굴이 떠올랐다. 아내와 작은 딸을 캐나다로 보낸 후 생긴 불면증을 피하기 위해 시작한 새벽 조깅이라 했다. 손을 흔들어 보이고 가던 길을 달리는 그의 입에서 뿜어져 나오던 하얀 입김을 생각하자 가슴 한가운데 묵직한 느낌이 일었다. 입사 초년 시절부터 형처럼 그를 챙겼던, 그에게 신 이사는 친형보다 더 자상한 사람이었다.

송수화기를 들고 신 이사의 내선번호를 누르려던 팀장의 손길이 두어 번 허공에서 맴돌았다. 그는 이내 송수화기를 내려놓았다. 사내 전화로 통화하는 일이 적절하지 않다는 생각이 들었다. 까맣고 하얀, 두 개의 휴대폰을 꺼내고 번갈아 쳐다보던 그는 역시 고개를 저었다. 회사에서 지급하고 회사에서 요금을 지불하는 어떤 통신망도 보안을 장담할 수 없다, 고 그는 생각했다. 그의 개인 휴대폰이라 할지라도 안심할 수 없는 일이었다. 그는 휴대폰의 전원을 끄고 서랍에 넣었다. 며칠 동안 그는 유선 전화로, 누가 들어도 문제될 것 없는 대화를 나눌 것이었다. 스스로의 습관처럼 몸에 밴 안전 의식이 잠깐 그에게 흡족한 기분이 들게 했다. 조심, 또 조심. 조직은 언제라도 그를 덮치고 쓰러뜨릴 수 있는 괴물이라는 것을 그는 익히 알고 있었다.

2

10시 5분, 팀장은 회의를 소집했다. 이 과장, 박 계장과 정 사무역이 들어오고 마지막으로 민 팀장이 들어섰다. 팀장의 뒤로 육중한 나무 문이 소리 없이 닫혔다.

"자료 삭제는 완료됐습니까?"

민 팀장의 어조에서 여느 때와 다른 기색은 느껴지지 않았다.

"기술팀에서 삭제는 했습니다만……"

정 사무역이 말끝을 흐리며 입맛을 다셨다.

"이미 퍼간 사람들이 있다는 말인가요?"

팀장이 물었다.

"그럴 가능성이 충분하다고 봅니다. 처음 올린 시각이 9시 5분 전, 삭제는 9시 59분에 완료되었습니다. 한 시간 이상 떠 있었던 셈이죠."

한 시간이면, 태평양을 건너 남극에까지도 가 닿을 수 있는 세상이었다. 외부로 소문이 새어나간다면, 만약 기자들이, 네티즌들이 낌새를 채기라도 한다면 회사로서는 난감한 일이 아닐 수 없었다. '도덕 경영'을 모토로 하는, 삼십대 그룹의 대열에 막 진입한 회사의 이미지에 큰 흠결이 생길지도 모르는 일이었다.

"그건 일단 추이를 봅시다. 기술팀에 연락해서 유출 정도를 확인하고 홍보팀은 기자들 동태를 살피라고 하세요. 내일 회장님 연초 회견이 예정되어 있죠? 그에 앞서서 회식을 하던가 할 수 있겠죠. 미리 손쓴다는 인상 주지 않도록 조심하라 이르세요."

말을 끊은 팀장이 손에 든 서류를 꼼꼼히 살피는 사이 이 과장의 휴대폰이 울렸다. 폴더를 열고 창을 보던 이 과장의 표정이 일그러졌다.

"신 이사님인데요…… 어떻게 할까요?"

"받으세요. 호출이 있을 때까지 대기하시라 하세요."

팀장의 어조는 분명하고 단호했다. 신 이사가 이미 자신의 휴대폰에 몇 차례 전화를 걸었으리라는 생각이 들었다. 신 이사는 단순한 두뇌의 소유자였다. 의리를 지킬 줄 알았으며 장애물을 피하지 않는, 저돌적인 인물이었다. 신입에서 계장, 과장, 부장, 이사가 되기까지 승승장구해온, 회사의 상징이 되기까지 그를 지켜온 철학이 성실, 인내, 노력…… 그런 도덕 교과서의 목록일 것을 생각하면, 어쩌면 그는 한 시대의 상징이라 할 수조차 있었다. 그런 그도 이제 집으로 돌아갈 때가 온 것인가…… 마음이 무거웠지만 팀장은 해야 할 말을 마저 했다.

"문건의 신빙성에 대해서 먼저 이야기합시다. 박 계장님, 어떻게 봅니까?"

박 계장은 아, 저요? 하듯 찔끔 놀란 빛이었다.

"제가 보기에는…… 논리의 비약이 일부 보이기는 하지만 개연성이 충분하다고 생각합니다. 이영주 씨를 제가 좀 아는데요."

"개인적으로 아는 겁니까?"

박 계장의 얼굴이 살짝 붉어졌다.

"그게 아니라 영업부에서는 좀 알려진 직원입니다."

"어떻게, 왜 알려졌지요? 사진으로 보니 상당한 미인이던데, 그 때문인가요?"

"박 계장이 아직 총각이다 보니……"

중년의 이 과장이 슬며시 끼어들었다. 방 안에 잠시나마 웃음기가 돌았다. 머뭇머뭇하던 박 계장이 이영주 씨는 지난달에 결혼했고요, 그전에 동호회에서 만난 적이 있습니다, 라고 말했다.

무슨 동호회인지, 등록된 단체인지, 얼마만의 간격으로 모임을 갖는지, 어떤 인물들이 모이는지 팀장은 빠르게 물었다. 덩달아 말의 속도가 빨라진 박 계장이 그들이 속한 인터넷 게임 동호회에 대해 설명하는 사이 팀장의 손은 재빠르게 노트북 위를 오가며 기록을 남겼다.

"그러니까 박 계장님 의견으로는 이영주 씨의 말이 믿을 만하다, 이거죠? 다른 분들은?"

이 과장과 정 사무역이 비슷한 견해를 표시했다. 과장하지 않았다는 점이 더 심각하게 느껴진다는 의견을 내놓은 사람은 정 사무역이었다. 네 사람은 20분간 문건의 문장 하나하나를 검토했다. 어떤 부분에서는 어떤 이의 얼굴이 붉어졌고 어떤 이의 눈살이 찌푸려졌다.

"오늘 사실 확인을 거치고 내일 중으로 위에 보고합니다. 먼저 이영주 씨를 부릅시다. 정 사무역, 사규 검토하고 예상 처리 결과 뽑아주세요."

방 안에 무거운 기운이 감돌았다. 이 과장이 송수화기 쪽으로 손을 뻗었다. 네, 이영줍니다. 스피커폰에서 흘러나온 이영주의 음성은 맑고 아름다웠다.

3

 스물아홉, K대 경영과 졸업, 입사 최고 성적, 최단기간 대리 승진. 신상 기록 카드에서 확인한 대로 이영주는 영리해 보였다. 감색 슈트, 단정한 눈매와 매끈한 이마, 어깨 위를 흘러내리는 부드러운 머리카락, 긴장된 듯 꼭 다물고 있는 도톰한 입술. 사보 표지에 나온다면 썩 어울릴 얼굴이었다. 부르셨습니까, 하고 자리에 앉은 이영주는 팀장이 묻기 전에는 입을 열지 않았고 질문에는 짧고 간명한 대답을 했다. 간간이 곤혹스러운 표정을 지었을 뿐 대개의 신고자들이 그러하듯 동정을 유발하는 애처로운 눈빛을 하거나 한숨을 쉬거나 낯을 붉히거나 하지 않았다.
 "그러니까, 이영주 씨는 지금 법대로 처리해야 한다, 이런 말이지요?"
 팀장이 물었다. 몇 차례 질문과 답이 오간 후였다.
 "남녀고용평등법, 남녀차별금지법, 그런 것이 있다고 알고 있습니다."
 "그게 무언지 설명해줄 수 있나요?"
 이영주는 입술을 꼭 다물고 팀장을 쳐다보았다. 반듯한 이

마 한가운데가 잠깐 찌푸려졌지만 심호흡을 한 후 입을 연 이영주의 음성은 차분히 가라앉아 있었다.

"성희롱이란, 업무와 관련해서 성적 언어나 행동 등으로 성적 굴욕감을 느끼게 하거나 성적 언동 등을 조건으로 고용상 불이익을 주는 행위, 라고 알고 있습니다. 음란한 농담, 언사, 외모에 대한 성적인 비유와 평가, 원하지 않는 신체 접촉, 회식, 야유회 등에서 옆자리에 앉히고 술을 따르도록 강요하는 행위 등이 이에 해당한다…… 이상은 문건에 적혀 있는 내용입니다."

이 과장과 박 계장 얼굴에 감탄의 빛이 떠올랐다. 정 사무역은 조금 질린 듯한 표정이었다. 놀라운 암기력이다, 라고 팀장은 생각했다. 저런 여자에게 걸린다면 누구라도 빠져나갈 수 없을 것이었다.

"신 이사의 행동이 그것들 중 어디에 해당한다고 생각합니까?"

"굳이 꼽으라 하시면……"

방에 들어온 후 처음으로 이영주는 망설이는 얼굴이 되었다.

"음란한 농담을 했습니까?"

"음란하다고 할 수는 없을지도 모르지만……"

"영주 씨, 신랑이 훌륭하더만, 든든하겠어. 이 부분이 문제입니까?"

"아니, 그건……"

"그렇더라도 우리 최 대리, 김 대리 너무 괄시하지 마. 이 부분인가요?"

"그렇게 떼어두고 보시면 곤란하다고 봅니다."

"그럼 주욱 연결시켜봅시다. 영주 씨, 신랑이 훌륭하더만, 든든하겠어. 그렇더라도 우리 최 대리, 김 대리 너무 괄시하지 마, 예쁘게 봐주고…… 어디가 문제입니까?"

"문제는 제가 성적 수치감을 느꼈는지 여부가 아닐까 생각합니다. 그 앞뒤 설명을 읽으셨다면 이해가 되실지 모르겠는데요. 김 대리나 최 대리는 제게 청혼했던 사람들입니다. 이사님도 그걸 알고 계셨구요."

이영주의 설명대로라면 그녀는 부서 안에서 도합 세 명의 남자에게서 청혼을 받았고 세 번 다 거절했다. 그녀는 그 남자들과 각각 교제 비슷한 것을 한 적이 있었으며 청혼을 거절한 동시에 만남도 끝이 났다. 미혼의 매력적인 여성이 미혼의 남성의 관심을 끌고, 결혼하자 졸라대는 일이 생기고…… 그건 무척 자연스러운 일이었으며 무엇보다 이미 지나간 일이었다. 지난달 이영주의 결혼식에는 부서의 거의 모든 직원이 참석했다. 신 이사 역시 방명록에 이름을 남기고 두툼한 봉투를 건네고 갈비탕과 바람떡을 먹었다.

"다른 자리에서 있었던 일로 넘어갑시다. 즉석 불고기…… 이건 무슨 말인가요?"

"그건…… 설명대로 회식 중에 이사님이 하신 말씀입니다.

여기 계신 분들도 다 아실 거라 생각합니다."

민 팀장이 좌중을 둘러보았다. 정 사무역이 민망한 듯 고개를 숙였다. 이 과장과 박 계장은 눈을 돌리고 딴청을 피웠다.

"해외 출장 중 다른 호텔에 묵고 있는 이영주 씨에게 호텔을 옮길 것을 종용했다, 이 부분 말인데요. 일의 진행상 숙소가 같으면 편리하다고 여길 수도 있지 않습니까? 그 일이 그렇게 불쾌했다는 건, 좀 이해하기 어려운데요."

"팀장님."

이영주의 눈썹이 움칠했다. 숨결이 조금 거칠어진 듯도 했다.

"그 정황은 문건에 설명되어 있습니다. 그 말이 나온 상황이, 어떤 시점에 호텔을 옮기라 했는가가 중요하다고 생각합니다. 그 출장 중 이사님과 저는 같은 프로젝트를 진행하고 있지도 않았구요."

민 팀장이 말없이 이영주를 째려보고 있었으므로 이 과장이 대신 나섰다.

"일과가 끝나고 회식 중에 그런 제의를 했다, 이렇게 되어 있군요. 신 이사는 취한 상태였다, 고 적혀 있군요. 당시 다른 참석자가 있지 않았나요? 두 사람만의 회식이 아니었지 않습니까?"

이영주는 깊은 한숨을 쉬었지만 곧 자세를 가다듬었다.

"현지 남자 직원 두 사람이 동석했습니다."

비스듬히 이영주를 노려보던 민 팀장이 고개를 바로 돌렸다.

"자아, 이영주 씨. 상황을 정리해봅시다. 출장 일정 중에 회식이 있었다, 현지 직원이 두 사람이나 함께 있었다, 그런 자리에서 신민호 이사가 내밀한 제의를 한다, 이건 좀 이상하지 않습니까? 취해 있었다 하더라도 지나친, 그러니까 너무 민감하게 받아들인 것은 아니었습니까?"

너무 민감하다…… 이영주는 잠시 할 말을 잃었다. 남자들은 다 비슷하다는 생각이 들었다. 자신이 느끼지 못하는 것은 이해하려 하지 않는다. 어째서 감사팀에는 여자 직원을 두지 않는 것일까, 싶었다. 그녀는 며칠 전 남편의 반응을 생각했다. 자기네 회사에는 성희롱, 뭐 그런 문제가 없어? 문건을 올려야 하나, 주저하고 있었을 때, 의논을 하기 위해 묻자 남편은 피식 웃었다. 제조업체잖아, 순 사내놈들인데 뭘. 시사 주간지를 넘기던 그는 힐끗 아내를 쳐다보며 물었다. 뭐지? 너 사무실에서 무슨 일 있었구나? 무슨 일이라기보다…… 그녀의 음성이 조심스러워졌다. 누가 뭘 어쨌어? 어제 회식했다더니 그때 일이야? 남편은 주간지를 덮었다. 당장이라도 문제의 남자에게 달려갈 기세였다. 아니, 사실 어제 오늘의 일은 아니야. 남자들은 정말 이상해. 왜 여사원에게는 무어라도 외모와 관련해서 한마디 해야만 한다고 생각하는 걸까. 절로 한숨이 나왔다. 한마디…… 그게 다야? 긴장이 풀린 얼굴로 그가 물었다. 꼭 만지고 안고 그래야만 희롱이 아니지 않은가, 낯 뜨거운 농담만이 희롱인가, 물었을 때 남편은 말했다.

오늘 예뻐 보인다, 요즘 날씬해졌다, 그런 말이야 누구나 하잖아. 너 그런 말 듣는 거 좋아하잖아. 그런 말 해주고 싶어도 차마 할 수 없는 여자가 널렸어. 미모가 경쟁력인 세상인데 너 예쁘다는 게 뭐 나쁘냐…… 그쯤 이영주는 남편에게 설명하기를 포기했다. 그의 이해를 구하려 했던 것이 무리였다는 생각이 들었다. 자칫 어떤 말을 들었을 때의, 어떤 미묘한 상황에서의 자신의 감정을 이야기했다가는 외려 그의 오해를 살 듯한 분위기였다.

어쨌거나 기분 나쁜 건 나쁜 게 아닌가. 내 기분이 잘못이라고 누가 판단한단 말인가. 이영주는 지그시 어금니를 물었다. 그녀는 팀장의 눈을 똑바로 들여다보며 또박또박 말했다.

"처음부터 제가 그랬다고 생각하시면 곤란합니다. 거듭되면, 거듭 비슷한 상황이 벌어져서 민감해질 수밖에 없는 상황이 되었고 아시겠지만 지극히 개인적인 일이라 다른 사람에게 이해시키기도 쉽지 않습니다. 저로서도 이런 불미스러운 일에 연루되고 싶은 마음은 없었지만…… 그저 피하고 잊어버리고 농담으로 넘기는 것이 불가능했느냐 물으신다면……"

이영주는 잠깐 말을 끊고 손가락을 만지작거렸다. 네 명의 남자가 그녀의 희고 긴 손가락을 보고 있었다.

"불가능했습니까?"

팀장이 물었다.

"저는…… 그러고 싶지 않았습니다. 저 자신은 좀 불편해지겠지만 민감하게 받아들이지 않으면, 이런 문제가 계속되리라는 판단을 할 수밖에 없었습니다."

마치 투사라도 된 형상이 아닌가, 자신에게는 오류가 있을 수 없다는 듯한 저 태도는 K대 출신의 전형이 아닌가, 생각했지만 민 팀장은 입을 다물었다. 이영주의 진술을 들은 바, 문건의 내용은 대부분 사실이라는 생각이 들었다. 그녀의 말대로 받아들이기 나름,이라는 해석을 할 수 있겠지만 받아들이는 주체가 삼은 이 문제의 해법은 이미 나 있는 것 같았다. 영리하게도 이 여자는 지난 가을의 승진 누락을 전혀 언급하지 않았다. 그녀가 문제 삼은 것은 사소하고도 사소한 말들, 그저 지나치는 행동들이었다. 이제 피할 수 없겠구나…… 팀장의 마음이 한층 무거워졌다.

4

오후, 감사팀의 호출을 기다리던 신 이사의 사무실, 모든 직원들이 숨죽이며 지켜보던 그 방 앞에 한 남자가 나타났다. 부속실의 비서가 놀라 황급히 자리에서 일어났지만 그 남자는 고개를 저으며 정중하게 노크를 하고는 답을 기다리지 않고 문을 열었다. 방을 서성이던 신 이사의 눈이 커졌다.

앉아도 되겠나, 묻고는 대답을 듣기 전에 소파에 털썩 몸을 묻은 그 남자는 입술을 일그러뜨리고 신 이사를 쳐다보았다.

"어쩐 일이신가, 연락도 없이."

신 이사는 뜨악한 표정이었다.

쯧쯧…… 혀를 찬 남자가 이게 무슨 꼴인가, 했다.

"당신이나 나나 산전수전 다 겪은 사람들인데 어쩌다 여직원 하나 간수를 못해서 이 지경을 당한단 말인가. 자네, 여자들한테 무관심한 줄 알았더니 그것도 아니었나 봐?"

그래서, 고소하냐? 신 이사는 묻고 싶었다. 그를 보며 혀를 차는 저 남자, 그의 입사 동기이며 대리를 거쳐 과장을 달 때, 언제나 그보다 한 발짝 앞서가던 저 남자를 그는 한때 무던히 미워했었다. 훤칠한 외모에 부유한 처가, 수재들만 모이는 곳에 입학한 아이들, 저 사람에게도 아쉬울 것이 있을까 싶던 그 남자가 지난가을 이사 승진에서 제외되었을 때, 대신 그 자리를 신 이사가 차지했을 때 그는 억울했을까. 화가 났을까. 자신이 그 일을 통쾌해했었던가……

"그건 그렇고…… 어쩔 셈인가? 지금 온통 자네 이야기뿐이야. 난리도 아니야."

"그럴 테지……"

그는 맥없이 고개를 끄덕였다.

"감사팀에서 뭐래? 아직 호출 전이지?"

"곧 연락이 있겠지. 가보면 사실을 알게 되겠지."

그 남자, 박 상무보가 그를 똑바로 쳐다보았다.

"감사팀 놈들은 다 똑같아. 혹시 민 뭐라는 그 팀장이 후배라고 사정 봐줄 거란 기대 같은 건 아예 하지 말게. 알겠지만 작년에 나 당했었잖아."

작년 가을, 한 여자가 감사팀에 투서를 보냈다. 투서는 이미 사내에 알 만한 사람은 다 아는 그의 자잘한 연애에 대한 보고서였다. 여자의 신원이 모호했으므로 그는 모함이라고 우겼고, 그렇게 일단락되었지만, 승진에 걸림돌이 되는 것을 막을 수는 없었다.

"걔네들이 부르면 먼저 문건 내용에 대해서 질문을 할 거야. 내 짐작엔 그 여직원을 먼저 불렀을 거고 사실 확인 차원에서 자네를 부를 거란 말이지."

"사실이고 뭐고…… 나는 정말 황당한 심정이야. 자네라면 그렇지 않겠나?"

"그 심정은 충분히 이해하네. 누구나 자네가 억울하다고 생각하지. 그렇지만 나로서는…… 내 의견을 말해도 된다면 인정하고 조용히 처리 절차를 밟는 것이 현명하지 않을까…… 생각하네. 여기서 더 버텨도 점점 스타일만 구기는 게 아닐까 말이지. 사내 여론도 좋지 않은 것 같고……"

"여론이라니? 그게 누군가?"

신 이사의 언성이 높아졌다.

"누구나 억울하다 생각할 거라면서, 여론은 누구나가 아니란 말인가?"

사소한 일 283

그의 동료는 한동안 침묵했다. 딱하다는 듯 혀를 찼다.

"당신이 모르는 게 있어. 여자들이란 말이야, 무슨 일엔가 한을 품으면 도무지 말이 통하지 않는 이상한 동물이야. 그 여자, 척 봐도 알겠더라, 절대 포기 안 하게 생겼더구만."

여자에 대해서라면 그의 견해가 옳을지도 모르는 일이었다.

"문제는 게시판에 공포됐다는 것이지. 막고는 있다지만 내일 당장 일간지 가십난에 기사가 나갈걸? 냉정하게 판단해야 해. 사실이 어땠나 그런 거, 전혀 중요하지 않아."

신 이사는 물끄러미 그를 쳐다보았다. 사실이 중요하지 않다면, 무엇이 중요하단 말인가. 그로서는 판단이 서지 않았다.

"내 생각을 말하자면…… 윤리위가 소집되는 걸 막아야 한다는 거야. 알겠지만 그 멤버들 중에는 자네를 질시하는 인간이 적지 않으니까."

그의 말처럼 만약 윤리위원회가 소집된다면 징계를 피할 수 없을 지도 몰랐다. 조용히 퇴직하는 일조차 불가능해질지도.

"이것 봐, 신 이사. 단순하게 생각해. 우리 나이, 벌써 오십이야. 다른 회사에서는 대부분 퇴직이지. 이런 대기업 이사까지 했으니 어디 다른 자리를 알아볼 수도 있어. 자네라면 모셔가려고 경쟁할지도 몰라. 버티면서 욕보고, 싸우고, 징계 받고 퇴직금 깎이고…… 그거, 보통 일이 아니야. 아이들 생각도 해야지. 자네는 더구나 딸들이 아닌가."

누가 시켜서 왔나, 그는 묻고 싶었다. 내가 나가면 자네가 그 자리를 이을 건가, 묻고 싶었다. 언제까지나 불명예로 남을 이런 퇴직을 하고 싶지는 않다고 말하고 싶었다. 그러나 그의 입은 좀처럼 열리지 않았다. 틀린 말이 아니라는 생각이 들어서가 아니었다. 단 하루 만에, 단 몇 시간 만에 이처럼 난데없는 궁지에 몰린 자신의 처지를 그는 이해하기가 힘이 들었다. 나는 억울하다, 나는 정말 억울하다, 정말정말 억울하다…… 그는 울고 싶었지만 물론 울 수는 없는 일이었다.

5

휴게실에 모인 남자직원들의 의견은 분분했지만 대체로 너무하지 않나,로 요약할 수 있었다.

"엉덩이를 만진 것도 아니고 가슴에 손을 댄 것도 아니야, 어깨에 손만 올렸다잖아. 그게 대체 무슨 죄란 말이야?"

한 남자가 어처구니없다는 표정을 지었다. 누군가 냉큼 대꾸했다.

"걔는 어깨에도 성감대가 있나 보지."

와그르르, 웃음이 터졌다.

"우리 부장, 그 아줌마가 나한테 갈구는 거 들으면, 진짜 혈압 오르거든. 말끝마다 남자가 되어서, 모름지기 남자가, 이러는데, 이것도 성희롱 아니야? 누가 이런 거 문제 좀 삼지."

기다렸다는 듯 여성 상사를 모시는 남자들의 애환이 줄줄이 이어졌다.

"도대체 이 사회는 남자들을 모조리 변태 취급한다니까. 남자란 그저 눈이 확 돌아가지고 그 즉시 아랫도리를 싸안고 끙끙거리는 똥 마려운 강아지로 여긴단 말이지."

좁은 휴게실 안의 모든 남자들의 얼굴에 분개한 표정이 떠올랐다.

"말 마. 아프로디시악이 뭔지 아느냐, 여직원에게 물었다가 잘린 남자 임원도 있다잖아. 그날 바로 잘린 건 아니고 한 달 있다 잘렸다더라고. 한 달 뒤에 20년이 된다고, 연금이랑 퇴직금이 엄청나게 차이 난다고 그 마누라가 와서 울며불며 빌어서 그랬다는 거지."

아프로디시악이 뭐냐? 누군가 물었다. 무식한 놈, 최음제라는 거다, 라는 답이 돌아왔다. 아프로디테랑 비슷하다고? 당연하다. 거기서 유래되었으니까. 모든 상대 여성이 아프로디테처럼 아름답게 보이고, 아프로디테처럼 아름답게 만들어 줄 강력한 힘을 갖게 되는…… 뭐 그런 의미였을 거다, 라는 설명이 뒤를 따랐다. 갑작스레 학구적이 된 분위기였다. 사실 여자들이 남자에 대해 알고 있는 게 뭐냐, 알고 보면 여자들이 더 문제, 라고 말을 이은 그 남자 직원은 영업부 내에서도 전문가로 통하는 사람이었다.

주위의 시선을 집중시킨 그는 천천히 말을 이었다. 여자들은 성적 홍분, 발기, 유지, 사정으로 이르는 길이 모든 남성이 꿈꾸고 생각하고 희구하는, 유일하고도 분명한 일로 생각한다. 남자들이란 단순하고 무식하기 그지없는 존재여서 그 단순해 보이는 행로에도 시각적이거나 심리적인 자극이 필요하며 자극을 받아들인 대뇌피질이 홍분하고 그 홍분은 대뇌의 시상과 시상하부를 거쳐야 하며…… 이런 사실을 전혀 무시한다. 척수를 타고 내려간 신호가 척수의 아랫부분인 요수의 발기 중추로 전달되고 발기 중추에서 전달된 신호는 성기로 가는 혈관을 확충시켜 이윽고 성기의 해면체에 혈액이 흘러들어가게 되는…… 신경계, 심혈관계, 내분비계, 근골격계가 유기적으로 작용하여 일어나는, 대단히 섬세하고 미묘한, 심지어 예술적인 이 일련의 과정에 대해 여자들은 관심을 갖지 않는다. 말하자면 남자들도 머리, 등, 그리고 허리, 무엇보다 가슴이 있는 존재라는 것을 자주 잊는다…… 그의 긴 설명이 끝날 무렵 누군가 물었다.

"그런데, 아까 아프로디시악인가 하는 거, 비아그라 같은 거야? 우리나라에도 파나?"

연사 역할의 남자가 빙그레 웃었다.

"굴, 장어, 호박씨, 깨, 새우, 콩…… 이런 거 먹으면 돼. 괜히 없는 해구신 찾지 말고. 그것들에 아연이 많이 들어 있거든. 등 푸른 생선, 마늘, 양파 이런 것들도 보이는 대로 먹어둬. 샐레늄이라고, 미네랄이 많이 들어 있는데, 그게 바로 섹스 미네랄이라는 거야."

　남자들의 눈이 호기심과 감탄으로 빛났다. 누군가 점심시간이 끝나간다는 사실을 알렸다. 남자들은 삼삼오오 사무실로 돌아갔다.

6

"자네, 내게 무슨 억하심정이 있나……"

　신 이사의 목소리는 나지막했다. 그는 그저 궁금할 뿐이다. 이 여자, 착하고 귀엽고 재주 많은 부하 직원이었던 여자가 왜 그에게 칼날을 들이댔는지. 언제부터 날을 갈고 있었는지……

"그런 거…… 없습니다. 이사님."

　이영주의 음성도 나지막하다. 이 여자에게 이 남자는 이제 그저 지나치는 길에 만나는 중년 남자일 뿐이다. 고개를 똑바로 들어 쳐다보기에도 조심스럽던 이사님이 아니었다.

"그런데…… 왜 그랬나. 내가 설령 자네가 쓴 그대로, 자네에게 몇 마디 했다 해도…… 그게 그저 자네가 예쁘고……"

　그는 잠깐 숨을 고르며 적절한 단어를 생각한다. 이제 다 끝났다 싶지만 알 수 없는 일이다. 이 여자가 오늘의 대화를 또다시 게시판에 올릴지 누가 아는가. 아직 남아 있는 퇴직금

정산 과정에 그의 생각이 미친다. 이제 그에게는 누구를 만나도, 무슨 말을 할 때도 머뭇거리고 다시 생각하고 한숨 돌이키는 버릇이 생길 것이었다.

"자네를 아끼다 보니 한 말이라는 거…… 그걸 몰랐단 말인가."

"이사님."

이영주도 말을 고르는 중이었다. 오후 늦게 이영주는 감사실의 통보를 받았다. 신 이사가 자진 퇴직하는 선에서 일을 마무리 지으려 한다, 별도의 징계는 없다, 받아들여주겠는가. 팀장은 정중하게 물었으며 이영주는 알겠다,고 짤막하게 대답했다. 자신이 원하는 해결책은 아니었지만 그녀에게는 더 이상 밀고 나갈 기력이 남아 있지 않았다. 이제 끝난 마당에 그에게 더 상처를 입히고 싶지는 않았다. 그렇지만…… 이영주는 생각했다. 그는 아직껏 자신의 잘못을 알지 못하고 있었다. 잘못은커녕, 재수 없이 된통 걸렸다고 여기고 있는 것이 틀림없었다. 이런 회사의 임원이었으니 어쩌면 그를 모셔가려 애쓰는 또 다른 회사가 있을는지도 모르는 일이었다. 아니, 틀림없이 그럴 것이었다. 전무이사, 상무이사, 어쩌면 부사장…… 한 번 잘 잡은 줄이 평생 가느니라, 그녀의 어머니가 입버릇처럼 하던 말이 생각났다. 이영주는 그를 똑바로 쳐다봤다.

"이사님은 아낀다 하시지만…… 제겐 모욕인 경우가 많았습니다. 저는 그런 아낌은 받고 싶지 않습니다. 제가 이상한 여자, 별난 여자 취급받으리라는 거, 알고 있습니다. 그렇지만……"

아니, 아니. 신 이사가 손을 내저었다.

"내 말은…… 이 사람아, 그게 아닐세. 자네에게 모욕이었다는 걸, 내가 몰랐다는 걸 인정하겠네. 나는 그걸 다 인정했네. 감사팀에서…… 일문일답을, 자네도 겪었을 테지만…… 나는 내 잘못이 없었다고 말하는 게 아니네. 내가 그랬다 하더라도 왜 내게 말하지 않았는가, 그 말일세. 자네는, 그 뭔가, 표현이 확실한 사람이 아니었나 말이야."

그의 표정이 처연해졌다. 이영주의 얼굴에도 그늘이 어렸다.

"제가 바란 건 이사님의 퇴직이 아니었어요. 저는 사과를 받고 싶었어요. 제게 고통이었다는 걸 알게 하고 싶었어요. 저뿐 아니라 많은 여직원들이 비슷한 일을 겪는다는 걸 알리고 싶었어요. 그저 단순히 불쾌한 정도가 아니라 회사가 싫어지고 움츠러들어 눈치 보는 자신이 싫어지고…… 불면에 시달리고 우울증을 겪는 직원들도 있어요. 저는 그런 이야기를 하고 싶었어요. 저는 그저, 이야기를 하고 싶었어요. 이사님을 이처럼 퇴직하게까지 할 생각은 아니었어요. 그렇지만…… 만약 제가 이사님께 그런 말씀을 드렸다면…… 알았네, 미안하네, 하셨겠습니까."

이영주의 음성이 떨렸다. 눈썹이 파르르 떨렸다. 그예 그녀의 눈에서 눈물이 흘러나왔다. 오래 참았던 눈물이었다.

그때 이영주의 휴대폰이 울리고 남편의 번호가 떴다.

"너, 바쁘니? 나 잠깐 볼래?"

남편의 목소리는 긴장으로 떨리고 있었다.

"너 무슨 짓을 한 거니. 지금 나한테 사람들이 전화하고 난리 났어. 소문 무서운 거, 나 오늘같이 실감한 거 처음이다. 무서운 마누라 모시고 사는 놈이라고, 우리 회사에까지 소문이 좌악 퍼졌단 말이야."

이영주가 침묵하는 사이 남편은 흥분을 감추지 않았다.

"그 사람…… 가장이잖아. 딸이 둘이라던데…… 인제 딸들 앞에서 어떻게 얼굴 들고 살겠니. 너는 무슨 애가 그렇게 인정이 없냐…… 거기까지 가느라고 그 사람이 얼마나 고생했겠냐. 남의 모가지 자르고…… 좋냐? 나는 그게…… 남의 일 같지 않다……"

이영주는 가만히 폴더를 접었다.

7

집은 조용하고 어두웠다. 아내와 작은 딸이 떠났다는 사실이 새삼 허전했지만 지금 이 순간 그는 아내의 부재가 다행스러웠다. 고맙게도 큰딸의 방에서 불빛이 새어나왔다. 그는 방문을 열었다.

"아빠. 늦으셨네?"

책상 앞에 앉아 있던 딸이 그를 불렀다. 그는 취한 눈으로 딸을 쳐다보았다. 마음이 아팠다. 그는 손을 좍악 펴고 가슴을 손바닥으로 쓸어내리는 시늉을 해보였다. 가슴이, 가슴이 아파…… 딸의 눈이 신기하다는 듯 동그랗게 커졌다.

"아빠가 수화(手話)를 아시네?"

딸은 재작년부터 서울 외곽 도시의 지체부자유아들을 돌보고 있었다. 세 해째 대학 입학에 실패하고 더 이상 수능시험을 보지 않겠다 선언한 후 시도한 일이었다. 무보수에 가까운, 봉사를 위한 직업이었다.

"아빠가 말이다…… 예전에 말이다……"

그는 딸의 발치에 몸을 앉혔다. 오래전, 스무 살이었던 때, 그는 그가 태어나고 자란 도시의 껄렁패였다. 가난하고 보잘것없는 친구들, 잃을 것 없어 두려워할 그 무엇도 없는 또래들과 어울려 더러운 골목들을 쏘다녔다. 그에게도 그런 시절이 있었다. 그의 아버지는 그의 이름을 지방 도시의 신생 대학 입학생 명단에 올려놓고 조용히 기다렸다. 모름지기 좀 놀아본 사내가 일도 한다. 그의 아버지는 자주 그렇게 말했다. 아버지의 끈기에 밀려 학교에 갔을 때 그는 그가 속한 학과가 특수교육과라는 것을 처음 알았다.

몇 차례 실습을 나간 어느 날이었다. 일급 장애 판정을 받은 전신 마비 아동을 씻기고 입히고 노래를 가르치는 일정을 소화하면서, 그는 자신의 온 신경이 문 쪽을 향해 있음을 알았다. 마치 자석에 끌린 듯 하시라도 그곳으로 향할 수 있도록, 등이 휠 듯 한 느낌으로 문을 향하고 있는 스스로에게 그는 몹시 실망했지만 그 실망감보다 선명히 남은 것은 그가 씻기던 아이의 오물의 느낌이었다. 끈끈하고 질척한 그 감촉은 오후 내내 그의 뇌리에서 떨어지지 않았다. 그날 밤 그는 아버지에게 말했다. 아부지, 저는 제가 의리 있고 성실한 놈인 줄 알았습니다. 그의 아버지는 아무 말도 하지 않았다. 이제 보니 저는…… 게으르고 얍삽한 놈입니다. 그의 아버지는 물끄러미 그를 쳐다보았다. 인자 마, 제 그릇에 맞게 살랍니다. 서울 좀 보내주이소.

"아빠가 예전에 재수할 때 말이다…… 용산에서 학원 댕길 때, 말이다. 하숙집에 청각 장애인이 있었거든. 갸가 무슨 어려운 일만 당하믄 이 아빠가 나서서 다 해결해주고 그랬잖아……"

그의 아버지는 그의 학적을 만들어주고 그를 서울로 보내주었다. 명문 K대가 아니었어도 대견해하며 그의 등록금을 대주었고 그를 결혼시키고 아이를 낳았을 때 뛸 듯이 기뻐해주고 첫 집을 샀을 때 눈물을 흘려주었다. 그의 아버지는 그의 모든 것을 해결해주었다. 두 딸아이에게 그도 그렇게 하고 싶었다. 아이들의 모든 것을 해결해주는 아버지가 되고 싶었다.

"그 친구가…… 이름이 뭐였더라……"

어이없게도 지방대학 학적부에 남았던 자신의 이름이 동그마니 떠올랐다. 신민호…… 이름 참 좋다, 그자…… 반쯤 눈을 감은 채 그가 중얼거렸다. 비스듬히 그의 몸이 쓰러졌다.

"아빠, 많이 취하셨네. 우리 아빠 취하면 귀엽다니깐."

딸이 그의 어깨에 담요를 덮어주었다. 입사했을 때, 사원증을 신기한 듯 쓸어보고 쓸어보던 아버지. 오늘, 그를 본다면 아버지는 말없이 그를 안아줄 것이었다. 괜찮다, 괜찮다, 등을 쓰다듬어줄 것이었다. 이제는 없는 아버지가 그는 몹시 그리웠다. 꿈에서라도 아버지를 만날 수 있었으면…… 감은 그의 주름진 눈가에 물기가 흘러내렸다.

송별회는 생략되었다. 신 이사의 비서였던 정애리가 책상서랍을 비우다 말고 울음을 터뜨렸다는 후문이 있었지만 그의 퇴직을 슬퍼한 또 다른 직원의 이야기는 전해지지 않았다. 그날 오후, 신 이사의 결심을 굳힌 박 상무보의 방문이 민 팀장의 사주로 이루어졌으며, 두 사람이 저마다 다른 속셈이 있었다는 풍문이 돌았지만 사실은 확인되지 않았다. 회사는, 다른 모든 곳과 마찬가지로 소문과 음모에 민감한 곳이었다.

주인이 사라진 사무실에는 며칠간 내부 공사가 진행되었다. 나무문은 유리로 교체되었으며 창에 드리워졌던 블라인드도 제거되었다. 시선에 훤히 노출된 그 사무실에 곧 40대의 여성 임원이 부임할 것이라는 소문이 돌다가 저절로 사라질 때까지 그곳은 오래도록 비어 있었다. 어쩌면 회사 차원의, 임원 감원을 목적으로 한 음모였던 것은 아닐까, 의심하는 사람도 생겨났다.

 이영주는 전보 발령을 받았다. 영등포 지사의 감사역, 직함은 계장이었지만 본사의 영업부 대리로서는 좌천이라 할 만한 자리였다. 그쯤, 당연하다는 듯 이영주는 묵묵히 새로운 일터로 향했다. 회사는 변함없이 분주히 돌아갔다. 달라진 일이라면 점심시간이면 대체로 지하의 직원 식당을 이용하던 남자들이 회사 밖으로 나가는 일이 잦아졌다는 정도였다. 남자 직원들이 줄줄이 찾아간 곳은 회사 앞 굴밥 전문점이었다.

해설

가면 뒤의 진실은 없다

정여울

사람은 문명이 진보하면 진보할수록 점점 더 배우가 되어간다. 말하자면 사람은 남에 대한 존경과 호의, 정숙함과 공평무사의 가면을 쓴다. 그러나 아무도 그런 것에는 속아넘어가지 않는다. ——칸트

1. 감정의 분장술, 그 끝은 어디일까

언제부턴가 사람들은 가면의 위장술에 능숙한 사람을 '가식적'이라고 보기보다는 '유능하다'고 느끼기 시작했습니다. 가면 뒤의 삶을 상상하기 어려운 사람, 가면 자체가 멋들어진 사람, 가면을 쉴 새 없이 수시로 바꾸는 사람이야말로 이토록 '트렌디한' 현대사회에 걸맞은 사람이 되어가고 있습니다. '연기performance하는 자아'는 현대인에게 더 이상 낯설거나 혐오스럽지 않습니다. 순간순간의 삶이 철저한 연기임을, 스스로 연기자와 연출자와 감상자의 역할을 동시에 해내는 능력이야말로 성공적인 삶의 관건임을, 현대인은 매일 매일

새삼 깨달아가고 있지요. 가면 뒤의 본질적인 자아가 따로 있는 것이 아니라 수시로 가면을 바꾸는 연극적 자아 자체가 본질이라는 점을 우리는 눈치채버렸습니다. 문제는 '연기할까 말까'가 아니라 '어떻게 연기할까'로 바뀌게 된 것이지요.

감정의 위장, 내면의 은폐술에 익숙해진 현대인은 정작 자신의 진짜 내면이 어떤 것인지 알 수 없게 된 것은 아닐까요. 그 수많은 가면은 우리의 진정을 가리는 것이 아니라 그 가면 자체가 우리 자신인 것은 아닐까요. 마치 그 가면들을 하나하나 벗기면 그 안에 아름다우면서도 흉측한 내면의 혼돈 덩어리가 아닌, 그저 텅 빈 암흑만이 버티고 있을 것만 같은 환상이 뇌리를 스쳐갑니다. 역시 가면 뒤에는 아무것도 없었던 것일까요. 서하진의 이번 소설집은 바로 '우리는 매일 어떤 가면을 쓰고 어떻게 연기하는가'에 대한 흥미로운 답변입니다.

그녀의 주인공들이 펼치는 연기는 매우 뛰어나서 주변 사람들은 그들의 내면적 일탈과 분열을 쉽게 눈치채지 못합니다. 서하진은 '나의 연기'가 '너의 둔한 감수성'을 속여 넘기는 그 순간, '나의 연기'가 '끝내 나의 치명적인 상처마저 가릴 수 없는 그 순간'을 포착합니다. 그것은 나에게 주어진 사회적 역할에 끝내 순응하지 않는 자아의 몸부림이기도 하고, 자신이 끝내 이루지 못한 열망에 대한 우울한 알리바이이기도 합니다. 「슈거, 혹은 솔트」에서 여주인공은 그녀의 현재만 보고는 아무도 그녀의 과거를 추측할 수 없도록, 이름조차 바꾸어버리며 과거의 남자가 자신을 기억하는 일 자체에 몸서리칩니다.

"H야, 나를 기억하니?"
전화 저편에서 남자가 물었다. 기억할 리 없다는 듯, 기억해주기 바라는 듯 남자의 말투가 조심스러웠다. 그의 음성이 낯설지 않다는 것을 느끼는 순간 내 안에서 불쑥 무언가 솟아올랐다. 어두운 터널 저편에서 맹렬한 속도로 달려오는 자동차의 불빛 같은 기억…… H라니…… 온몸으로 차를 막아서듯 나는 기억을 가로막았다. 날카로운 빛이 관통한 듯 머릿속이 텅 빈 느낌이 일었지만 빛은 천천히 사위고 이윽고 사라져갔다.
"어제, 우연히 들었어, 여기 있다는 걸."
남자가 거기까지 말했을 때 나는 말했다.
"미안합니다만 H라는 이름은 모르겠군요."
평정을 회복한 내 목소리는 차분했고 어조는 단호했다. 가느다란 숨소리와 긴 한숨이 들렸다. 남자가 무어라 하건 나는 H가 아니었다. 어떤 이야기로 H를 살려내더라도 부인할 수 있었지만 그는 한동안 침묵을 지키고 있었다. 전파를 타고 슬금슬금 뱀 한 마리가 기어오는 듯한 기분이었다. 그 느낌은 아주 고약했다.
"이 호텔, 가까운 곳에 있어. 잠깐이면 돼."

마침내 입을 연 남자가 말했지만 나는 아무런 대꾸도 하지 않았으며 전화를 끊지도 않았다. 송수화기를 귀에 댄 채 나는 머리에 말았던 클립을 풀기 시작했다. 한 손만으로 풀어내는 클립이 자꾸만 머리카락에 엉켜들었다.

"뭔가 잘못 아신 것 같아요, 저는 H가 아닙니다."

나는 단정하고 상냥한 목소리를 냈다. 남자가 더 무어라 말을 이을 듯한 즈음이었다. 세 개의 클립이 남았을 때 남자는 체념한 듯 전화를 끊었다.

클립을 풀어낸 자리들이 봉긋 솟아올라 막 미용실에서 빠져나온 듯한 나이 든 여자가 거울 속에 있었다. 드라이어로 머리를 풀어내리자 여자의 얼굴은 지친 노처녀처럼 보였다. 나는 프런트에 전화를 걸었다. Good evening, 살가운 음성이 들리자마자 나는 앞으로는 외부 전화를 연결하지 말아달라고 말했다.

"Anything wrong, Miss?"

직원이 조심스레 물었다.

"Nothing wrong. I just want some rest."

내 어투는 퉁명스러웠다. 불쑥 치미는 짜증을 누르며 나는 분홍빛 립스틱과 카키색의 아이섀도, 복숭앗빛 볼터치를 차례로 얼굴 곳곳에 발랐다. 비로소 약간의 생기가 거울 속 여자의 얼굴에 떠올랐다. 아이라인을 그리고 눈썹을 한 올 한 올 밀어 올리며 정성껏 마스카라를 칠하는 동안 눈매가 살아나고 가슴이 조금씩 뛰기 시작했다. K를 만날 때면 언제나 그러했던 것처럼. (「슈거, 혹은 솔트」, pp. 201~03)

자신의 민얼굴을 알아내고자 하는 상대방을 만날 때마다, 이 여자는 냉혹하게 상대방의 관심을 밀쳐냅니다. 거울에 비친 자신의 민얼굴이야말로 가장 마주치기 싫은 진실이지요. 능란한 메이크업으로 자신의 아름다운 가면을 완성하고 나서야, 그녀는 안정감을 되찾습니다. 그것은 단지 '치장'이 아닙니다. 완벽한 분장을 끝내고 나서야 그녀가 가장 마음에 들어 하는 그녀 자신의 진짜 얼굴이 되지요. 그녀에게 화장은 단지 얼굴을 꾸미는 기술이 아니라 삶의 필수적인 연기를 치러내기 위한 개인적 제의$_{ritual}$입니다. 그날 그토록 정교한 메이크업 속에 자신의 과거를 철저히 봉인한 그녀는 끝내 자신의 비밀을 말하지 않습니다. 그 비밀은 평생 동안 질투와 동경의 대상이었던 K의 남편을 그녀가 유혹했다는 것, 그로 인해 K의 남편은 K와 이혼했다는 것, 그 치명적인 유혹의 힘은 언제나 모든 면에서 자신을 압도했던 K를 향한 "알 수 없는 잔인함"이었다는 것입니다.

무겁죠? 큰 놈이에요. 그는 자못 흥분한 기색이었다. 숨소리조차 거칠어져 있었다. 내 옆에 바짝 다가온 그의 눈썹, 짙은 그 눈썹이 일그러져 있었다. 탁, 소리 내며 낚싯대가 부러지고 뒤로 넘어가는 나를 안았던 그가 넘어지고…… 그 모든 일은 동시에, 마치 예정된 일인 듯 일어났다. 나는 그의 셔츠를 헤집고 허리띠의 버클을 풀었다. 그의 깊숙이 나는 손을 집어넣었다.

알 수 없는 잔인함이 나를 이끌었다. 풀숲에서는 차가운 바람이 불었다. 그의 마른 등을 안고 올려다보았던 하늘은 가없이 푸르고 아름다웠다. 저만치, 나무 아래를 지나던 사슴이 물끄러미 우리를 보고 있었다. 나는 K가 사라진 길 쪽을 보며 K가 나타나기를, 혹은 나타나지 않기를 기다렸다. 노여운 듯, 화가 난 듯 사납던 그의 움직임이 멎고 그는 막막한 눈으로 나를 내려다보았다. 그가 내 머리 위로 손을 뻗어 머리카락에 붙어 있던 낙엽을 떼어냈다. 피처럼 붉은 단풍잎이었다. (「슈거, 혹은 솔트」, pp. 229~30)

K가 잠깐 자리를 비운 사이, 낚시를 하던 K의 남편을 전광석화처럼 유혹해내어 섹스를 치르는 그녀는 "K가 나타나기를, 혹은 나타나지 않기를" 동시에 바라는 분열적 연기를 훌륭하게 치러냅니다. 관객은 오직 그녀 자신, 배우 또한 오직 그녀 자신이었습니다. 그녀를 터무니없이 용감하게 만든 것은 필생의 질투의 대상, K가 그녀를 보고 있기를 바라는 도착적 환상이 아니었을까요. 아무도 그녀의 완벽한 연기를 훔쳐보지 못했지만, 그 후 그녀와 K와 남편의 삶은 송두리째

바뀝니다. K는 뚜렷한 이유도 알 수 없이 이혼을 감내해야
했고, 남편은 재혼하여 다시는 낚시를 하지 않았으며, 그녀
는 이름을 바꾸어버리지요.

2. 예의바른 우아함, 우아한 속물성의 탄생

서하진의 소설에서 단연 눈에 띄는 캐릭터는 바로 일과 가
정 사이에서 끊임없이 역할 게임을 벌이는 여성들입니다. 그
들에게는 어쩐지 '엄마'라는 호칭도 '아내'라는 호칭도 '아줌
마'라는 호칭도 어울리지 않습니다. 그들에게 가장 잘 어울리
는 호칭은 아마도 신출귀몰한 화술과 기막힌 연기력을 지닌,
그러나 연기를 대가로 돈을 받지 않는 '아마추어 배우들'이 아
닐까 싶습니다. 직업이 아니라는 점에서 아마추어지만 그들
의 연기력만은 수준급입니다. 천의무봉의 화술과 천변만화한
연기력을 지닌 엄마들. 그들은 마치 자신의 우아한 연기력이
감추고 있는 세속성과 속물성이 훌륭한 엄마와 훌륭한 아내가
되기 위한 필수항목인 양 행동합니다. 지나치게 착한 아들과
딸과 남편을 '건사'하느라 자기 자신만은 냉혹한 정글의 투사
가 되는 것이지요. 하지만 과연 그렇기만 할까요. 그들은 '아
내-엄마-주부'의 역할을 물샐틈없이 치러내기 위해 자신들이
끊임없이 잔혹한 전사가 되어간다고, 그들의 우아한 속물성

의 원인을 자신의 외부로 투사하고 있는 것은 아닐까요.

삐요삐요, 휴대폰이 이상한 소리를 내며 10시를 알렸다. 두꺼운 모직 목도리로 단단히 목을 감싸고 여자는 집을 나섰다. 엘리베이터 벽에 걸린 거울을 보며 여자는 다시 매무시를 점검했다. 보푸라기가 인 낡은 털 점퍼는 딸아이의 옷이었다. 오로지 방한만이 목적인 장식 없는 옷은 화장기 없는 얼굴과 그럴 수 없이 잘 어울리는 것 같았다. 거울을 보며 여자는 가엾은 표정을 지어보았다. 잠을 설친 부스스한 얼굴, 근심 어린 눈빛, 헐렁한 점퍼 속의 좁은 어깨. 이 정도면 완벽할 것 같았다. 천장 귀퉁이의 카메라를 흘끗 쳐다본 여자는 순간 머쓱해졌지만 그걸 의식할 계제가 아니었다. 조금만 더 애를 쓴다면 눈물까지 글썽이겠다, 싶을 즈음 띠링, 맑은 종소리와 함께 엘리베이터가 서고 스르르 미끄러지듯 문이 열렸다.

[……]

20분가량, 걷는 동안 얼굴과 손이 차갑게 식고 감각이 마비되듯 아려왔다. 누비바지를 입고 장갑을 꼈는데도 그러했다. 하얀 입김조차 얼어붙을 듯 차가운 날이었다. 재민의 집까지, 차를 이용할 수도 있었지만 여자는 그러지 않았다. 여자의 머릿속에는 자신에게도 반성이 필요하다는 생각, 얼어붙은 뺨을 보면 재민 어머니가 조금쯤 너그러워지지 않을까, 하는 계산이 나란히 들어 있었다. (「착한 가족」, pp. 93~96)

가지런히 정리된 검은 구두들이 저마다 선택되기를 기다리는 듯 얌전히 놓여 있었다. 그것들 중에 여자는 장식 없는 9센티의 하이힐을 선택했다. 엘리베이터까지 자신의 구두굽이 내는 소리를 들으며 여자는 천천히 걸었다. 무릎을 꿇고 앉아 있어야 했던 시간, 간도 쓸개도 다 빼줄 듯 머리를 조아려야 했던 오전을 보낸 여자에게 9센티는 부담스러웠던 듯 걸음이 조금 기우뚱하는 듯싶었지만 여자는 포기하지 않았다. 세련되고 당당하고 우아하며 절제된 여성, 지금 이 순간 여자에게는 그러한 이미지가 절대적으로 필요했다. 대리석이 깔린 복도의 끝에서 끝까지, 모델처럼 몸을 꼿꼿이 세우고 두어 차례 왕복한 여자는 엘리베이터에 오를 즈음 차분하고도 오만한 걸음을 회복할 수 있었다. 훌쩍 키가 솟아오른, 오전의 점퍼 차림의 아줌마와는 전혀 다른 눈빛의 여자는 손짓조차 우아하게 엘리베이터의 버튼을 눌렀다.

30분가량, 순환도로를 달리고 터널을 지나고 10개쯤의 신호등을 지난 끝에 여자는 도심가의 높다란 건물 앞에 다다를 수 있었다. 지하 5층의 주차장까지, 달팽이처럼 구부러진 통로를 여자는 천천히, 미세한 현기증을 무시하고 내려가고 형광 빛 막대를 든 젊은 청년의 안내에 따라 차를 세웠다. 실내등을 켜고 여자는 갈라진 입술에 립글로스를 발랐다. 마스카라가 번지지는 않았는지, 아이라인이 너무 길게 그려지지는 않았는지 꼼꼼히 확인한 후 여자는 두 팔을 길게 뻗었다 접었다 몇 차례 반복했다. 장풍을 날리는 자세, 여자가 몸의 긴장을 풀 때 하는 동작이었다. 귓불에 코코 샤넬 향수를 한 방울씩 묻히고 심호흡을 한 다음 여자는 차 문을 열었다. (「착한 가족」, pp. 99~100)

올케의 전화를 받을 때 여자는 언제나 상냥하게 굴었다. 치매를 앓는 어머니 때문이었다. 8년째, 올케는 묵묵히 어머니의 수발을 들고 있었다.
"어머님이, 방금 일을 치르셨는데, 그게, 씻겨드려야 하는데 저 혼자서는 이제 감당하기 힘들어서요. 희철 아빠는 지금 올 수 없다네요. 형님 잠깐 좀 도와주실 수 있나 해서요."
"지금 갈게, 기다려."

[……]

어머니를 씻기는 일은 힘겨웠다. 일흔일곱, 깡마른 노인의 어디에 그런 힘이 숨어 있는 것인지, 혹 넘어질세라 겁이 난 어머니는 씻기를 마쳤을 때도 꼭 잡은 철제 의자를 놓지 않았다.
"엄마, 이제 다 씻었어요. 방에 가서 밥 먹자, 응?"
살살 달랬지만 도무지 들은 척도 않는 거였다.

"엄마, 내가 잣죽 가져왔어요. 엄마 좋아하잖아."

여자가 플라스틱 용기를 열어 보이자 향긋한 잣 냄새가 풍겨 나왔다. 노인의 얼굴에 활짝 미소가 피어났다. 죽은 아직 따뜻했다.

[……]

두 딸과 세 아들을 키웠던, 그토록 씩씩하고 늠름하던 어머니, 어느 순간 정신을 놓아버린 채 다른 세상에서 살고 있는 어머니가 이 순간 몹시도 그리웠다.

"엄마, 오늘 있잖아요, 내가 어딜 갔다 왔는데요……"

어머니의 손을 잡고 여자는 아침의 이야기를, 오후의 이야기를, 길었던 하루를 천천히 말하기 시작했다. 그래서 있잖아요…… 그 남자가 말이죠…… 나 정말 가기 싫었거든요, 그렇지만 어떻게 해요, 김 서방은 진짜 착한데 말이죠…… 안 신던 구두 신어서 발 아파 혼났잖아…… 그 애 엄마가 화가 나서는 글쎄, 제 뺨을 치려들잖아요…… 지우가, 그 애가 무슨 잘못이 있겠어요…… 지우가 그게 애가 진국이잖아요……
여자의 이야기를 듣는 둥 마는 둥 끄덕끄덕 졸고 있던 어머니가 화들짝, 고개를 들었다.

"왜요, 엄마? 뭐 드려요?"

[······]

 어머니는 천천히 여자의 팔을 구부려 숟가락을 여자의 입 쪽으로 향하게 했다. 그러고는 손짓을 하는 거였다, 어여, 너 먹어라, 배고프지, 어여 먹어라, 많이 먹어라…… 어머니의 입가가 씰룩이고 불분명한 단어들이 새어나왔다.
 어머니를 보며, 어머니에게서 눈을 떼지 않은 채 여자는 천천히 식은 죽을 먹기 시작했다. (「착한 가족」, pp. 124~27)

 세 인용문은 한 여자의 얼굴에서 나온 세 개의 가면입니다. 마치 전혀 다른 세 사람의 일상을 보는 듯하지요. 아침에는 아들이 연루된 폭행 사건의 학부모가 되어 허름한 차림으로 상대편 부모에게 선처를 호소하러 가는 연기를, 오후에는 남편이 회사에서 밀려나는 것을 막기 위해 마치 전문 첩보원이라도 된 듯한 화려한 분장과 화술로 남편의 동료와 독대를 합니다. 그녀가 회사까지 찾아가 남편을 방어한 일은 남편조차 전혀 모르는 일이지요. 그리고 저녁에는 치매를 앓고 있는 친어머니에게 저토록 우수 어린 대사를 토해냅니다. 착하고 사랑스럽지만 엄마의 마음을 알아주기에는 저마다 자신의 일이 바쁜 두 아이들, 충실한 남편이지만 회사의 음모 앞에서는 속수무책인 순진한 남편, 치매에 걸려 올케의 수발을 받고 있는 어머니. 이들의 일상을 하나하나 관리하기 위해 그녀는 하루 종일 분투합니다.

그녀는 가족을 위해서는 한없이 뻔뻔해질 수 있으며 가족을 위해서는 남편의 회사 동료를 협박할 정도로 잔혹해질 수도 있지요. 하지만 그것이 과연 가족을 건사한다는 주부의 소시민적인 열망에 그치는 것일까요. 가면 교환 게임의 달인이 되어버린 그녀에게 이 피곤한 멀티플레이는 이미 더 이상 연기에 국한되지 않습니다. 그녀의 연기력은 이제 그녀 자체의 인격과 욕망과 분리되지 않는 삶으로 용해됩니다. 처음에는 자신의 위신 즉 사회적 구별을 유지하려는 노력으로 시작되었던 연기는 곧 그녀의 성격이 되고 그녀의 삶이 되지요. 바로 이 정교한 자기 규율이 그녀의 연기력을 구성하는 에너지이지요.

문명화와 비례하는 개인의 '인상 관리'는 국가가 개인을 지배하는 식의 거시적 형태가 아니라 개인이 스스로의 육체와 의식을 통제하는 차원에서 철저히 미시적이고 일상적으로 나타나게 됩니다. 자기 관리의 필요성은 보편적이지만 자기 관리의 디테일과 이미지는 스스로 만들어가는 것이지요. 가족을 지켜야 한다는 명분은 그녀가 자신의 연기를 정당화하는 알리바이일 수 있습니다. 서하진의 인물들은 단지 외적 강제를 내면화하는 상태를 넘어 외적 강제를 스스로 부과하고 그 역할 게임의 지휘와 감독과 연기, 관객의 역할까지 혼자서 도맡는 다중인격의 멀티플레이어로 보입니다. 이제 내면화된

통제는 우리의 본성까지도 바꾸게 된 것은 아닐까요. 그녀는 가족의 울타리가 되기 위해 스스로 악역을 자처한 듯한 뉘앙스를 풍기지만 가족들은 그녀의 가면을 고마워하지도 소중해 하지도 않습니다. 가족을 지켜야 한다는 지상명령은 그녀 자신의 우아한 사회적 가면을 유지하기 위한 알리바이일지도 모릅니다.

3. 연기, 가장 친근한 이가 낯설어지는 순간

서하진의 인물들의 공통점은 신출귀몰한 연기력을 가졌다는 것입니다. 아니 그들은 마치 현대인의 필수적 재능은 주어진 상황에 그때그때 대처하는 '연기력'임을 본능적으로 깨달은 사람들처럼 행동합니다. 그들이 그들의 진심과 만나는 순간은 내면의 독백 속에서, 혹은 치매를 앓는 어머니를 향한(일상적 커뮤니케이션이 불가능한 대상을 향한) 일방적 독백이나 강아지를 향한(문명화된 인간의 언어가 통하지 않는 대상을 향한) 중얼거림 속에서나 가능하지요. 흥미로운 점은 이들이 결정적인 순간, 그들의 진심을 숨기기 위한 연기 속에서 도착적 쾌감을 느낀다는 점입니다. 아니, 어쩌면 그들의 놀라운 연기력 앞에서 진정 쾌감을 느끼는 것은 독자들일지도 모릅니다. 주어진 일상에 순응하며 살아가는 많은 사람들은 이러한 극적인 연기력조차 좀처럼 발휘할 수 없으니까요.

내가 너무나 잘 아는 아빠, 내가 가장 잘 알고 있는 엄마의 이미지가 붕괴되는 그 순간. 이 작가는 우리가 지독히 줄줄 꿰고 있던 가족에 대한 자디잔 디테일까지도 무너지는, 가족이란 둥지의 블랙홀에서 태어나는 욕망의 틈새를 포착해냅니다. 예를 들어, 아빠의 불륜을 미행하는 어린 딸에게, 단정하고 모범적이기만 했던 아빠가 불륜의 상대와 아이스크림을 먹는 장면은 충격 그 자체이지요(「아빠의 사생활」). 시인이자 교수이며 흠잡을 데 없는 가장이었던 아빠의 얼굴이 가면인지, 불륜녀와 홍콩으로 밀월여행을 떠나 민망한 애정 행각을 벌이는 아빠의 얼굴이 가면인지, 알 수 없게 되어버리지요. 어쩌면 '이것은 가면이고 저것은 진실이다'라고 판단하는 우리의 이성에 문제가 있지 않을까요.

아빠는 웃고 있다. 미상녀도 웃고 있다. 그들의 손에 들려 있는 건…… 아이스크림이었다. 잇몸이 약한 아빠는 신 음식, 찬 음식을 좋아하지 않는다. 당연히 아이스크림도. 고깔 모양의 과자에 담긴 분홍빛이 멀리서도 선명하다. 눈을 맞추고 한 입, 뭐라 말을 건네고 한입, 웃고 나서 한입, 다시 눈을 맞추고 한입…… 아이스크림은 도무지 바닥이 나지 않을 것 같다. 눈을 맞추는 시간도 끝이 나지 않을 것 같다.

[⋯⋯]

아이스크림 먹는 아빠가 이토록 충격일 줄이야. (「아빠의 사생활」, p. 71)

"다정하고 성실하고 세련된 교수님"이었던 아빠, 동네 주민과 학교 친구들에게도 시샘을 받을 정도로 자랑스러운 아빠의 가면. 그 모범적인 가면만큼이나 불륜의 상대와 아이스크림을 먹으며 로맨틱한 눈빛을 주고받는 아빠의 가면 또한 아빠의 진실이겠지요. 본질적인 것이 가면 뒤에 숨겨져 있는 것이 아니라, 갖가지 다채로운 가면 위로 드러나는 모든 표정이 저마다의 진실일 것입니다. 새로운 가면을 바꿔 쓸 때마다 우리의 삶이 순간순간 풍요로워진다면 가면의 윤리를 물을 필요가 없어지겠지요.

문제는 저렇게 많은 진실이 한 사람의 얼굴 위에 공존한다는 사실이 아니라, 그 어떤 다채로운 가면을 써봐도 결코 충만한 삶의 에너지를 느낄 수 없는 현대인의 무한히 결핍된 욕망 자체일 것입니다. 이제 외모와 대화만으로는 저 사람의 진심을 도저히 알 수 없게 되었지요. 그리하여 사람들은 평범한 일상 속에서도 독심술을 구사하고, 상대방에게 귀로는 들리지만 마음으로는 들을 수 없는 기만적 화법을 구사합니다. 나날이 외양과 인상 관리가 중요해지고, 쉽고 달콤하게 풀어쓴 심리학 서적이 불티나게 팔립니다. 외면의 변장에 집착하고 내면의 울림을 무시하면서 우리는 점점 숨을 곳을 잃어갑니다. 어디서든 누구든 시민 기자가 될 준비가 되어 있는 모바일 커뮤니케이션과 1인 미디어의 세계 속에서 우리는 서로가 서로에게 파파라치가 되어가고 있지요.

어린 딸은 '로맨틱 가이'의 가면을 뒤집어쓰고 행복해하는 아빠를 보며 고통을 느끼지만 고통이 임계점에 다다른 순간 오히려 한없는 연민을 느낍니다. "멍한 머릿속에 아이스크림을 한입 베어 물던 아빠, 눈꼬리가 처지게 웃던 아빠가 자꾸 떠오른다. 그런 아빠가 싫지만, 이건 뭘까, 나는 아빠가 좀 가여워진다. 이상한 일이다"(「아빠의 사생활」, p. 74). 문제는 가면의 개수가 많은 것 자체가 아니라 가면을 벗고 돌아가 쉴 곳이 점점 사라져간다는 것, 가장 편안한 가면을 골라 쓸 수 있는 자유가 점점 사라져간다는 것이 아닐까요.

「모두들 어디로 가는 것일까」는 지독히도 깔끔하다 못해 병적으로 자신의 감정을 숨기는 한 남자, M의 이야기입니다. 그는 이혼을 하지 않고 아내와 각방을 쓴 지 오래 되었으며 자신의 몸에 악성종양이 자라나고 있다는 진단이 거의 확실한 상태에서 인생을 정리합니다. 사회적으로 부부의 '연기'만 할 뿐 정작 부부다운 생활은 전혀 하고 있지 않은 아내에게, 그제야 남편으로서의 최소한의 의무를 다하려고 합니다. 자신이 죽더라도 딸이 학업을 마칠 수 있도록 모든 조치를 취하고, 평생 동안 자신을 못마땅해하던 장인어른께 가족들을 부탁하기까지 합니다. 냉혹한 포커페이스로 무장했던 그로서는 상상도 할 수 없는 일이지요. 악성종양이 자라나고 있다는 의혹과 대면하고 나서야 그의 인생의 돌이킬 수 없는 과오와 숨겨둔 욕망의 심연이 드러납니다. M이 죽기 전에 마지막으로 만나고 싶은 사람은, 오랫동안 기억의 창고에 처박아두고 꺼내보지 않던 옛사랑이었습니다. 냉혹하기로는 둘째가라면 서러울 M이, 만약 '악성종양'과 만나지 않았더라면 상상도 할 수 없는 '신파적' 사건이었지요.

다시 만나리라는 기대는 하지 않았다. 멀어져간 K는 잊혀지고 M의 뇌리에서 사라졌다. 아니, 사실이 아니었다. M의 기억, M의 몸과 M의 온 신경이 과거로 치달렸다. 그는 거의 무의식적으로 핸들을 꺾고 브레이크를 밟고 속도를 조절하며 차를 몰았다. 오후, 진료실 창으로 보이는 길을 따라 걸어가는 여학생들, 햇빛을 따라 빛처럼 반짝이며 셋씩, 둘씩, 더러는 홀로 걸어가는 흰 교복을 보는 그의 속에서 가만히 일어서던 얼굴…… 늦은 시간, 혼잡한 거리에서 택시를 잡기 위해 서 있는 긴 머리의 여자…… 귀에 익은 음조가 들리는 스피커 앞에서 잠깐 발길이 붙잡혔을 때 들리던 나직한 목소리…… K는 단 한순간도 그를 떠난 적이 없었던 것 같았다.
그것을 영원이라 할 수 있었을까, M은 초인적인 노력으로 그 여자를 잊고, 잊었으며, 잊었다는 사실조차 잊었다고 믿었다. 자신의 의지로, 뜻대로, 아니 자신의 뜻이라 믿는 대로 모든 일을, 모든 사람을 대하는 M에게 아직까지 남아 있는 K의 존재는 경이롭고 한편 무상했다. 만나면 무슨 말을 할 것인지, K를 만난다고 해서 달라질 것이 무엇인지…… 그는 알 수 없었다. 자신이 원하는 것이 무엇인지도 알지 못했다. M은 단 몇 주 사이 자신에게 일어난 일에 대해 생각했다. 두렵고 슬프고 화가 나고…… 그리고 그 모든 것들이 지나간 자리에 남던 통증을 생각했다. 기우는 햇살이 차창으로 그의 눈을 찔렀다. 있는 그대로 받아들이자, M은 가만히 자신을 타일렀다. 현상액에 담겨 서서히 실루엣이 드러나는 필름처럼 무언가 차츰 윤곽이 나타나는 느낌이었다. (「모두들 어디로 가고 있을까」, pp. 161~62)

하지만 악성종양의 도움을 받아서야 간신히 대면하게 된 그의 마지막 진심 또한 결코 그의 편을 들어주지 않습니다. 모두가 악성종양을 의심했던 상황에서, 극적으로 그의 종양이 '양성'으로 판명된 것입니다. "현상액에 담겨 서서히 실루엣이 드러나는 필름처럼," 차츰 윤곽이 드러날 듯하던 그의 '잃어버린 시간'은 결코 쉽게 그를 초대하지 않습니다. 그는 잃어버린 시간을 찾을 수 있을지도 모르는 마지막 희망의 문턱 앞에서 자동차를 멈춥니다. 잃어버린 시간을 찾으려는 그의 열정은 악성종양의 힘을 빌려서야만 가능했던 것일까요. 그러나 더욱 두려운 것은, 다시 그가 일상으로 돌아간다 해도 그의 삶이 극적으로 변화될 가능성은 별로 없어 보인다는 점입니다. 그는 다시 익숙한 가면, 성공한 중년 남자의 냉혹한 포커페이스로 돌아갈 가능성이 더욱 커 보입니다. '불치병에 걸렸다'는 식의 극적인 사건은 우리의 인생행로를 바꿀 수 있는 '기회'이지만, 그 기회를 잡는 것은 개인의 용기와 의지와 능력에 달려 있을 테지요.

5. 백스테이지backstage : 배우에게 필요한, 내면의 성소

무대 뒤에서 배우들은 연기에 대한 부담과 긴장을 풀어내는 휴식을 취합니다. 피곤하게 독심술과 위장술을 동시에 구사하며 상대방의 감정을 읽어내거나 굳이 내 마음을 숨길 필요가 없는 무대 뒤편. 그것이 예전에는 가정이나 골목길 문화 속에 편재하고 있었지요. 하지만 이제 이웃은 무관심이 가장 평화로운 상태이며 시민적 무관심이야말로 모르는 사람에 대한 예의가 되었지요. 가정에서조차 우리는 갖가지 가면을 쓰고 피곤한 역할 게임을 계속하게 되었습니다. 고된 사회생활에서 오는 피로를 가정에서 보상받으려는 노력 또한 기대 심리이기에 언제나 배반의 위험이 상존하지요. 서하진의 주인공들은

특히나 계급적 우월감, 문화적 우월감을 포기하지 않기 위해 더욱 우아하고 세련된 외적 이미지를 고수하고자 합니다.

만자가 소설가가 되었을 때, 이혜영이라는 아리따운 이름을 얻었다는 것을 알려준 날 미나 엄마는 이혜영? 자기가? 와하하, 소리 내어 웃었다. 이후 미나 엄마는 10년 내 부르던 인영 엄마라는 호칭을 버리고 꼬박꼬박 만자 씨라고 불렀다. 세탁물을 찾아오는 길인 듯 비닐 커버를 씌운 옷 두어 벌을 어깨에 걸치고 있는 미나 엄마의 머리가 부스스했다. 자기, 그렇게 입으니까 아가씨 같다, 무슨 좋은 일 있어? 미나 엄마가 웃으며 다가왔지만, 만자는 나중에 얘기해줄게, 하고 피하듯 걸음을 빨리했다. 미나 엄마와는 이따금 차를 마시고 아파트 상가의 양품점에서 철 지난 싸구려 스웨터나 재고로 남은 구두를 두고 수다를 떠는 사이였지만 이제 그런 일도 끝이다, 라고 만자는 생각했다. 지난달 두번째 창작집이 나왔을 때, 제법 큰 사진과 함께 인터뷰 기사가 실렸을 때 이제나저제나 인사를 건네주기를 기다렸지만 미나 엄마는 종내 아는 척하지 않았다. 대한민국에서 가장 발행 부수가 많은 신문이었는데도 그랬다. 게다가 만자가 정성껏 오려서 말끔히 코팅한 기사를 보여주었을 때의 반응이라는 것이 으응, 우리는 스포츠 신문밖에 안 보니까, 였다. 그러고는 돌아서 가다 생각났다는 듯이 아 참, 만자 씨, 우리 미나 논술 좀 봐주면 되겠다, 무슨 요일이 좋을까, 하고 덧붙이는 거였다. 만자로서는 그 일로 미나 엄마를 나무랄 생각은 아니었다. 워낙 비문화적인 인간이라는 것은 익히 알고 있었으니까. (「인터뷰」, pp. 168~69)

만자 씨는 소설가 이혜영이라는 자신의 우아한 가면을 위협하는 아주 작은 일에도 과민하게 반응합니다. 미나 엄마는 혹시라도 만자 씨가 소설가 이혜영으로서의 사회적 위치를 향유할까 두려워 어떻게든 이혜영을 만자 씨로 끌어내리려 애씁니다. 하루 종일 자기 안의 만자 씨를 죽이고 이혜영으로 완벽한 연기를 해내는 그녀는 마치 대사와 지문을 미리 외우듯 인터뷰 대상 작가와의 만남을 철저히 준비하지요. 인물들의 연기력이 무사히 안착하기 위해서는 욕망의 절제, 감정의 은폐술이 중요합니다. 그녀의 주인공들은 오점 감추기의 달인들입니다. 그들은 결정적인 욕망 혹은 과거의 기억을 은폐함으로써 무미건조한 일상과 타인에 대한 열등감을 견디거나 하루에도 몇 번씩 역할 가면을 바꿔 씀으로써 모성의 비애를 버팁니다. 그러나 결코 숨길 수 없는 자아와 만나는 순간, 그들의 내면은 더욱 처절하게 폭발합니다.

K는 여자의 첫 소설을 읽어준 사람이었다. 엔딩이 약하니 고쳐보라, 이걸 보면 도움이 될 것이라며 어느 잡지에서 찢어낸 사진을 건네준 사람이었다. 다짜고짜 불러내서는 제주도

행 티켓을 건네주며 앉아 있다고 소설이 되는 게 아니다. 지금 눈꽃이 한창이란다, 하던 사람, 그것이 K였다. K는 본래 거기 있었던 사람이었고 언제나 거기, 그 자리에, 여자가 볼 수 있고 찾을 수 있는 곳에 있는 존재였다. 죽는 날까지 소설이라는 것을 쓰리라 한 것과 똑같이, 그건 단 한 차례도 의심한 적도, 심지어 의식한 적조차 없었던 사실이었다.

[……]

K에게, 그 여자는 언제나 함부로 굴었으며 약속 시간에 2시간쯤 늦거나 심지어 잊기 일쑤였고 한밤에 무턱대고 전화를 걸어서 이 문장이, 이 장면이 이상하지 않은가 물었다. 그런 행동들이 무례한 것이라는 생각은 전혀 하지 않았다. K가 언제나 기다렸다는 듯 그 여자의 전화를 받아주었던 때문이었다. 그는 그건 이렇게, 저건 저렇게, 그 남자는 죽이는 게 좋겠어, 아, 그 장면은 빼버리는 게 어때? 등등의 답을 들려주었다. 늘 K의 충고를 따랐던 것은 아니었으며 K와 달리 그 여자가 언제나 K를 반겼던 것도 아니었다. 때로 그 여자는 K와의 이별, 영원한 결별을 꿈꾸었다. 꿈은 달콤하고 아쉽고도 고통스러웠다. K는 그 여자의 소설을, 그 배태와 생성과 소멸을 통째로 알고 있는 유일한 사람이었으므로.(「너는 누구인가」, pp. 246~55)

그녀의 창작의 뮤즈이며 가장 충실한 독자, 때로는 그녀의 메피스토펠레스 같은 역할을 완벽히 해내던 K가 실종되는 순간, 그녀는 자신의 작품세계와 일상적 생활이 동시에 붕괴되는 듯한 현기증을 느낍니다. 연기의 무대 뒤편, 내면의 백스테이지가 사라진 것입니다. 창작의 원천이자 최고의 관객이 사라지는 순간, 세 권의 베스트셀러를 낸 작가이며 부동산 투기와 재테크에까지 능수능란했던 그녀의 성공적인 삶은 송두리째 흔들리기 시작합니다. K의 실종은 그녀의 삶을 지탱하던 무의식과의 진정한 대면을 가능케 하는 기회이기도 합니다. 고상하고 세련된 이미지를 가정에서까지도 잃지 않았던 그녀가 실제로 쥐고 있던 패는 의외로 초라하기 그지없어 보입니다. 그가 사라지는 순간 그 어떤 일도 제대로 해내지 못하고 마침내 그를 살해하는 환상으로까지 치달으니 말입니다.

서하진의 인물들에게 있어 가면의 화려함은 어두운 내면을 대가로 지탱됩니다. 「너는 누구인가」에서 그녀의 평화는 '작가로서의 가면'과 '주부로서의 가면'을 철저히 분리함으로써 얻어집니다. 동네 서점 청년이 그녀가 작가임을 알아보는 순간 백스테이지의 쾌감은 사라져버리는 식이지요. 주부의 역할극과 작가의 역할극 사이의 간극을 견디지 못한 그녀는 K를 살해하는 악몽에 시달립니다. 연기로 지탱되는 일견 평화로워 보이는 일상을 지키기 위해 그들은 철저하게 자신의 오점을 가려야 하지요. 그들은 오직 가면극으로 점철된 삶의 불안을 은폐하기 위해 역설적으로 더욱 치명적인 오점을 만듦으로써 존재의 불안을 도착적으로 향유합니다. 친구의 남편을 유혹하거나, 남편의 회사 동료를 찾아가 위협하는 극히 연극적인 행위를 통해 결코 삶의 진정한 주인공이 될 수 없는 심리적 우울과 박탈감을 매우 공격적으로 발산하지요. 그리고 그 기억을 철저히 봉인시킴으로써 사회적 처벌을 미연에 방지하는(친구 남편과의 불륜을 끝까지 숨기고, 남편 회사 동료를 찾아가 치열하게 협박을 한 사실을 남편에게 말하지 않는) 노련미까지 보입니다.

역할을 핑계로 연극적 가면쓰기는 시작되지만 그 역할극이 역으로 연기의 주체의 욕망과 성격까지 바꾸는 피드백이 반복됩니다. 어느새 가면은 민얼굴을 대체하는 것이 아니라 가면 자체가 주체의 '퍼스낼리티'가 됩니다. 서하진의 주인공은 역할극을 위해 그때그때 정확한 가면을 장착하지만, 그들의 가면이 그들의 정체성을 역으로 재규정하고 있습니다. 어느새 그 역할극의 가면이 본래의 주체를 완전히 잠식하여 주인공들에게는 아주 좁은 내면의 백스테이지마저 없어져버립니다. 「슬픔이 자라면 무엇이 될까」의 여주인공은 주부-엄마-아내로서의 역할극에만 완전히 몰입하다가 그 역할극 자체가 유일한 본성이 되어버립니다. 그녀에게 갑작스레 들이닥친 암세포는 마치 자신의 욕망을 끊임없이 미루고 억압해온 여자의 삶을 단죄하는 징벌처럼 묘사됩니다.

서하진의 소설은 현대인이 추구하는 우아한 삶 뒤에 감춰진 칼날 같은 독기, 속물성의 탐구입니다. 우리는 하루에 왜 이토록 많은 가면을 갈아끼워야 할까에 대한 멜랑콜리한 탐구이기도 하지요. 그녀들이 모든 가면을 벗어내고 본능대로 행동하는 순간은 강아지에게 먹이를 줄 때나 치매에 걸린 어머니에게 메아리 없는 독백을 중얼거릴 때뿐이지요. 하지만 그 순간이 바로 우리가 가장 솔직해질 수 있는 몇 안 되는 백스테이지의 공간일지 모릅니다. 이렇게 말갛고 순연한 민얼굴로 강아지에게 말을 거는 순간 말입니다. 주연도 감독도 작가도 자신인 철저한 모노드라마를 다 찍고 비로소 잠이 들기 직전 우리가 우리 자신의 슬픈 민얼굴과 만나게 되는 그 시간 말입니다.

　아이들이 잠든 방을 차례로 돌아보고 잠자리에 든 만자는 얼마 지나 다시 일어났다. 무언가 알 수 없는 느낌이 있었다. 무얼 잊었을까, 생각하며 방을 나오던 만자는 강아지 미르가 끼깅거리는 소리를 들었다. 여느 때처럼 미르는 만자의 귀가를 반기고 꼬리를 흔들었을 터였지만 여느 때처럼 미르를 안아준 기억이 나지 않았다. 미르, 이리 온. 만자는 다정하게 강아지를 불렀다. 미르는 꼼짝하지 않았다. 왜 그러니, 어디 아프니? 묻다 말고 만자는 화들짝 놀라 부엌으로 갔다. 세상에나, 너를 종일 굶겼구나. 엄마가 정신이 나갔구나. 미르의 옆에 앉아 만자는 미르를 쓰다듬었다. 미안해, 엄마가 이런저런 일로 좀 바빴단다. 바삭바삭, 그릇에 담긴 사료를 씹는 소리가 어둠 속에서 울렸다. 평화로운 소리였다. 뭔가 걸린다 했더니 너였구나. 만자는 벽에 기대앉아 물을 핥는 미르를 바라보았다. 졸음이, 조수처럼 밀려왔다. (「인터뷰」, p. 198)

그들은 겉으로는 아무런 사고 없이 무사히 하루를 넘겼습니다. 그러나 그들의 내면에는 오늘도 이루지 못한 욕망의 그늘이, 해소되지 못한 감정의 그림자가 꿈틀대고 있습니다. 그들은 다만 견디는 것입니다. 9회말 투아웃 상황까지 자신의 욕망을 유예시키다가 마침내 임계점에 다다른 사람들의 이야기, 그 견딤의 클라이맥스를 그리는 것이 이 작가의 특장이지요. 이런 견딤의 시간은 아무 일도 일어나지 않는 듯하지만 알고 보니 모든 일이 소리 없이 일어나는, 보이지 않는 빅뱅의 시간입니다. 그들의 알리바이는 여전히 가족입니다. 상대의 몸짓 언어와 옷차림에서 내면의 동작까지 읽어내는 기술에 도가 튼 우리 시대의 사모님들은 서하진 소설의 단골 주인공입니다. 자신의 패를 결코 들키지 않는 도박사가 되기 위해 혈안이 되어 있는 현대인. 그 평계를 '가족을 보호해야 한다'는 캐치프레이즈로 돌리는 그녀들에게 가족은 고통과 행복의 진원지이기도 하면서 타락의 진원지이기도 합니다.

작가의 말

다시 창작집을 묶는다.

부끄럽고 또한 기쁘다.

어느 쪽이 더 큰지 차마 밝히기는 민망하다.

얼마 전 평론하는 후배가 이렇게 물었다.

어찌 그리 또박또박, 열심히 책을 내셨어요, 그래?

열심히, 또박또박…… 그 말은 칭찬으로도 비난으로도 들렸다.

솔직하게 말하자면 나는 열심인 척, 또박또박인 척, 하는 스타일이다.

이따금 이렇게 열심인 척, 살지 않아야 하는 것이 아닌가 싶어질 때가 있다.

몸이 아플 때…… 제발 좀 고만해라, 그러다 정말 병난다…… 남편이 사정을 할 때.

그럴 때…… 어찌하는가……
나는 진지하게 생각한다.
열심히, 진짜, 제대로, 열심히 살아야지……

내게 아팠고 슬프고 고마웠던 이야기들이 이 책에는 실려 있다. 그 일들을 함께 아파했을 사람들에게, 세상 모든 착하고 마음 여린 사람들에게 작은 위안이 되었으면…… 나는 감히 바란다.

아내가 대단한 작가라고 생각해주는 남편이 새삼 고맙다. 엄마를 훌륭하다 여겨주는 두 딸아이에게, mom, I miss Uooooo, 문자를 보내오는 아들에게 깊은 사랑을 전한다.
흔쾌히 책을 내준 문학과지성사에, 책 만들기에 정성을 다해주신 사람들께 감사한다. 해설을 써주신 정여울 선생님께 마음으로부터 감사를 드린다.

2008년 12월
서하진